KB031243

중국 설화 (I)

중화 문명을 이뤄낸 사람들의 신화와 전설, 고사와 민담

건국대 서사와문학치료연구소
다문화 구비문학대계 7

중국 설화 (I)
중화 문명을 이뤄낸 사람들의 신화와 전설, 고사와 민담

2022년 5월 10일 초판 인쇄
2022년 5월 15일 초판 발행

지은이 신동흔 외
펴낸이 이찬규
펴낸곳 북코리아
등록번호 제03-01240호
전화 02-704-7840
팩스 02-704-7848
이메일 ibookorea@naver.com
홈페이지 www.북코리아.kr
주소 13209 경기도 성남시 중원구 사기막골로 45번길 14
우림2차 A동 1007호
ISBN 978-89-6324-857-8 (94810)
978-89-6324-850-9 (세트)

값 15,000원

* 본서의 무단복제를 금하며, 잘못된 책은 구입처에서 바꾸어 드립니다.

건국대 서사와문학치료연구소
다문화 구비문학대계 7

중국 설화 (I)

중화 문명을 이뤄낸 사람들의 신화와 전설, 고사와 민담

신동흔 박현숙 김정은 오정미
조홍윤 김영순 황혜진 강새미
김민수 김자혜 김현희 엄희수
이승민 이원영 한상효 황승업

북코리아

머리말 : 현장에서 만난 1,364편의 생생한 이야기

캄보디아, 베트남, 필리핀, 중국, 일본, 인도, 카자흐스탄, 에스토니아, 브라질….

세계 여러 나라에서 온 이주민 화자들이 한국어로 구술하는 설화들을 들으면서 마치 꿈속의 한 장면에 들어와 있는 듯했다. 그들의 입에서 가지각색 설화들이 술술 흘러나오고 있는 광경이 거짓말 같았다. 책에서나 볼 수 있었던, 아니 책으로도 볼 수 없었던, 깊은 재미와 의미가 차락차락 우러나는 원형적 이야기들! 그 보물 같은 이야기들을 현장에서 만날 수 있다는 것은 최고의 축복이었다.

한국에 이주해서 생활하는 외국 출신 제보자들을 대상으로 한 설화 조사를 계획하면서 기대보다는 걱정이 컸다. 한국과 달리 설화 문화가 유지되고 있어서 구전설화를 기억하고 전해줄 수 있으리라는 기대가 있었지만, 30~50대가 주축을 이루는 제보자들이 설화를 오롯이 구연할 수 있을지 의문이었다. 모국어가 아닌 한국어로 구술해야 하는 상황이라서 더 그랬다. 한국생활이 쉽지 않을 이주민들이 선뜻 마음을 열어줄까 하는 걱정도 없지 않았다.

결과는 기대 이상이었다. 수많은 이주민 제보자들이 기꺼이 자국 설화 구연에 나서 주었다. 모국의 이야기와 문화를 알린다고 하는 책임감과 자부심이 주요 동기였지만, 그들은 곧 설화 구연이 매우 즐겁고 유익한 일이라는 사실을 깨달았다. 그들은 한 명의 문학적 주체가 되어서 자신이 아는 이야기들을 성심성의껏 들려주었다. 고향에 계신 어른들에게 연락해서 묻거나 숨은 자료를 찾아서 구연해 주기도 했다.

모든 이야기는 책이나 자료를 읽어주는 형태가 아니라 내용을 기억하고 새겨서 말로 구술하는 형태로 조사를 수행했다. 마음으로 기억해서 재현한 것이라야 화소(話素)와 스토리가 살아있는 진짜 구비문학 자료가 되는 것이기 때문이다. 제보자들이 구술로 전해준 이야기들 속에는 실제로 구비문학적 힘이 생생히 깃들어 있다. 재미있고 의미심장하며, 현장감이 넘친다. 그 언어는, 살아 있다.

조사 과정에서 이야기를 들으면서 놀란 적이 한두 번이 아니다. 이주민 제보자들은 평균적인 한국 사람들보다 훨씬 이야기를 잘했다. 한 사람이 수십 편의 설화를 유려하게 구술한 사례가 여럿이며, 한 편의 설화를 30분 이상 완벽하게 구연한 경우도 꽤 많았다. 캄보디아의 킴나이키 제보자 같은 경우는 한 편의 설화를 2시간에 걸쳐 생생하게 구연하기도 했다. 한국의 유력한 이야기꾼들에게서도 좀처럼 보기 어려운 모습이다.

10여 명으로 구성된 조사팀이 만 3년에 걸친 현지조사를 통해 만난 화자는 150명 이상이며, 수집한 자료는 약 2,000편에 이른다. 이 중 공개 동의를 얻지 못한 이야기와 완성도가 낮은 이야기들을 제외하고 가치 있는 것들을 선별한 결과 27개국 130여 명 제보자가 구술한 1,364편의 이야기 자료가 추려졌다. 자료마다 기본 구연정보와 줄거리(개요) 등을 갖추어서 정리하니 분량이 단행본 20권을 채우게 되었다. 양적·질적 측면에서 '한국구비문학대계'에 비견될 '다문화 구비문학대계'라고 해도 좋겠다고 생각해서 이를 총서명으로 삼았다. 『한국구비문학대계』(1980~1988; 전 82권)는 한국 구비문학 조사사업의 빛나는 성과이자 인류의 소중한 문화유산으로서, 갈수록 가치가 증대되고 있는 구술자료집이다. 우리의 『다문화 구비문학대계』도 그와 같은 역할을 하게 될 것으로 믿는다. 세계 각국의 설화를 생생한 한국어로 집대성했다는 점에서 전에 없던 새롭고 특별한 언어문화 자료집이다. 이와 같은 현지조사 성과는 세계적으로도 유례없는 일임을 강조하고 싶다.

다문화 구비문학대계는 20권의 자료집과 1권의 연구서로 구성되어 있다. 자료집 구성은 다음과 같다.

1~2권 : 캄보디아 설화 (64편)
3권 : 태국·미얀마 설화 (53편)
4~5권 : 베트남 설화 (114편)
6권 : 필리핀·인도네시아·대만·홍콩 설화 (72편)
7~9권 : 중국 설화 (186편)
10권 : 몽골 설화 (92편)
11~12권 : 일본 설화 (149편)
13권 : 인도·네팔 설화 (78편)
14권 : 카자흐스탄 설화 (61편)
15권 : 러시아·중앙아시아 설화 (55편)
16권 : 유럽·중동·중남미 설화 (57편)
17권 : 세계의 문화와 풍속 이야기 (93편)
18권 : 세계의 속신·금기와 속담 (160편)
19권 : 세계의 신과 요괴 전승 (91편)
20권 : 한국 이주 내력 및 생활담 (39편)

1~16권까지 각국 설화를 나라별로 정리해 실었고, 17~20권에는 세계 여러 나라 문화 이야기와 속담, 생애담 등의 구술담화를 모아서 수록했다. 15권의 '중앙아시아'에는 우즈베키스탄, 키르기스스탄, 타지키스탄이 포함되며, 16권에는 에스토니아, 스웨덴, 터키, 아제르바이잔, 사우디아라비아, 도미니카공화국, 칠레, 브라질, 파라과이 등 9개국 자료가 실려 있다. 다 합치면, 설화가 수록된 나라는 총 27개국에 이른다. 중국편 자료가 가장 많은데, 한족과 조선족 자료를 포괄한 것이다. 7권에 한족 제보자의 구술자료를, 8~9권에 한국계 중국인 제보자 구술자료를 수록했다. 설화는 각 나라마다 앞쪽에 신화와 전설에 해당하는 것들을 싣고 뒤쪽에 민담을 실었다. 같은 유형의 자료를 한데 모으고 서로 내용이 통하는 자료를 이어서 배치함으로써 효과적으로 내용을 견줘볼 수 있게 했다.

27개국 총 1,364편에 해당하는 설화 자료 가운데는 한국에 처음 소개되는 것들이 매우 많다. 1, 2권에 해당하는 캄보디아 설화는 대부분 길고 흥미로운 것들인데, 모두가 한국어로 처음 출판되는 것들이다. 필리핀과 몽골, 인도, 카자흐스탄 등의 수많은 이야기들도 대부분 새로운 것들로 구성돼 있다. 베트남과 중국, 일본 설화 가운데는 한국에 알려진 유명한 이야기들도 포함돼 있지만, 새롭게 소개되는 것들도 많다. 각국의 대표 설화, 예컨대 베트남 설화 〈의붓자매 떰과 깜〉이나 일본 설화 〈복숭아 동자 모모타로〉 같은 경우는 제보자마다 이야기를 구술해서 최대 7~8편에 이르는 각편을 수록했는데, 세부 내용상 크고 작은 차이가 있다. 각편(各篇)마다 미묘한 차이가 있는 것은 구비설화의 본래적 특징으로, 이는 중요한 연구대상이 된다. 각국 주요 설화의 구술자료 각편들을 생생한 구어로 풍부하게 갖춘 것은 해당 국가에도 없던 일로서, 본 자료집의 가치를 더욱 높여주는 요소가 된다.

구비문학에 낯선 독자들로서는 구술을 녹취한 본문이 처음에 다소 어색하게 여겨질 수도 있을 것이다. 하지만 찬찬히 읽어나가다 보면 구술 담화의 맛과 가치를 생생히 느끼게 되리라고 믿는다. 구술자의 다양한 목소리가 귀에 쟁쟁 울려오는 듯한 경험을 할 것이다. 이주민 구술자들에 대하여, 이들은 오롯한 문화적·문학적 주체이자 구비문학 아티스트라고 말하고 싶다. 설화를 전공하는 한국인 연구자들에게 한국어 구술로 큰 감동과 깨우침을 안겼으니 특별한 아티스트가 아닐 수 없다. 현지조사 과정에서도 틈나는 대로 부탁했거니와, 이들이 앞으로도 적극적인 설화 구술로 21세기 한국어문화의 한 주역이 되어 주기를 기대한다.

본 자료집은 구비문학 연구와 언어문화 연구, 다문화 한국사회 연구를 위한 기초 자료로 널리 활용될 수 있다. 학술연구 외에 문화콘텐츠와 교육용으로도 본 자료집은 큰 의의를 지닌다. 작가와 기획자들에게 새롭고 특별한 소재를 제공할 것이며, 각급 학교와 평생교육 기관 등에서 다문화 교육자료 등으로 활용될 것이다. 아울러 본 자료는 일반 독자들에게도 재미있고 소중한 문학적·문화적 경험을 전해줄 것이다. 한국인 독자들은 외국의 문학과 문화에 대한 이해를 넓히는 한편으로 이주민들에 대한 인식을 일신할 것이며, 이주민과 다문화가정 구성원들은 문화적 정체성과 자부심을 내면화할 것이다. 아무쪼록 이 책이 한국사회 구성원들이 열린 마음으로 서로를 이해하는 가운데 상생적 화합과 발전을 이루어나가는 데 기여하기를 바라는 마음이다.

3년간의 현지조사와 정리 작업은 한국학중앙연구원 한국학 토대연구 지원 사업에 힘입어 진행되었다. 꼭 필요한 지원이 이루어져서 좋은 자료들을 널리 수집할 수 있게 된 데 대해 감사의 뜻을 밝힌다. 자료의 출판은 연구지원과 별개로 이루어진 것으로, 출판사의 후의와 결단에 의해 이루어졌다. 자료집의 가치를 이해하고 기꺼이 출판을 맡아준 북코리아 이찬규 사장님과 편집부 김수진 과장님께 깊은 감사 인사를 드린다.

이 자료집이 나올 수 있었던 것은 현지조사와 자료정리의 실무를 맡아 수고한 전임연구원과 연구보조원들이 있었기 때문이다. 팀장을 맡아서 일련의 길고 힘든 작업을 훌륭히 감당해준 박현숙, 김정은, 오정미, 조홍윤 박사와 이원영, 황승업, 김자혜, 김현희, 한상효, 김민수, 이승민, 엄희수, 강새미 등 여러 연구원의 노고에 감사와 사랑의 마음을 전한다. 공동연구원으로서 현지조사와 연구작업을 적극 뒷받침해준 김영순, 황혜진 선생님께도 깊이 감사드린다.

이 책은 기꺼이 이야기를 들려준 여러 제보자들에 의해 이루어진 것이다. 낯선 조사자들을 반갑게 맞이하고 바쁜 시간을 쪼개어 열성껏 이야기를 풀어내 주신 130여 명 제보자들께 머리 숙여 인사드린다. 본 자료집이 특별하고 귀중한 문화유산으로 자리 잡아 오래도록 널리 활용됨으로써 제보자들의 열정과 노고가 빛을 발할 수 있기를 바라 마지않는다. 모두들 행복하게 씩씩하게 잘 지내면서 한국사회의 실질적 주역 구실을 해주시기를 기원하며, 다시 만나 많은 이야기들을 즐겁게 나눌 수 있기를 기대한다.

2022년 5월
저자를 대표하여
신동흔

목차

5 머리말 : 현장에서 만난 1,364편의 생생한 이야기
13 일러두기

15 하늘을 연 반고 [1] _리칭후아
17 하늘을 연 반고 [2] _조림
20 세상을 창조한 반고와 사람을 만든 여와 _윤군 & 윤가사
23 사람을 창조한 여와 [1] _리칭후아
25 사람을 만든 여와 [2] _조림
27 하늘의 구멍을 막은 여와 [1] _윤군
29 하늘의 구멍을 막은 여와 [2] _조림
32 시조가 된 남매 복희와 여와 _리칭후아
35 태양을 쏜 후예 [1] _리칭후아
38 태양을 쏜 후예 [2] _유연
40 태양을 쏜 영웅 과부 _조림
44 달의 여인이 된 상아 _조림
48 달의 여인이 된 상아와 월병 유래 _리칭후아
51 달에서 항아와 살게 된 토끼 _조림
53 봉황산과 용 _황샤오링
56 상처를 낫게 하는 백두산 온천 _조림
59 뉴위쩨이산의 약수 _반소홍
61 약초를 캐는 노파와 지모초 _심죽령
67 바다를 메우는 새 정위 _조림

69 가목사 마을 유래 _리칭후아
72 남편을 따라서 죽은 맹강녀 [1] _리칭후아
76 남편을 따라서 죽은 맹강녀 [2] _조림
81 붉은 꽃 신부 _황샤오링
84 복(福)을 거꾸로 붙이게 된 사연 _심죽령
88 중양절 유래 _심죽령
91 니엔 괴물과 설날 유래 _심죽령
93 선초동 유래 _황샤오링
98 낙파절 유래 _황샤오링
102 한여름에 언 강을 건넌 누루하치 _윤군 & 윤가사
104 천계로 가는 계단을 만들려 한 영웅 나영 _황샤오링
108 불쌍한 여인을 도와 돌을 옮겨준 나영 _황샤오링
111 황제의 입을 가진 영웅 나영 _황샤오링
114 영웅 나영의 죽음 [1] _황샤오링
116 영웅 나영의 죽음 [2] _황샤오링
119 어머니 때문에 실패한 영웅 _황샤오링
122 영웅 제린 _황샤오링
127 수호신 온태보 _황샤오링
131 동곽 선생과 늑대 _천슈안
134 괴물을 물리친 목수 노반 _심죽령
139 노반의 발명품들 _심죽령
140 노반과 우산 _심죽령
143 제물이 된 처녀들을 구한 서문표 _심죽령
147 효자 곽거 _심죽령
149 왕개미를 구한 동조지 _심죽령
152 가난한 수재와 개미 _심죽령
155 산을 옮긴 위공 _유연
158 세상을 주유한 제공스님 _반소홍
160 견우와 직녀 [1] _반소홍
162 견우와 직녀 [2] _리칭후아
168 견우와 직녀 [3] _티엔옌
171 견우와 직녀 [4] _유연

174 견우(우랑)와 직녀 [5] _조림
179 우렁이 각시 [1] _장웨이
181 우렁이 각시 [2] _조림
183 백족의 두 형제 이야기 _심죽령
192 여우 퇴치하고 소심해진 강아지 _윤군 & 윤가사
196 마법을 할 줄 아는 사슴 _장웨이
198 새의 말을 듣는 사냥꾼 헤리포 _심죽령
202 사람 얼굴을 가진 뱀 미녀사 _반소홍
204 금색조 _반소홍
206 요괴 화피에게 훼손된 남편의 심장을 되살린 아내 _조림
217 보련등을 되찾은 여신의 아들 _조림
223 양산백과 축영대 _리칭후아
230 백사전 _조림
237 호랑이 할머니를 물리친 자매 _심죽령
244 해와 달이 된 오누이 _리칭후아
247 쥐 사위 고르기 [1] _유연
250 쥐 사위 고르기 [2] _심죽령
253 편식하다 망한 양반 _윤군 & 윤가사
255 승려 셋이 모이면 _반소홍
258 무시당하던 막내의 과거 급제 _윤군 & 윤가사
260 복숭아나무집 아가씨의 수수께끼 _윤군 & 윤가사
263 귀 막고서 방울 훔치는 도둑 _천슈안
266 욕심 많은 바이를 골탕 먹인 아판티 [1] _심죽령
269 욕심 많은 바이를 골탕 먹인 아판티 [2] _심죽령
271 욕심 많은 바이를 골탕 먹인 아판티 [3] _심죽령
275 황제를 놀린 아판티 _심죽령

279 제보자 정보

일러두기

1. 본 자료집은 한국에 와 있는 세계 여러 나라 이주민이 한국어로 들려준 설화와 생애담, 문화 이야기 등을 화자가 구술한 대로 녹취하여 정리한 것이다. 현지조사는 구비문학 전공자들이 만 3년에 걸쳐서 진행했으며, 구비문학 조사 및 정리 방법에 따라 자료를 수집 정리했다. 27개국에서 온 130명 이상의 제보자를 직접 만나서 구술 자료를 녹음했다. 제보자의 주축은 결혼이주민이며, 유학생과 이주노동자도 포함돼 있다.

2. 자료집은 총 20권으로 구성되어 있으며, 총 1,364편의 구술 이야기 자료가 수록되어 있다. 1~16권에는 각 나라별로 신화와 전설, 민담 등 설화자료를 실었고, 17~20권에는 여러 나라 문화 이야기와 속신·속담, 신과 요괴 전승, 생애담 등을 종합해서 실었다. 별권으로 연구서 『다문화 이주민 구술설화 연구』를 갖추어 조사사업의 성격과 의의를 밝히고, 자료 총목록을 제시했다.

3. 모든 자료마다 조사일시와 장소, 제보자와 조사자 등 기본 구연정보를 제시하고, 이야기 줄거리(또는 개요)를 제시하여 이해의 편의를 도왔다. 그리고 모든 설화와 생애담 자료에 '구연상황'을 제시하여, 해당 이야기가 어떤 맥락에서 구술되었는지 알 수 있게 했다. 설화집에 해당하는 1~16권 말미에는 나라별 제보자에 대한 정보가 제시되어 있다. 제보자 인적사항과 특성은 조사 당시를 기준으로 삼은 것으로, 추후에 변동되었을 수도 있다.

4. 이야기 본문은 녹음된 내용을 그대로 받아 적었으며, 현장 상황을 생생히 전하기 위해 조사자와 청중의 반응 부분을 함께 담았다. 한국어 어법에 맞지 않는 구술도 그대로 반영하여 전사했으며, 오해의 소지가 큰 경우 괄호 속에 표준어 표기를 제시했다. 내용 이해를 위해 필요한 경우에는 각주를 달아서 보충 설명을 했다.

5. 이야기 본문에서 제보자의 구술 외에 조사자와 청자의 반응은 [ ] 속에 넣어서 정리했으며, 기타 보충설명은 ( ) 안에 제시했다. 여러 조사자가 발언한 경우 '조사자 1', '조사자 2' 등으로 표시했는데, 번호는 구연정보의 조사자 순서에 준한다. 본문은 이야기 전개 흐름에 따라 문단을 나누었으며, 대화에 해당하는 부분은 행을 바꾸어 표현했다. 대화에 부수되는 언술은 행을 달리하되, '고'나 '구'는 구어체 특성을 살려 대화문 뒤에 붙였다. 2인 이상의 제보자가 공동으로 구술한 자료는 각 제보자와 조사자의 발화를 단위로 삼아 단락을 나누는 방식으로 편집했다.

6. 본 자료집에 자료를 수록한 모든 제보자들에게는 사전에 자료공개 동의를 받았다. 다만, 생애담 등의 구술에서 사적 정보가 노출될 수 있는 부분은 내용을 일부 삭제하거나 **로 표시하기도 했다. 조사장소도 개인정보 보호를 위해 번지수와 같은 세부정보를 삭제했다.

하늘을 연 반고 [1]

● 구연정보

조사일시 : 2017. 09. 21(수) 오전
조사장소 : 서울시 마포구 신수동
제 보 자 : 리칭후아(이청화) [중국, 여, 1976년생, 결혼이주 17년차]
조 사 자 : 김정은, 황승업

● 구연상황

제보자가 〈가목사 마을 유래〉 구연을 마친 뒤, 어린 시절 들었던 바위나 강에 관련한 재밌는 이야기가 있는지 물어보자 어린 시절에 교과서에서 보고 선생님한테 들은 이야기들이 있다고 했다. 신화와 맹강녀, 백사전, 견우직녀, 양산백과 축영대 같은 이야기를 들었다면서 신화와 관련된 이야기를 시작했다.

● 줄거리

반고라는 거인이 둥그런 우주 속에서 잠을 자다가 답답해서 우주를 깨고 나왔다. 반고는 자신의 키를 구천 리까지 키워서 붙어있던 하늘과 땅을 떨어뜨려 놓다가 힘들어서 죽었다. 반고가 쉰 숨은 구름이 되고, 방귀는 천둥이 되고, 왼쪽 눈은 태양이 되고, 오른쪽 눈이 달이 되고, 피는 강이 되고, 근육은 논과 밭이 되고, 피부는 초목이 되고, 뼈는 광물질이 되었다.

원래 이게 반고라는 사람인데 중국의 하늘을 연 사람은 반고라는 사람이에요.

이제 반고가 원래는 이 우주가 동그랗게 생겼대. 계란처럼 동그랗게 생겼는데 얘가 이 반고라는 사람이 요 계란 안에서 한 일만, 만 팔 천년동안 여기서 잠을 자다가 깼나 봐요.

딱 깨보니까 뭔가 동그랗고 답답하겠죠. 힘이 쌔니까 뻥 쳐서 깨버린 거예요. 깨버렸는데 그땐 하늘과 땅이 이제 거의 맞닿으니까 깨버렸는데도 답답하잖아요. 거의 맞닿았으니까. 막 숨도 못 쉬고 답답하겠죠, 아마 그때 그 반고의 느낌은 그랬을 거예요. 그죠?

그래서 얘(반고)가 계란이 딱 깨지니까, 이제 하늘이 뭔가 이제 푸른색이 쪼금 올라가고 땅이 내려갔는데도 이게 답답하니까 얘가 조금 더 올렸어요. 올려서 조금 더 갔겠죠. 얘가 원래 천하장사 힘이 너무너무 센 거예요. 그래서 얘가 좀 키를 좀 더 키웠어요. 키를 좀 더 키웠더니 또 더 쫌 올라갔대요. 그리고 얘가 이제 답답해 또 이제 걱정이 되는 거예요. 얘가 또 내려와서 얘가 이제 또 붙을까 봐 걱정되니까 계속 키를 계속 키운 거예요. 그래서 한 9,000리까지 키웠대요. 9,000리 정도를 키웠더니 하늘이 쑥 올라갔겠죠.

그래서 이렇게 됐으니까 얘가 이제 너무너무 힘들어갖고 죽어버린 거예요. 힘이 빠져가지고 죽었더니 코를 이제 얘 숨 쉰 공기가 구름으로 변한 거예요. 구름으로 변했고 방구소리가 '응!' 하고 주었을 때, 천둥이 된 거고. 뭐 이런 얘기.

그리고 왼쪽 눈은 태양이 되고 오른쪽 눈은 달이 됐대요. 그리고 이제 얘가 반고가 피가 흐를 거 아니에요. 죽었을 때 이제 피가 이러면 강이 되고 혈관은 도로가 되고 근육은 논과 밭이 되고 뭔가 이뤄가고 있는 거예요. 그럴듯하게. 그리고 치아하고 뼈 골수는 땅속이 딱딱해지면서 광물질이나 이런 것들이 되고 피부 같은 것은 초목으로 되는 거죠, 초원. '촤악' 되는 거고 땀은 이제 비와 안개로 변했대요.

이제 그 뒤로부터 하늘이 이제 쫙 열렸죠. 물론 여기 이야기는 반고가 이럼으로 해서 인류가 번식했다는데 사실 그다음에 하늘을 연거는 이제 반고다. 요 정도까지.

하늘을 연 반고 [2]

● 구연정보

조사일시 : 2018. 12. 11(화) 오후
조사장소 : 서울시 광진구 화양동
제 보 자 : 조림 [중국, 여, 1992년생, 유학 3년차]
조 사 자 : 신동흔, 오정미, 박현숙, 엄희수

● 구연상황

제보자가 〈요괴 화피에게 훼손된 남편의 심장을 되살린 아내> 이야기를 구연한 뒤 다소 지친 모습이었지만, 조사자가 신화에 대해서 묻자 힘을 내서 다른 이야기로 넘어갔다. 그렇게 반고에 대한 신화 구술이 시작되었다. 몇 가지 버전을 소개한 것이 특징이다.

● 줄거리

하늘과 땅이 분간이 안 되던 세상에 반고가 잉태되었다. 반고가 도끼로 세상을 치자 가벼운 것은 하늘이 되고 나머지는 땅이 되었다. 반고는 다시 하늘과 땅이 겹쳐지지 않도록 온몸으로 하늘을 받쳤는데, 결국 반고도 너무 힘들어서 지쳐 쓰러졌다. 지쳐 쓰러지면서 반고의 숨결은 바람이 되고 머리카락은 강물이나 바다가 되고 팔다리는 나무가 되었다. 두 눈 중 하나는 해가 되고 하나는 달이 되었다.

[조사자 3: 그런데 혹시 그 중국에 홍수가 나서 남매만 살아남은 이야기. 그 남매가 복희랑 여와라고 하는 이야기는 못 들어보셨어요?] 그게 제가 찾으면서 복희가 사실 그렇다고 얘기를 해서 그런데 저희들이 어렸을 때 들은 이야기는 다른 것 같아요. 복희 여와. [조사자 3: 남매만 살아남았다고 세상에.] 그렇게도 그게 버전이 나오는데 그건 뭐 〈산해

경(山海經)〉●이다 뭐 옛날에 명나라 더 전에 [조사자 3: 그거 들어본 적은 없는 거죠?] 거기까지는 그렇게 이야기로 안 나오고 거의들 동화 이야기 같은 걸로 나오면 싹 다 바뀌는 것 같아요.

그러니까 서유기에서도 나타가 나오는데 근데 나타 정의는 따라 했는데 그때 용왕은 좀 나쁜 용왕이고 삼태자가 태자 중에서 제일 나쁜 태자 그렇게 나오는 거 같아요. 그런데 실제 서유기에서 용왕은 태자들이 잘못한 게 있으면 절대 봐주지 않는 건데, 나타에서는 그래도 아이 잘못해도 아이들 표현으로 마을 사람들 괴롭히고 뭐 그렇게 나와 있어서. 그래서 이야기를 나중에 보면 신화 이야기 하나의 모티프가 여기서 나오고 저기서 나오는데 여기서는 좋게 나오고 저기서는 나쁘게 나오고 결국 뭐 약간 되게 근원적으로 보면 지금 아까의 했던 이야기랑 전혀 다른 모습인 것 같아요.

[조사자 2: 또 준비한 것 있지 않아요?] 토끼가 약을 찧는 이야기. 반고 개천(盤古開天) 이야기도 있어요. 반고 반자가 그릇이라는 그 반(盤)자인 것 같아요. 고는 그냥 옛날 고(古)자인데 개천은 하늘을. [조사자 2: 열었다.] 네, 그냥 뭐 개천했다.

초반부터 두 가지 버전이 있었는데 반고는 사실 옛날에 하늘과 땅이 그게 약간 어우러진 혼돈이 된 사이에서 하늘과 땅이 분간이 안 된 그때에 그 사이에는 알이 있었는데 거기에 반고가 잉태되었다고 하고. 두 번째 버전은 아마 그냥 앞부분 그냥 삭제해버리고 같은 버전에서 앞부분 빼고 넣고 한 차이인 것 같아요.

[조사자 3: 그 알에 있으면서 어떻게 돼요?] 그 알에 있는데 그러니까 쭈그리고 이렇게 앉는 모양인데 다리를 이렇게 앉고 있는데 너무 그 자세가 불편해서 어느 날 갑자기 너무 답답해서 손이, 손에 뭐 도끼가 쥐어져 있다고 하고 있는데 그 답답함에 앞을 그냥 후려쳤는데 알이 깨지면서 갑자기 반고가 나온 거래요.

● 〈산해경(山海經)〉은 기원전 3~4세기경에 쓰인 동아시아 지역에서 가장 오래된 중국의 대표적인 신화집이다. 중국과 변방 지역의 기이한 사물, 인간, 신들에 대한 기록과 그림이 실려 있다.

반고가 갑자기 몸을 풀 수 있고 두 번째 버전은 그냥 알이 없는 버전은 그냥 손에는 도끼가 쥐어져 있었는데 후려치면서 가벼운 건 하늘이 되었다. 하늘로 올라가 버렸다. 그런데 그 뒤에는 똑같은 부분이 거의 다 반고는 그래서 하늘과 땅이 이렇게 갈라지면서 다시 이렇게 붙어질까 봐 더 이상 이렇게 쭈그려, 알에서 쭈그려 있지 않고 손으로 이렇게 하늘을 바치고 팔이랑 이렇게 다리는 이렇게 받치고 있는데 그렇게 하늘이 십 척씩 두꺼워져 가고 있다. 그런데 땅도 매일 십 척씩 더 낮아져 가고 있는 버전이랑 땅은 십 척씩 두꺼워져 가고 있다 이렇게 두 가지 버전이 있고.

그렇게 해서 반고도 뭐 그 사이에서 자라고 있다. 자라지 않는 버전도 있고 그렇게 하다가 어느 날인가 반고도 너무 힘들어서 지쳐 쓰러졌는데 지쳐 쓰러지면서 반고의 그 숨결이 바람이 되고 머리카락은 강물이나 바다가 되고 팔다리는 나무가 되었고, 특히 눈은 하나는 해가 되고 하나는 달이 되고 이렇게 딱 매치가 돼요. 그리고 나머지는 뭐, 혈액은 오장육부는 나무에 있는 열매가 있었고, 그래서 후세의 사람들이 그걸 먹고 살아간다, 뭐 그런 건데 초반에는 사람이 아예 안 나와 있었어요. 어느 새부터 어느 순간에 갑자기 사람이 등장해서 그렇게 이야기가 끝나버렸어요.

그러니까 반고 이야기는 굉장히 짧은 이야기이고 나타 전기에서 반고가 그 하늘땅을 그렇게 갈라놓을 때 그 쟁반 같은 물건이 있었는데 그 태극 모양인데, 아니면 주머니에 딱 이런데 왼쪽은 달이고 오른쪽은 해고 이렇게 나오고 있는데 그게 깨지면서 땅이 갈라지면서 그렇게, 뭐 그 나타에도 반고 이야기가 들어간 것 같아요.

세상을 창조한 반고와 사람을 만든 여와

● **구연정보**

조사일시 : 2016. 12. 19(월) 오전
조사장소 : 서울특별시 광진구 화양동
제 보 자 : 윤군 [중국, 여, 1981년생, 결혼이주 8년차]
윤가사 [중국, 남, 1952년생, 기타(한국 방문)]
조 사 자 : 박현숙, 김현희

● **구연상황**

조사자는 건국대 박사과정에 재학 중인 송영림 선생의 소개로 윤군 제보자와 만났다. 제보자는 한국으로 여행을 온 아버지 윤가사 제보자와 함께 조사에 참여했다. 조사자는 윤군 제보자에게 조사 취지를 설명한 뒤 부친이 반고 신화에 대해 알고 있는지 물어봐달라고 했다. 윤군 제보자는 중국어로 부친한테 질문했으나 잘 모른다는 답변이 돌아왔다. 그러자 윤군 제보자가 자신이 알고 있는 반고와 여와에 대하여 간략하게 구연했다. 구연 과정에서 아버지와 자주 대화를 나누었고, 아버지 말을 통역하면서 구연을 이어갔다. 송영림 선생이 청자로 참여했다.

● **줄거리**

반고는 하늘과 땅을 만든 신이다. 여와는 반고의 갈비뼈로 만들어졌으며, 흙으로 사람을 빚었다. 복희와 여와는 남매 사이이며, 여와가 세상 사람들을 구했다.

반고에 대해 아버지는 잘 기억이 안 나요. 그래서 아버지는 확실하게 하나는, 이 반고는 역사 인물과 섞어서 나오는 거라서요. 실제는 비슷한 인물이 있는 거 같아요. 진나라 그전에 상나라 그때는 신 같은 인물이 좀 많아요.

(제보자는 부친인 윤가사 제보자의 중국어 설명을 들으며 구술함.)

한국에는 예수 교회 인물과 비슷한 거 같아요. 실제 인물인 거 같은데 묘사적으로 실제 인물 이런 거 같은 인물이에요, 반고가. 아주 전설은 아닌 거 같아요. 실제적으로 비슷한 인물이 있는 거 같고. 그래서 반고의 그냥 땅하고 하늘을 만들어 놓은 신, 인물? 이렇게 생각하고 있어요. 그리고 반고로 같이 나오는 신과 여와? 여와라고 하는데 사람이 만들은 거예요. 여와와 비슷한 거죠.

[조사자: 여와는 어떻게 사람을 어떻게 만들었는지 한번.]

(조사자의 질문에 대해 아버지 윤가사 제보자와 딸 윤군 제보자가 한동안 중국어로 대화를 주고받음.)

여와가 반고와 관계 좀 있는 거 같은데 사실관계는 여러 가지 있는데. 하나는 많이 하는 거는 반고 갈비뼈. 갈비뼈로 여와를 만들었어요. 그래서 여와는 제가 알고 있는 거는 땅으로 사람을 만들었어요. 아버지는 아니래요. [조사자: 그러니까 윤선생님이 알고 있는 건 흙으로?] 네. 그렇죠. [조사자: 흙으로 어떻게 빚어서 만들었대요?] 아니 그냥 손으로, 손으로. [조사자: 손으로 하나하나 빚어서 여와가?] 네. 여와가 만들었어요.

(조사자의 질문에 대해 아버지 윤가사 제보자와 딸 윤군 제보자가 한동안 중국어로 대화를 주고받음.)

[조사자: 여와가 그 복희랑 결혼했다는 이야기는 없어요? 아니면 둘이 남매였다거나, 들어본 적은 있어요?] 여러 가지 있는데 제일 많이 나는 거는 현재? 현재를 이야기를 많이 나누는 결혼은 사람들이 신이 결혼하지 않으면 좋겠다고 그렇게 생각하고 있어요. 여와가.

(제보자가 잠시 생각하다가 아버지 윤가사 제보자와 중국어로 대화를 주고받음.)

아빠도 결혼한 적 없다고 했어요.

[조사자: 남매였다는 이야기도 없고?] 남매 얘기는 있어요.

(조사자의 질문에 대해 아버지 윤가사 제보자와 딸 윤군 제보자가 한동안 중국어로 대화를 주고받음.)

아버지 이야기하는 대로 옛날에는 아주 오래전에 전설 이야기는 좀 있는데 근데 학교에서 이제는 안 배우니까 그래서 확실하게는 없어서요. [조사자: 말로 전해지는 게 없겠다.] 말로 전해지는 거는 지금 기억이 안 난대요. 죄송해요.

[조사자: 윤 선생님은?] 저요? 저는 그냥, 남매 이야기 있는데도 나중에 알고 있는 거죠, 책 보면서. [조사자: 책 보면서 알았던 거 괜찮아요.] 그냥 남매 이야기하는 대로 사람들이 구하는 거죠. 사람들이 구해서.

사람을 창조한 여와 [1]

● 구연정보

조사일시 : 2017. 09. 21(수) 오전
조사장소 : 서울시 마포구 신수동
제 보 자 : 리칭후아(이청화) [중국, 여, 1976년생, 결혼이주 17년차]
조 사 자 : 김정은, 황승업

● 구연상황

제보자가 〈하늘을 연 반고〉를 구연한 뒤 이어서 인간을 만든 여신에 대한 이야기로 넘어갔다.

● 줄거리

하늘을 연 반고가 죽고 난 이후, 아름다운 여신 여와가 나무를 만들고 닭, 개, 양, 돼지, 소, 말, 사람, 곡식, 조, 보리 등 세상에 필요한 것들을 만들어냈다. 사람이 부족하자 여와는 진흙으로 사람을 빚어 생기를 불어넣었다. 이 남자와 여자를 통해 후손이 번식하게 되었다.

하늘 열었으면 인간이 번식하고 살아야 하잖아요. 누가 인간을 만들었을까. 그때는 항상 신이 굉장히 많았잖아요. 그런데 이제 신의 시대니까, 이제 그다음에 신이 나와요. 인간을 신이 나와요.

그게 바로 여와. 여완데요. 여와는 어떻게 인간을 만들 것인가. 그죠. 이제 반고가 딱 죽으니까 어느 정도 이제 구색은 갖췄잖아요. 피로서 뭐 어떻게 도로도 만들어지고 이게 강도 만들어지고 혈관으로 도로도 딱 만들어졌는데, 이제 인간이 없는 거예요. 인간을 이제 어떻게 만들었을까.

이게 뭐냐면 책들이 거기 다 기재가 되었는데 뭐 〈설문해자(說

文解字)〉●라는 책에 이제 기재가 되었는데 여기에 여와에 대해서 이렇게 얘기를 했대요.

'태고에 신성한 여인으로 나무를 만들어낸 존재다.'

그래서 여와라는 건 굉장히 아름다운 존재예요. 우리에게 여와 하면 사실은 중국의 어떤 신화에 그런 게 되게 많잖아요. 이야기나 TV에서도 많이 나오는데 여와가 신으로 등장하는 것도 있는데 여와는 굉장히 사람들을 위해서 헌신하는 아름다운 것으로 그려져 있거든요.

그래서 여와가 이제 딱 등장을 한 게 사람을 만든 거. 그래서 첫째 날에는 뭘 만들었냐면 닭을 만들었고. 이튿날에는 개를 만들었고. 이제 삼일 날에는 양을 만들었고. 이제 나흘째 되는 돼지를 만들었고. 다섯째 날에는 소를, 여섯째 날에는 말을, 이레 날에는 사람. 여와가 계속 그치지 않는 거예요. 계속 뭔가를 만들어 여드레 날에는 곡식, 아흐레 날에는 조, 열흘째 되는 날에는 보리를 만들고. 이제 세상에 필요한 거는 다 만들은 거예요.

이제 세상에 필요한 걸 다 만들었는데 사람이 부족하잖아요. 그래서 얘(여와)가 진흙으로 빚는 거예요. 사람을 '쪼목 쪼목 쪼목' 빚었는데, 이제 생명이 없잖아요. 그래서 이제 남자하고 또 여자를 만들은 거예요. 남자하고 여자하고 만들어서 얘들에게 생기를 좌악 불어넣어갖고 후대가 번식을 했다, 요까지.

● 〈설문 해자〉는 후한 때 경학자 허신이 지은 책으로 한자를 부수에 따라 분류하여 배열한 중국의 가장 오래된 자서이다.

사람을 만든 여와 [2]

● 구연정보

조사일시 : 2018. 12. 11(화) 오후
조사장소 : 서울시 광진구 화양동
제 보 자 : 조림 [중국, 여, 1992년생, 유학 3년차]
조 사 자 : 신동흔, 오정미, 박현숙, 엄희수

● 구연상황

제보자가 〈남편을 따라서 죽은 맹강녀〉를 구술한 뒤 계속해서 다음 이야기 구연을 이어갔다.

● 줄거리

옛날에는 천지가 분간되지 않았다. 여와가 자기와 닮은 존재가 있으면 좋겠다고 생각하여 흙으로 사람을 빚었다. 그 흙으로 빚은 사람들은 여와의 99명의 자식이 되었고 여와와 함께 행복하게 살았다. 49명이 여자였고 50명이 남자여서 한 명은 짝이 없었다.

그러니까 세 번째는 여와가 사람을 만드는 이야기인데 '여와조인'이라고 한자로 그렇게 쓰고 있는데 여와가 애기라는 와자가 아니고 다른 와자입니다.

그리고 옛날에 여와가 살고 있었는데 그때는 세상에는 하늘과 땅이 일부만 분간되고 일부는 분간되지 않는 그런 상황에서 일부는 어둡고 생기도 없고 뭐 풀도 없고 숲도 없고 모든 생명체가 없었다고 합니다. 그래서 가끔 숲에는 뭐 짐승이나 살고 있는데 여와는 혼자서 그러니까 가끔 뭐 숲속의 동물들과 놀기도 하는데 너무 자주 놀 수는 없고,

‘자기처럼 걸어 다닐 수 있는 그런 인간이 있었으면 좋겠다.’고. 생각해서 그 찰흙으로 사람 모양을 빚기 시작했는데.

여기서 버전이 좀 여러 가지로 많이 나오고 있는데, 그 마흔 아홉 개는 여자를 아예 사람모양으로 빚었는데 여자가 되었는데, 나머지 오십 개가 흙이 약간 모자라서, 모자라게 돼서 그냥 흙덩이 같은 물건을 만들어서 마흔 아홉 개 옆에도 있고 위에도 이렇게 얹어졌다고 하는데 그게 생기를 부여받아서, 그게 신이었어요. 신이 생기도 있고 세상이 그런 영기라는 영(靈) 자인데 영기를 부여받아서 갑자기 생기를 띄게 되면서 숨이 붙어져서 생명체가 된 거예요.

그래서 그렇게 살고 여와가 엄마가 되고, 여와는 매일마다 구십 구명의 자식들과 같이 행복하게 살았다고 합니다.

[조사자 2: 40개가 여자면.] [조사자 3: 49개.] [조사자 2: 49개가 여자고 그럼 50개는 뭐야?] 남자. 그냥 흙덩이인데 그게 생기를 받아서 남자가 됐대요. 한명이 딱 짝이 없는 거 같은 느낌이에요. [조사자 2: 아아 그러네.] 그런데 굳이 그렇게 찝지는 않았어요. 이야기에서.

[조사자 3: 근데 여와가 엄청 크다거나 그, 크기에 대한 얘기는 없어요?] 없었는데 애니메이션에 보면 여와는 굉장히 크고 애기는 굉장히 약간 발 정도 손에서 이렇게 (모양을 직접 보여주며) 된 정도밖에 애니메이션 쪽은 그렇게 저기했어요. [조사자 2: 애니메이션에서.]

하늘의 구멍을 막은 여와 [1]

● **구연정보**

조사일시 : 2016. 12. 19(월) 오전
조사장소 : 서울특별시 광진구 화양동
제 보 자 : 윤군 [중국, 여, 1981년생, 결혼이주 8년차]
조 사 자 : 박현숙, 김현희

● **구연상황**

제보자는 〈세상을 창조한 반고와 인간을 만든 여와〉 이야기에 이어서 여와와 관련된 돌 이야기를 구연했다. 제보자는 학창시절에 사실적 역사만 배워서 설화가 잘 기억나지 않는다고 설명했다. 제보자를 소개한 송영림 선생과 제보자의 부친 윤가사 제보자가 청자로 참여했다.

● **줄거리**

하늘에 구멍이 나서 비가 많이 내렸다. 여와가 돌로 구멍을 막아 사람들을 구했다. 몇몇 중국의 산에는 여와돌이 남아 있다.

[조사자: 혹시 비가 많이 내렸다고?] 비가 내린 이야기도 있고요.

여와가 하늘이랑 붙어 있는 거 있잖아요. 벼루, 아니 벼루 아닌데. (잠시 생각하며) 하늘에서 구멍이 났어요. 구멍이 났는데 그래서 여와가 사람을 구했어요. 구하는 돌이 있어요. 돌, 그 돌은 중국에서 여러 가지 산 위에 유명한 돌이 좀 있었어요. 그래서 지금 돌아다니는 여행지도 이 돌이 '여와 돌'이라는 이야기가 좀 있어요. 여와 돌이래가지고. 한 몇 개는 많지 않아요. 여와 돌.

[조사자: 돌로 어떻게 구했어요? 사람을?] 어떻게 구하는지. 반고가 하늘을 만날 때 땅을 만날 때는 만나는 돌이라고 이야기했어요. 그

돌을 여와들이 이용해서 하늘 구멍을 막아놓은 이야기 좀 있어요.

아버지 이야기하는 거는 아주 옛날에 이야기 좀 있는데, 그때는 나라 세우면서 이거는 다 반대로 하는 시기 있었어요. 이거는 귀신, 사주 다 반대하는 시기 있어서 역사만 배웠었어요. 이런 옛날이야기 많이 죽었어요, 사실.

[조사자: 그렇죠. 한국과 많이 안 비슷할 거예요. 그럼 여와 돌은 어느 지역에 있어요?] 여와 돌이요? 나라 큰 산에서 다 조금 그런 이야기들 좀 있어요. [조사자: 큰 산이 있는 지역은 웬만큼 다 하나씩 있어요?] 네.

하늘의 구멍을 막은 여와 [2]

● 구연정보

조사일시 : 2018. 12. 11(화) 오후
조사장소 : 서울시 광진구 화양동
제 보 자 : 조림 [중국, 여, 1992년생, 유학 3년차]
조 사 자 : 신동흔, 오정미, 박현숙, 엄희수

● 구연상황

제보자가 〈사람을 만든 여와〉 이야기를 마친 뒤 조사자에게 아는 이야기인지 물었다. 조사자가 아는 이야기도 상관없다고 하자 다음 이야기 구술을 이어 갔다.

● 줄거리

반고 시대에는 하늘을 받들어주는 4개의 기둥이 있었다. 그런데 하늘에 갑자기 구멍이 나면서 경천기둥이 무너졌고 더 이상 생명체가 살 수 없는 혼란한 세상이 되었다. 여와는 사람들이 고통받는 것이 안타까워 바다거북의 신에게 부탁을 해서 바다거북의 팔다리로 하늘을 받들게 했다. 또 바다거북 신은 등딱지도 여와에게 주었는데 여와는 그 등딱지를 이용해 녹인 옥색석으로 하늘에 난 구멍을 메워 사람들을 구하고 자신은 죽었다. 하늘에 난 구멍을 메워 사람들을 구하고 자신은 죽었다.

그리고 네 번째 이야기는 그렇게 세 번째 여와가 사람을 만든 이야기에서 이어진 이야기인데, 반고시대에서 '경천기둥'이라고 했는데 하늘 경천기둥. [조사자: 경천기둥?] 네.

하늘을 이렇게 (받치는 손 모양을 하며) 받들어주는 기둥이 4개가 있었는데 [조사자: 받쳐주는.] 받쳐주는 기둥이 갑자기 무너지면서,

대지에 대해서는 중국에서는 '구주대지' 아홉 개 주라는 그 구주대지로 부르는데. 하늘이 갑자기 구멍이 나면서 무너졌는데.

그 경천기둥이 무너지면서 하늘도 따라서 구멍이 나고 무너졌는데 더 이상 사람들도 살 수 없고 짐승도 살 수 없고 나무나 풀도 뭐 더 이상 모든 생명체가 있는 생명체들이 살 수가 없다는, 홍수가 나서 맹수도 나중에 다 숲속에서 뛰어나와서 먹는 것이 없어서 여와가 만든 사람들을 막 잡아먹고 해서 여와가 굉장히 가슴 아팠다고 합니다.

그 원인은 뭐 수신과 화신이 싸워서 그렇게 됐다. 뭐 이렇게 이기도 하고 수신과 화신이 싸우지 않고 이렇게 됐다고도 하고 두 가지 버전이 있는데. 사람들마다 제일 중요한 거, 아니 제일 중요한 게 아니라 그냥 여와가 빚은 사람들만 굉장히 애를 먹고 있어서 그렇게 보고만 있을 수 없는데. 여와가 그때 바다거북이 있는데 '신거북이'라고 거북신인데 중국에서는 그 신자를 앞쪽에. 그래서 자세한 번역도 없었습니다. 그렇게 해서 그 바다거북한테 부탁을 했다고 합니다.

"혹시 그 팔다리로 받쳐줄 수 없냐."고.

그래서 바다거북이, 거북이가 그렇게 하겠다고 해서. 거북은 원래 신이 신적인 존재여서 여와가 만든 사람하고는 크기가 굉장히 약간 일반적인 거북이보다는 훨씬 컸다고 해서 팔 다리가 이렇게 받들어주고 나서, 받들기 전에는 바다에서 이 바다라는 수면 위로 이렇게 다리가 나왔다고 합니다.

팔다리가 나오고 그렇게 받들기 전에는 일단 먼저 바다로 돌아가서 등을 그 껍데기 등을 벗어서 바닷가로 그렇게 밀어서 파도로 밀어줬다고 합니다. 그렇게 받은 거북 등으로 거기서 여와가 금강석도 있고 오색석도 있고 두 가지 석이 있는데 이건 두 가지 버전이라고 합니다. 그래서 금강석이나 오색석을 녹여서 철을 약간 녹이면 철물 이런 것처럼 그렇게 물 액체 상태로 만들어서, 여와 그걸 안고 나서 거북 등으로 그걸 떠서 구멍. 하늘이 이렇게 중간에 구멍이 났는데 그 구멍 위로 올라가서 하늘 위로 올라가서 한 번씩 이렇게 날아가면서 이렇게 그걸 메웠다고 하는데 나중에 마지막까지 메우고 나서는 여와도 지쳐서 쓰러져서 여와는 죽게 되고 대신 세상의 모든 생명체들이 사람이나 짐승이나 풀이랑 전부다 생기를 다시 되찾고 옛날처럼 편하고 행복한 생활을 했다고 합니다.

[조사자: 그러면 그 거북이 상이라든가 뭐 그런 게 있어요? 중국에?] 전 못 찾았어요. [조사자: 없어요?] 제가 찾아봐야 해요. [조사자: 아니 그냥 궁금해서.] 거북이도 약간 좀 그런 신화이야기에서 등장을 좀 [조사자: 많이 나오죠? 아니 베트남도 거북이가 신화에 되게 많이 나오더라구요. 그래서 중국도 그런 거 같아서.] 네 중국은 거북도 있고 근데 용이 되게 많이 나온 거 같아요. 용은 실제로 존재하는 동물은 아닌데 황제를 상징해서 황제 옷이 있는데 그 앞쪽에 용을 제재로 하나 궁에서 최고로 가는 수놓음을 하는 궁녀가 한다고 합니다.

시조가 된 남매 복희와 여와

● **구연정보**

조사일시 : 2017. 09. 21(수) 오전

조사장소 : 서울시 마포구 신수동

제 보 자 : 리칭후아(이청화) [중국, 여, 1976년생, 결혼이주 17년차]

조 사 자 : 김정은, 황승업

● **구연상황**

제보자가 〈사람을 창조한 여와〉 이야기를 마친 뒤 자연스럽게 〈시조가 된 남매 복희와 여와〉 이야기로 넘어갔다.

● **줄거리**

고비라는 선한 신과 뇌공이라는 악한 신이 있었다. 고비의 자식인 여와와 복희는 아버지가 당부한 '뇌공에게 물을 주지 마라'는 금기를 어기게 되어 결국 인류는 멸망했다. 이후 둘만 남게 된 여와와 복희는 부부가 되어 자손을 퍼뜨리게 되었다.

그 외에도 여와하고 복희(伏羲)라는 사람이 있어요. 여기서 인간은 여와가 번식했다는데 복희는 뭐냐면 사실 여와의 남맨데 또 다른 어떤 하나의 신화겠죠.

사실 여와가 위대한 건 맞는 것 같아요. 하늘은 반고가 열어서 여와가 진흙으로 사람을, 뭐 뭔가를 만들었어요. 이제 진흙으로 어느 정도 만들어 놨겠죠. 얘들이 계속 번식을 해야 하잖아요. 그래서 아마 복희가 등장하지 않았을까. 복희는 뭐냐면 사실은 여와의 남맨데 반고가 하늘을 딱 열고 이제 여와가 인간을 만들었을 때 사람들은 평온하게 살았을까. 이런 거죠. 평온하게 살지를 못하죠. 항상 우리는 뭐냐면 천지의 변수라는 게 있잖아요. 비도 내릴 수 있고 홍수가 날 수도 있고. 이럴 수가 있잖아요. 화산이 폭발할 수도 있고.

그런데 이게 중국에서도 항상 등장하는 게 홍수가 나갔고 사람들이 죽잖아요. 그 속에서 사실 남은 게 이제 복희하고 누구냐면 여와예요. 왜 둘만 남게 되었느냐. 사실은 이제 그전에 그전에는 안 그랬죠. 복희와 여와도 다 신이고 아버지도 신이잖아요. 아버지가 누구냐면 고비라는 신이에요. 고비라는 신은 굉장히 맘이 착하고 좋은 긍정적인 신이었는데 뭐냐하면 뇌공이라는 신이 있었는데 고비는 뇌공의 형이에요. 뇌공은 주로 하늘을 다스리고 하늘을 다스리다 보니까 얘가 홍수를 일으킬 수도 있고 힘이 장난 아니에요. 한번 얘가 힘을 썼을 때 이러면서 홍수를 내거든요.

'도저히 얘 때문에 안 되겠다.'

늘 물난리가 나고 그래서 고비가 이제 내란을 일으켜서, 싸워서 뇌공을 가둔 거예요. 세상 같은 데 가둬놨어요. 그래서 고비가 어딘가 뭔가 출장을 이제 가야할 일이 있어서 여와와 복희한테,

"절대 물 주면 안된다."고.

왜냐하면 얘는 물을 먹어야 힘을 쓸 수 있기 때문에

"물 절대 주면 안 돼!"

했는데, 아빠가 가자 여와와 복희는 맘이 착한 남매란 말이에요. 아버지한테 받은 긍정적인 심성을 가지고 있어요. 가서 삼촌이 계속 물을 달라는 거예요.

"물 좀, 물 좀, 너무 죽을 거 같아, 물 줘!"

하니까, 도저히 거절할 수 없는 거예요. 거의 죽을 것 같고. 그래서 물을 준 거예요. 그래서 삼촌이 힘을 '빡!' 썼죠. 이게 천둥번개 치고 막 물이 막 난리가 나고 비가 엄청나게 많이 내리더니 홍수가 새갖고 그 속에 고기도 다 죽은 거예요.

다 죽고 복희하고 여와만 남은 거죠. 너무 안타깝게도. 그래서 둘만 딱 남게 되어서 이제 어떻게 해요, 원래는 이게 남매기 때문에 결혼을 못하잖아요. 그 시대 신들도 남매는 결혼을 못하더라구요. 그래서 얘들이 못하니까 어떻게 하면 좋을까. 그래서 다시 얘들한테

합칠 수 있는 방법을. 또 다른 신이 있잖아요. 어떻게 하겠냐고 그래서 신한테 어떻게 하면 좋겠냐고 막 구했나 봐요. 그래서 인간 세상에 인간은 번식을 해야 할 것 같고.

"그러면 너희둘이 결혼을 해라."

그때 첫 번째로 나왔나 봐요. 그래서 얘들이 결혼을 해서 번식을 하고 그 뒤에 또 계속 후대가 해서 오늘날의 인간이 되었다고 합니다. 그래서 우리 조상들은 여와와 복희랍니다. 할아버지는 복희, 엄마는 여와라. 그렇다고 하네요.

[조사자 1: 여와하고 복희도 거인신인가요?] 뭐 거인이라고 나오지는 않고요. 그냥 일반 사람 같지 않았을까요. 사실은 사람처럼 생기지는 않았어요. 얼굴은 사람인데 몸은 여와는 몸이 뱀이에요. 복희하면 사람들이 알 수도 있고 모를 수도 있는데 여와는 그래도 워낙 많이 존재해요. 복희도 아마 저도 아마 복희에 대해서 생김새가 어땠을까에 별 관심이 없었던 것 같아요. 여와가 어떻게 생겼을까 궁금하고 그래서 여와는 찾아보기도 하고 그랬던 것 같아요. 남매니까 비슷하게 생기지 않았을까.

태양을 쏜 후예 [1]

● **구연정보**

조사일시 : 2017. 09. 21(수) 오전
조사장소 : 서울시 마포구 신수동
제 보 자 : 리칭후아(이청화) [중국, 여, 1976년생, 결혼이주 17년차]
조 사 자 : 김정은, 황승업

● **구연상황**

제보자가 〈시조가 된 남매 복희와 여와〉 구술을 마친 뒤 이제 사람들 이야기를 하겠다며 구연을 이어갔다.

● **줄거리**

동쪽을 관리하는 동방천제의 아내에게는 열 명의 아들이 있었는데, 이들은 모두 태양이었다. 열 개의 태양이 동쪽 바다에서 차례로 목욕을 하고 중간에 나무에서 새처럼 쉬는데, 하루는 10개의 태양이 동시에 올라오게 되어 강물이 마르고 동물들이 모두 죽을 지경이 되었다. 후예가 태양을 모두 쏘자 세상이 암흑이 되었다. 다시 천제에게 빌자 천제가 동쪽에서 태양 하나가 뜨게 해서 오늘날까지 오게 되었다.

자, 이번에는 후예(后羿)는 다 알잖아요. 얘는 상아의 남편이잖아요.

원래 해가 열 개예요. 그 해의 중심에 새가 있어요. 원래 그 동방천제라면, 동방천제의 아내예요. 아마 하늘의 동쪽을 관리하는 신의 아내였는데, 자식이 열 명이었는데 얘들이 이제 태양인 거예요. 그 중간의 새 모양으로 되어있는데, 늘 뭐냐면 동쪽의 바다에 가서 목욕을 하는 거예요. 그리고 엄마가 이제 목욕을 하는데.

해들은 그때만 해도 열 개가 동시에 뜨지 않고 어떻게 뜨냐 하면 얘들이 나무의 중간에 새가 있고 새다 보니까 나뭇가지에 걸쳐 앉겠죠. 앉고 저 위의 높은 데 뜨고 밑에서 휴식하고 이러면서 얘가 해가 질 무렵 내려오고 한 놈이 또 올라가고 자꾸 두 바퀴를 굴리면서 올라갔다 내려왔다 올라갔다 그다음 놈이 올라갔다 내려가고 요런 식으로 해서 한 놈 한 놈 이렇게 하다보니까 별 사람들이 그때만 해도 행복했어요.

그때만 해도 어떤 시절이었냐면 사람과 동물이 관계가 돈독했다고 해요. 라포가 굉장히 잘 형성되었던 시기였나 봐요. (웃음) 그래서 뭐 아침이 눈 딱 뜨면 동물들을 자기 집 굴이라 그러죠. 거기다 탁 놔둬도 별 걱정이 없는 거예요. 누가 잡아갈 일이 없으니까. 그렇게 굉장히 행복한 시간을 보냈었죠. 근데 누구나 다 일탈을 원하잖아요. 열 명의 아들들이 갑자기 일탈을 원하는 바람에 얘들이,

'동시에 만약에 기어 나오면 참 재미있겠다.'

이런 생각을 했겠죠, 그래서 한 번에 쫙 나온 거예요.

그럼 어떻게 되겠어요. 난리 나서 바닷물이 마르고 강물이 마르니까 바다에 살던 괴물들이 나와서 사람들을 해치고 짐승들을 해치고 동물들을 해치고 막 이러는 거예요. 사람들은 너무너무 더우니까 막 쓰러져 죽고 동물들 죽고 막 이러는 거예요.

'도저히 안 되겠다.'

그래서 신께 찾아가자 신들이

'이 태양을 어떻게 해결할 누군가가 있어야 하겠다.'

생각을 했겠죠. 이거는 동쪽의 일이니까. 이때 딱 나타난 게 후예. 예가 나타난 거예요. 예가, 예는 굉장히 키가 크고 9척이고 굉장히 우람지고 활을 신궁이었죠. 잘 쏘고.

"제가 그러면 9개의 태양을 쏴서 사람들을 인류를 구하겠습니다."

하고 나타난 거예요.

얘가 딱 나와서 동쪽으로 진짜 엄청난 아흔아홉 산봉우리 산을 넘고 하여간 999자 9자를 그만큼 중국 사람들이 좋아하는 거예요. 이때도 볼 수 있는 거예요. 그만큼 길고 길어서 오래오래오래 간 거

예요.

가서 첫 번째 태양을 딱 쐈는데 떨어진 거예요. 두 번째는 두 개 떨어진 거예요. 그리고 이제 뭐냐하면 하나만 남기면 되잖아요. 이제 마지막 딱 쐈고 9개까지 떨궈서 이제 됐다 했는데 마지막 놈이 얘가 바다 속으로 쏙 들어가 버린 거예요. 그래가지고 이제 태양이 없잖아요. 그래가지고 암흑 속에 빠진 거예요.

'오! 어떻게 해.'

사람들이 다시 이제 암흑이란 건 우울하잖아요. 사람들이 슬프고 괴롭고 또 막 그런 거예요. 그래서 다시 신께로 찾아가,

"어떻게 하면 좋겠냐?"고.

그래서 이 신이 아주 대단한 신이었나 봐요. 옥황상제는 마법을 부렸겠죠. 그랬더니 열 번째 태양이 물속에서 서서히 올라오는 거예요. 그 뒤로부터 이제 해가 동쪽에서 뜨기 시작했대요.

이게 후예. 예의 이야기였어요.

태양을 쏜 후예 [2]

● **구연정보**

조사일시 : 2018. 04. 16(월) 오전
조사장소 : 충청남도 천안시 동남구 문화동
제 보 자 : 유연 [중국, 여, 1981년생, 결혼이주 4년차]
조 사 자 : 오정미, 한상효, 엄희수

● **구연상황**

제보자가 〈산을 옮긴 위공〉 이야기를 마쳤을 때, 조사자들이 제보자의 고향을 물어보며 혹시 고향에서 전해내려오는 이야기가 없는지 물었다. 제보자는 별로 아는 게 없다고 하며, 준비해 온 이야기를 짧게 구술했다.

● **줄거리**

옛날에는 하늘에 태양이 10개가 있어서 가뭄이 심하고 사람들이 살기 힘들었다. 그래서 활을 잘 쏘는 후이(후예)에게 해들을 쏴서 없앨 것을 부탁했다. 후이(후예)가 태양 7개를 쏴서 사람들 사이에서 영웅이 되었다.

하늘에서 태양이 10개 있었어요. 어, 땅을 탔고, 농작물을 다 마르구, 사람 너무 더워서 숨쉴 수 없었어요. 사람들 다 그, 쓰러지구. 엄청 고생했어요. 음, 그리구 뭐 맹수도 무서운 동물 나와서 강에서 산에서 나와서 사람 괴롭혔어요.

이런 상황을 하느님이 알게 되었구, 하느님이 거기 활을, 양궁을 잘 쏘는 후이(후예)라는 젊은 친구, 거기 인간에 와서 좀 도와달라고 얘기했어요. 후이는 음, 궁, 궁, 어, 후이는 거기 하늘에서 응, 활을 궁, 양궁을 쏴서 해를 일곱 개를 쐈어요. 마지막 하나 남아서 어, 농작물도 잘 되게 사람도 잘 생활 잘 되게 하게 하는 거예요.

그래서, 어, 음, 사람, 사람들을 응, 후이를 되게 영웅처럼 생각하구 어, 후이스어르(后裔射日)houyisheri라고 하는 겁니다.

[조사자 1: 성공한 영웅인 거죠? 그렇죠?] 네. [조사자 2: 제목을 한국어로 하면 어떻게 붙일 수 있을까요?] 한국어로요? 후이, 슬르. [조사자 1: 무슨 뜻이예요?] 후이(后裔)houyi는 사람 이름이고, 스어르(射日)sheri는 해를 쐈다. 네.

태양을 쏜 영웅 과부

● **구연정보**

조사일시 : 2018. 12. 11(화) 오후
조사장소 : 서울시 광진구 화양동
제 보 자 : 조림 [중국, 여, 1992년생, 유학 3년차]
조 사 자 : 신동흔, 오정미, 박현숙, 엄희수

● **구연상황**

제보자가 〈하늘의 구멍을 막은 여와〉를 마친 뒤 자신감을 더 가지고 신화 구술을 이어갔다. 주인공 '과부(夸父)'는 보통 '과보'로 발음되는 인물이다.

● **줄거리**

옛날에는 해가 열 개 있었는데 그 해는 모두 동방천제의 아들들이었다. 이 아들들은 한 명씩 번갈아가며 뜨고 지면서 세상을 밝혔는데, 어느 날 10명이 동시에 세상에 나가 온 세상이 불타버릴 위기에 처했다. 그때 과부라는 영웅이 해 9개를 떨어뜨리고 1개만 남겨두었다. 화살에 맞은 해는 본래의 모습인 새로 변해 떨어지며 사라졌다.

그리고 과부가 여자가 아니라 과는 과장하다는 과(夸)자에 부는 남성이라는 아버지 부(父)라는 그 남자가 있었는데, 과부가 태양을 활로 쏴서 내리는 이야기가 있습니다.

그러니까 옛날에는 하늘에 해가 하나가 아니고 열 개가 있었는데 그러니까 열 개, 해가 열 개가 모두 남자이고 동방천제의 아들이라고 합니다. 그리고 해는 뭐 동방천제와 동방천제는 아빠이고 부모님과 같이 동해 바닷가에서 살고 있었는데 그 동해바닷가가 세상에서 제일 동쪽 끝에 있는 바닷가라고 합니다. 그 동쪽 바닷가에서 살고 있는데 엄마는 아이 열 명을 자주 동해바닷가에서 목욕을 해줬다고 합니다.

그리고 그 태양의 중심에는 그 상징적인 동물인데 그게 새로 되어있다고 합니다. 자세한 새는 그건 밝혀진 건 없습니다. [조사자 2: 그 새 이름도 없고?] 기본적인 모티프에서는 주어지지 않았어요. 그러니까 버전에 따라서 새는 그냥 뭐 신적인 존재, 뭐 그런 세상에 없는 새가 나올 수도 있을 것 같습니다. 그 새가 새는 원래 나무에 있어서 그 해가 열 개는 그 나뭇가지 끝 쪽에 거기에 걸어서 쉬고 있다, 이렇게 이야기가 나오고 있습니다.

그렇게 쉬고 있는데 한 명씩 아침이 되기 전에 그러니까 뜨고 지고 이렇게 열 명이서 번갈아가면서 순서대로 나갔는데 어느 날 형제 열 명이서,

"이렇게 한 사람씩 나가는 건 재미가 없다. 어떻게 하면 우리 같이 좀 하늘에서 둥둥 떠다니며 놀았으면 좋겠다."

이렇게 결정을 해서 전부 다 갑자기 어느 날 다 같이 나가 놀고 있었는데, 해가 하나 있는 것도 굉장히 더울 때가 있는데 열 명이서 같이서 그렇게 놀고 있으니까 세상 만물 뭐 땅이 뭐 갈라 터지고 강물도 뭐 강물도. 바다가 나오는 버전도 있고 일단 물이네 뭐 강이나 호수나 전부 다 말라서 물고기마저도 다 말라죽고 땅도 갈라 터지고 세상 모든 생명체가 있는 사람 짐승 전부 다 죽어버렸다고 하는데. 사람들도 더 이상 살 수가 없어서 과부라는 영웅이 살고 있었다고 합니다. 그때.

그런데 과부도 약간 딱히 밝혀진 것보다 신적인 존재인 것 같은데 크기도 일반적인 사람들과는 차이가 많이 나고 있는데 과부가 해를 그래서 해를 쏘아 내리기로 결정을 했다고 합니다. 그래서 과부가 들고 있는 그 궁이랑 활이 무게가 굉장한데, 일반 사람들이 놓고는 절대 들 수 없는 그 활로 백발백중이라고 옛날부터 굉장히 그걸로 영웅이 돼서 활 9개 쓰진 않고 뭐 8개, 9개 이하로 썼는데 그중에서 한 개 활이 백발백중이어서 태양 해를 두 개 아니면 세 개를 한꺼번에 맞췄다고도 하는데. 그렇게 해서 9개 해를 전부 다 떨어트리고

나서 나머지 한 개만 남았을 때는 너무 무서워서,

"옛날처럼 아침에는 나오고 저녁에는 해가 지면 나도 쉬겠다."

이렇게 하고 나서 살았다고 합니다. 과부는 그 마지막 한 개를 쏘아 내리지 않고 그래서 사람들이 다시 살 수 있게 되고 세상은 다시 생명체가 있는 그런 생명체들이 다시 살아났다고 합니다.

[조사자 1: 그럼 화살에 맞은 해는 어떻게 됐다는 이야기는 없어요?] 그냥 떨어졌어요.그 애니메이션 약간 살았을 때랑 그의 모습이 두 개가 예를 들면 서유기에서 백골귀신이 있었는데 처음에는 사람들 앞에 나타났을 때는 굉장히 뭐 예쁜 여자로 이렇게 나타나는데 정작 죽으면 원래 본체가 드러나는 그것을 보면 뭐 여우일 수 있고 동물일 수 있고 백골요정일 수 있고. 그러니까 사람이 그런 껍데기 같은 걸 쓰고 있는 뭐 신력 같은 능력이 있었다고 합니다. 그래서 하나씩 네?

[조사자 1: 아니 한국에서는 해가 부서져가지고 별이 됐다 뭐 이런 이야기가 있어 가지고. 해하고 달이.] 아! [조사자 1: 해하고 달이.]

근데 저 비슷한 이야기를 제가 옛날에 일본 애니메이션으로 본 적 있는 것 같아요. 그러니까 그때는 약간 일본씨름 같은 거 하의가 약간 이렇게, 이렇게 있는데 똑같게 나왔어요. 그러니까 그렇게 똑같게 나왔는데 엄마는 나무로 만든 이런 대야 같은 큰 대야에 애기를 씻기고 그렇게 한 사람 한 사람씩 나왔는데 그런데 어느 날 그건 네 명인지 다섯 명인지 나갔어요. 네 그게 일본 애니메이션 제가 어렸을 때 본 적 있는 거 같아요.

[조사자 1: 몽골에도 메르겐Эрхий Мерген, Erkhii Mergen● 인가?] [조사자 2: 네 맞아요. 메르겡. 우두척 이야기] [조사자 1: 메르겡이 이제 해를 여러 개를 쏜 이야기도 이제 몽골에 있고.] 아.

[조사자 2: 이 과부가 중국 사람들한테는 영웅이에요? 아니면 신이에요? 중국 사람들이 느끼는 게 이 존재가?] 딱히 뭐 여와랑 비슷한 점은 없어요. [조사자 2: 아니 영웅 아니면 신?] 그 두 개 전부 다 있는 거 같

● 에르히 메르겡(Эрхий Мерген, Erkhii Mergen)은 몽골신화에 등장하는 명궁으로 '에르히'는 엄지손가락, '메르겡'은 명사수 혹은 현명함을 뜻한다.

아요. [조사자 2: 두 개 다 아닌 거 같아? 과부가?] 아뇨. 두 개 전부 다 있어요. [조사자 2: 아 전부 다인 거 같아요?] 특히 그 마을사람한테는 그게 굉장한 그 백발백중으로 쏠 수 있는 그런 신이고 영웅인 존재. 아니 신보다 영웅이 더 많은 거 같아요. [조사자 2: 어어 궁금했어요. 중국 사람들은 이 사람의 존재를 뭐라고 느끼는 건지.]

근데 실제로 저번 수업에 그 '나타'도 나타전기도 한 학생이 있었는데, 그게 실제로 애니메이션 속에서 그 나타가 그 과부가 썼던 활과 궁이 그 나타라는 남자아이 집에 보관되어 있었는데, 아빠가 뭐 장군인데 옛날 뭐 신라 전에 그 뭐, 아 신라 그 쯤 가락국이나 뭐 여러 나라 있는데 그중에 한 개의 나라 왕보다 뭐 임금님 정도 되는 아빠가 있었다는데 그걸 약간 소장각 같은 곳에 보관하고 있었는데 그곳에는 절대 들어가면 안 되고 들어가서는 안 되는데, 그 나타가 거기 안에 들어가서 그걸 들어서 쏘았다고 그렇다고 애니메이션에 나온 적 있어요.

[조사자 1: 나타태자 이야기는 봉신연의라고 중국에 그 고전에 나타태자 이야기가 많이 나오거든요.] 그런데 굳이 태자까지는 아닌 거 같아요. 그때가 용왕이 있고 용왕이 태자가 많아서. 용왕보다는 약간 레벨이 낮은 거 같아요. [조사자 1: 봉신연의에는 나타태자라고 나오는 거 같은데 하여튼 나타가 굉장히 신기한 물건을 많이 쓰는 그런 인물로 나오죠.] 네. 나타가 실제로 서유기에서도 나오고.

그리고 과부가 그렇게 태양을 쏘고 나서 태양을 쏘면 맞히는 순간에 해가 새가 되어서 그렇게 떨어졌다고. [조사자 1: 새가 돼서?] [조사자 2: 아까 그걸 여쭤보신 거거든요 선생님, 그냥 떨어진 게 아니라 해가 새가 된 거야 떨어지는 해가?] 네. 그러니까 새가 된 건 서유기에서처럼 귀신이 굉장히 여자인데 죽는 순간에 본체가 드러나는 것처럼. 그러니까 맞히면서 맞히는 순간에 갑자기 새가 되어서 땅에 떨어졌다고 합니다. 아 그리고 새도 한 마리씩 떨어지면서 너무 뜨거워서 그 열에 다 타서 뭐 없어졌다고 나오고 이런 버전도 있었어요.

달의 여인이 된 상아

● **구연정보**

조사일시 : 2018. 12. 11(화) 오후
조사장소 : 서울시 광진구 화양동
제 보 자 : 조림 [중국, 여, 1992년생, 유학 3년차]
조 사 자 : 신동흔, 오정미, 박현숙, 엄희수

● **구연상황**

〈보련등을 되찾은 여신의 아들〉 이야기 이후 바로 뒤이어 구연했다. 제보자는 다양한 경로로 알게 된 총 세 가지 버전의 상아(항아) 이야기를 구술했다.

● **줄거리**

총 세 가지의 버전이 있다. 첫 번째, 상아가 후예와 결혼했고, 상아가 불로장생의 약을 실수로 많이 먹어 하늘로 날아갔다는 이야기이다. 두 번째, 후예의 제자가 불로장생의 약을 훔치려고 하여, 상아가 빼앗기지 않기 위해 그 약을 먹어버려서 하늘로 날아갔다는 이야기이다. 마지막은 후예가 하늘로 간 상아가 그리워 서왕모의 도움을 받아 토끼의 모습으로 하늘로 가서 상아와 살게 되었고, 달에 보이는 여인과 토끼가 상아와 후예라는 것이다.

그리고 다른 이야기예요 또. 상아 이야기인데 [조사자 3: 상아?] 네, 달에 있는 상아. [조사자 1: 상아? 항아. 항아라고도 하고 상아라고도 하고.]

그게 상아가 있었는데 상아도 어떻게 사람을 거기 이야기도 있었는데 그게 그렇게 유명한 이야기는 아닌 거 같아요. 그래서 저도 찾아보다가 어제 못 찾았는데. 그러니까 상아가 사람을 구해서 좋은 신인데 사람이 이렇게 괴롭힘을 당하고 있는 모습에 하늘나라에서 약을 준 거예요. 하늘나라 약은 굉장히 귀해서 먹으면 바로 뭐 병이 씻은 듯이 낫게 된다고 이렇게. 그래서 그것으로 이렇게 천벌을 어겨서 땅 나라에 버려졌다. 이런 이야기가 중간에 있었던 것 같아요. 그런데 이건 약간 좀 덜 전해진 거 같아요.

그렇게 해서 후예는 사람들로부터 영웅이 되어서 상아는 굉장히 예뻐서 선남선녀처럼 한국에서 선남선녀처럼 그렇게. 사람들을 구해줘서 그것으로 상아를 아내로 두 사람이 결혼하고 살고 있었는데 상아가 달에 어느 날 올라가는 이야기에는 애가 있는 버전이 있고 애가 없는 버전이 있어요. 그래서 후예 가서 후예도 그렇게 하면 동방천제의 아들이어서 어느 정도는 동방천제의 그 동네 그 나라의 법을 어긴 것이라는 그런 의미도 있어요. 두 사람이 모두 다 천벌을 어기고 그러니까 천벌 어긴 사람들끼리 살고 있다 이래서 마을에서 집터를 잡고 나서 사람들과 살고 있고 후예는 활을 쏘는 걸 배워주기도 하고 나가서 사냥도 해오고 상아는 집에서 그냥 완벽한 그런 내조 여왕처럼 그렇게 살고 있는데.

후예는 그렇게 상아랑 살고 있는 건 너무 행복한 일이어서 두 가지 버전이 있는데, 하나는 후예가,

'이런 생활이 영원했으면 좋겠다.'

두 번째 버전은 상아가,

'이런 생활이 영원했으면 좋겠다.'

고 해서.

그렇게 두 사람이 그러니까 두 사람이 모두가 영원히 죽지 않겠다는 걸 원해서 후예가 장생불사? 장생불로 약을 찾아 나갔는데. 어느 날 숲속에서 서왕모가 그 하늘나라의 신이 숲속에서 그렇게 열심히 찾는 후예한테 나타난 거예요. 그래서 후예한테,

"그 장생불사 약을 줄 수는 있다. 장생불로약을 줄 수는 있다."

그 약봉지가 있는데 거기도 두 가지 버전이 있는데 책으로 제가 예전에 한번 본 버전은 그러니까 약에는 알약처럼 여러 개가 있는데,

"한사람 한 개씩 하루에 하나밖에 못 먹는다."

고 했고,

“양이 뭐 과다섭취를 하면 하늘나라로 날아 올라가버린다.”

고 해서, [조사자 2: 과다섭취. (웃음)] 네.

“양이 과하면 그렇게 될 수 있다.”

고 해서 그걸 받고 집으로 돌아가는데 상아는 그때 어차피 맨날 남편이 나갈 거니까,

“갑자기 또 옛날처럼 땅 나라에서 서민들 이렇게 생활을 하기에는, 옛날에는 그렇게 살았는데 지금은 그렇지 않다 뭐 하늘나라에서 내가 상아로 산 생활이 더 좋다.”

고 해서 남편한테 아침을 차려주고 나서 그 후예가 또 나갔어요.

나가고 나서 약을 전부 다 먹어버리고, 그러니까 갑자기 몸이 가벼워져서 애만 남겨두고 애가 있는 버전은 애만 남겨두고 하늘나라로 올라갔다. 그래서 달에는 상아 그림자가 비쳐지고 있다.

그래서 후예가 집으로 돌아왔는데 인기척이 없어서,

‘이상하다.’

아내가 어디 갔는지 궁금해서 들어왔는데 약봉지를 보고 나서 모든 걸 알게 된 거예요. 그래서 상아가 자신만 욕심을 부려서 이렇게 했다고 해서 급하게 정원으로 나가보면 상아가 이미 올라갔고 그 날만은 달빛이 굉장히 하얗고 밝다. 이렇게 나온 것도 있고.

두 번째는 그 장생불로약은 후예한테 굉장히 나쁜 학생이 있는데 그 나쁜 학생이 그걸 뺏으려고 해서 상아가, 후예가 나간 사이에 상아한테 협박을 해서 상아는 더 이상 그걸 되받아치지 못해서 그 약을 전부 다 먹어버렸는데 그러다가 날아올랐다. 이렇게 하는 이야기 있는데 그래서 그렇게 전해진 버전은 나중에 결말은 후예가 또다시 혼자 살게 됐다거나, 혼자 살면서 계속 그 약을 구하려고 서왕모를 찾아다니고 있다 이렇게 나오고 있어요.

[조사자 1: 그 두 버전 중에서 어느 게 더 맞는 것 같아요?] 두 버전 중에 후예는 그래도 상아보다 약간 덜 신적인 존재라서 그렇게 된 거 같아서 현실적으로는 그냥 땅 나라에 남아서 살 거 같아요.

아 그리고 어제 제가 또 세 번째 버전은 후예가 그래서 서왕모한테 찾아갔는데 서왕모는 그 약은 그 약이 한 봉지가 아니라 세 개인

지 뭐 반개밖에 안 남은 걸 줘서,

"그걸 내가 기른 새를 구했다."

해서 남은 것만 줬는데, 그래서

"어떻게 하겠냐?"

고 해서,

"일단 상아랑 영원히 살고 싶다."

고 해서 상아가 옥토끼를 안고 있다는 이야기가 있어요.

후예 그 토끼가 됐대요. (웃음) [조사자 3: 만났구나.] 네. [조사자 3: 결국은 달에서.] [조사자 1: 토끼가 되어서 데리고 올라갔다고?] 네 그러니까 후예 올라갔는데 상아가 안고 있는 토끼가 그게 후예래요. 근데 후예 이미지랑 굉장히 다를 것 같아요. 토끼는 하얗고 작은데 후예는 굉장히 사내적인 이미지라서. [조사자 1: 남자 안에는 아기가 있으니까.] (웃음)

[조사자 2: 그래서 중국에서도 달나라에서 토끼가 있다고 이렇게 얘기를 많이 해요?] 네. 어제 찾은 건데 그 토끼가 후예가 아니라 그 한국에서도 제가 유학을 하면서 교수님한테 교양학과 수업인데 토끼가 약절구를 찧고 있다 그게 있어요. 그래서 그 토끼가 그것도 제가 준비를 했어요.

[조사자 2: 그것도 중국 거예요? 그건 아니고?] 모르겠어요. 저는 어제야 제가 처음으로 알았어요. 일단 상아한테는 꼭 옥토끼가 하나 있는데 옥토끼는 옥(玉) 자 붙여서 옥이 아니고 그냥 눈이 빨갛고 귀도 귀여운 흰색 토끼다. 굉장히 귀여운 그런 작은 토끼다 이렇게로만 이렇게 이미지가 나와서.

달의 여인이 된 상아와 월병 유래

● **구연정보**

조사일시 : 2017. 09. 21(수) 오전
조사장소 : 서울시 마포구 신수동
제 보 자 : 리칭후아(이청화) [중국, 여, 1976년생, 결혼이주 17년차]
조 사 자 : 김정은, 황승업

● **구연상황**

제보자가 〈태양을 쏜 후예〉 이야기를 마친 뒤 자연스럽게 달에 관련된 상아(항아)의 이야기로 넘어갔다.

● **줄거리**

후예는 사람들에게 유명해지고, 항아와 부부가 되었다. 후예가 불로장생약을 구하게 되자, 이를 탐냈던 봉몽이 후예가 출타했을 때를 틈타 훔치려고 했다. 그러자 상아(항아)가 약 두 알을 모두 먹었다. 상아는 하늘로 올라가 달에서 살게 되어 후예와 헤어지게 되었다.

그럼 예(后羿)가 이제 얼마나 유명해졌어요. 사람들을 위해서 아홉 개의 태양을 딱 쏴버리고 사람들에게 행복을 줬잖아요. 사람들에 행복을 주면 이제 또 결혼을 해야 되겠죠. 그래서 이제 상아(姮娥)랑 결혼을 한 거예요.

상아를 말하자면 상아가 사실 버전이 되게 많아요. 저가 들었던 선생님이 해주셨던 게 가장 인상이 많은데 책에서 본 건 왠지 상아에 대해 부정적이라. 얘가 원래 훔쳐 먹고 '비정한 상아' 이랬는데 제가 들었던 얘기는 손오공에서도 상아는 옥토끼가 나와요. 상아가 멋있게 내려와서 상아에 대한 인상이 굉장히 좋잖아요. 어렸을 때

달을 보면서 진짜 저 옥토끼가 상아 그런. 어렸을 때는 그런 얘기를 하도 많이 들으니까 하늘 보면 진짜 옥토끼가 상아가 있고 옥토끼가 있고 소나무가 있고 약 빻고 있고. 그런 생각을 했기 때문에 상아에 대해 좋은 쪽으로 생각을 하고 있어요. 솔직히.

그래서 후예랑 결혼을 했잖아요, 상아가. 상아가 결혼 한 다음에 사람들이 굉장히 후예를 존중하는 거예요. 후예도 그 속에서 상아랑 행복하게 보내겠죠.

그런데 그 속에서 시기와 질투하는 사람들이 꼭 있잖아요. 그중에서 대표적인 거는 '펑멍'이라는 한국말로 봉몽(逢蒙)이란 자가 있는데, 얘가 막 죽이려 하는 거예요. 후예가 그래서 이제 불로장생약 그것을 얻어왔잖아요. 가서 얻어왔는데 하늘나라로 가고자. 그런데 이게 예가 자리를 딱 비운 사이에 봉몽이 집에 찾아왔잖아요. 상아를 죽이려고. 그래서 상아가 너무 급해갖고 약을 두 알을 다 먹어버렸잖아요. 그래서 하늘을 딱 올라갔죠.

하늘을 딱 올라갔는데 얼마나 그립겠어요, 사실은. 예가 그립고 후예가 너무 그리운 거예요. 그래서 옥토끼가 있잖아요. 옥토끼에 대해서 사람들이 굉장히 많은 설이 있지만 이 옥토끼는 그래서 상아의 자식인 경우. 그래서 상아와 같이 계속 같이 아들인 것처럼 계속 같이 있는 거예요. 그래서 약을 계속 빻고 있지만 예는 사실은 상아와 아들처럼 그렇게 살고 있고.

중국의 월병을 보면 달이 되게 밝잖아요. 상아 그림 같은 케이스가 있잖아요. 그게 뭐냐면 상아가 남편을 너무 그리던 나머지

'달을 보라. 그러면 내가 보일지니라.'

그래서 월병 같은 걸 보면 가족이 딱, 가족이 화합. 그게 월병의 의미가 그거예요. 동그랗잖아요. 추석에는 밥을 같이 먹고. 그때예요. 월병은 그런 의미예요. 그래서

'달을 보면 내가 보일 것이다. 정든 임아.'

월병이 그런 의미로 되어있고. 많은 사람들이 상아에 대해 좋은 생각을 많이 하고 있고 싶지 않을까. 그런 상아의 이야기죠.

[조사자: 그런데 상아를 죽이려 그랬던 거예요. 그 남자가?] 원래는 봉

몽이 뭐냐면 후예를 시기와 질투, 죽이고 싶은 거고 불로장생약을 얻었을 때 그걸 훔치고 싶은 마음이 더 컸죠. 그 약을 훔치고 싶었던 게 더 강해서. 후예를 죽이고 싶은 마음은 없었겠죠. 죽이고 싶은 마음이 없는 게 아니라 죽이고 싶지만 아마 죽일 수 없었을 거예요. 왜냐면 후예가 워낙 대단한 신궁이니까. 그 약을 이제 훔치고 싶었죠. 딱 없는 틈을 타서 딱 와서 상아를 이제 막 약 내놔라고 막 상아가 그 약을 이제 딱 먹은 거예요. 하늘을 올라갔죠. 안타깝죠. 후예는 늘 그리다가 상아를 그리면서 달을 보다가 그렇게 죽었죠.

달에서 항아와 살게 된 토끼

● 구연정보

조사일시 : 2018. 12. 11(화) 오후
조사장소 : 서울시 광진구 화양동
제 보 자 : 조림 [중국, 여, 1992년생, 유학 3년차]
조 사 자 : 신동흔, 오정미, 박현숙, 엄희수

● 구연상황

제보자가 〈하늘을 연 반고〉 이야기를 구연한 뒤 이어서 이 이야기를 시작했다.

● 줄거리

토끼 부부가 달에서 혼자 살게 된 항아가 불쌍하여 막내 토끼를 항아에게 보냈다. 그 막내 토끼가 옥토끼이다. 막내 토끼는 천궁에서 약을 찧으며 항아와 살았다.

토끼 이야기는 뭐 옛날에 토끼 부부가 살고 있었는데 수행을 하느라 도를 뭐 알아가고 있다. 그래서 도를 어느 정도 알게 되면 깊이가 있다고 해서 그걸 수련을 해서 신선이 되는데 토끼신이 되는데.

그러니까 아내랑 딸 넷이 있는데 다 하얀 토끼는 영리하고 귀엽게 생겼는데 그 옥황상제가 그 수토끼를 천국에 불러오면서,

"혹시 약을 찧을 수 없냐?"

고 했는데 수토끼가 그렇게 가는 길 그 천병들이 자꾸 항아를 가는 거예요.

그래서 항아가 너무 불쌍해서 문을 지키는 천병한테 물어봤는데,

"항아 어떻게 어떤 일을 당했다."

그래서 그 토끼가

“사람을 도와주면 이렇게 당하고 벌을 하늘로 올라와서 벌을 받기에는 항아가 너무 불쌍하다.”

뭐 이렇게 해서 그렇게 하고 다시 집으로 돌아가서 딸한테 혹시 항아랑, 항아는 그럼 갇혀야 되거든요. 감옥 같은데.

“그러면 항아 혼자 외로울 텐데, 항아랑 같이 있을 수 없냐?”

라고 했는데 그러니까 토끼들은 거의 뭐 가족이랑 형제들이랑 울었는데 그때 아빠 토끼가 나중에,

‘그걸 남 일처럼 생각하지 말고 자신이 그렇게 됐다고 생각해보면 그러면 같이 가주고 싶지 않을까.’

이렇게 해서 제일 막내 토끼를 보냈다고 해요. 그래서 막내 토끼가 천궁에 가서 약을 찧고 항아 옆에 있는 항아 옆에서 항아랑 자주 놀아줬다고 합니다. 그러면 옥토끼가 되잖아요.

그러면 후예는… [조사자 3: 남편 후예가 토끼 됐다는 거랑 안 맞다는 거죠?] (웃음) 네. [조사자 3: 이런 버전도 있고 저런 버전도 있고.]

봉황산과 용

● 구연정보

조사일시 : 2017. 01. 12(목) 오후

조사장소 : 서울시 광진구 화양동 건국대학교

제 보 자 : 황샤오링 [중국, 여, 1986년생, 유학 6년차]

조 사 자 : 오정미, 이원영, 이승민

● 구연상황

영웅 나영에 대한 이야기들을 마친 후 제보자는 자신의 고향에 대한 이야기를 들려주었다. 자연스럽게 제보자가 고향의 봉황산에 대한 이야기를 시작했다. 나영에 대한 이야기와 마찬가지로 고향인 사현 근처의 산에 대한 전설로, 고향에 대한 자부심이 가득한 구술이 시작되었다.

● 줄거리

옛날에 '장확'이라는 사람이 있었다. 장확은 산 정상에서 움직이는 봉황산과 물속의 용을 본 후 장원급제를 했고, 그 이후부터 움직이는 봉황산과 물속 용을 보면 장원급제할 수 있다는 전설이 생겨났다.

그 시대가 무슨 시대인지 기억이 안 나요. 당나라인가? 송나라인가? 아무튼 당송시대? 이제 우리 고향 그 지역 아까 말씀드렸잖아요. 중간에 강하나 있고 이제 남쪽에는 봉황산이라는 산이 있어요. 이제 원래 옛날에는 북쪽에도 봉황산이라는 산이 있어요. 지금은 없어졌지만 옛날에는 산이 양쪽에서 마주 보고 있는 그 두 개 산이 봉황산이라는 산이 있어요, 이제 봉황처럼 생기니까 이런 이름이 지어졌거든요. 그 사이에 다리 하나 있어요.

그런데 약간, 우리 고향에 28곡이라는 관광지가 있어요. 구불구불 곡(曲)자 이제 28번 아니 골짜기가 아니라 그 구불구불하다 하는 곡자. [조사자 1: 길이 꼬불꼬불하다는 거죠?] 네, 28번 돌아다녀야 이제 뭔가 정상까지 올라갈 수 있는 그런 관광지가 있어요.

그 정상까지 올라가서 이 광경을 보니까 약간 두 개의 봉황이 책 한 권 물고 있는 형상을 하고 있어요. 그래서 예전에는 이게 당나라 때 어떤 '장확'이라는 사람이 거기 올라가서 약간 정말 진짜 봉황이 책을 물고 움직이는 그런 약간 봉황이 막 약간 날개 막 하고 움직이는 그런 모습 보고 또 이제 강 속에 용이 약간 보이면은 장원급제할 것이다. 하는 그런 이야기가 나와요. 그 장확이라는 사람이 딱 그거 보고 나서 나중에 장원급제했어요.

그리고 나중에 진관이라는 송나라 때 아마 진관이라는 사람도 거기 올라가서 같은 그 광경을 봤어요. 나중에 탕화가 되었어요. 3대 그 탕화? 약간 그. [조사자 1: 그 광경만 보면 그렇게 되는구나?] 네. 볼 수 있으면은 '진짜 과거 붙을 것이다. 잘 될 것이다.'라는 그런 뜻이고, 만약에 그냥 올라가서 아무도 안 보이고 그냥 그러면은 '과거 잘 안 될 것이다.'라는 그런 이야기가 있어요.

[조사자 1: 봉황산을 봐야지 그렇게 된다는 거죠?] 네. 봉황산 지금 움직이는 움직이는 약간 실제로. 어, 실제로 약간 움직이는 형상을 약간 봉황이 움직이는 그런 형상을 보고 또 이제 용이 뭐 강 속에 용이 움직이는 약간 그런 형상을 봐야. 봉황 두 개가 책을 물고 움직이는 형상 플러스 그 물속의 용이 움직이는 그런 형상을 약간, 보통사람은 안 보이거든요. 보통사람은 그냥 산, 다리 그렇게만 보이고 장원 급제할 사람이라면 그게 움직이는 형상 보인다고 합니다.

[조사자 3: 그런데 북쪽에 있는 봉황산은 왜 없어졌어요?] 그건 잘 모르겠어요. 약간 어, 그게 거주하기 위해서 지금 다 집이 제가 어렸을 때부터 이미 집이 다 지어있고 남쪽 봉황산은 그대로 있지만, 북쪽은 지금 아예 없어졌어요. 동내나 뭐 그런 만들려고. [조사자 2: 다 깎아서?] 네. 깎아서 그런, 우리 고향 같은 경우에는 산을 되게 많이 깎았어요. 이제 원래 다 산인데 제 집도 사실 원래 작은 산 위에 있거든요. 거기 작은 산을 무너 가지고 건물 하나 짓고 막 그렇게 돼 있

어요. 그래서 그 다리 약간 나중에 그 다리가 홍수가 나서 다리가 이제 무너지고 그래서 나중에 우리 고향에는 원가 장원급제할 사람이 없다. (웃음) 그 다리가 이제 무너졌기 때문에 없다고 그렇게 돼 있습니다.

[조사자 2: 아까 장원 급제한 사람 이름이 장황?] '장확'이라는 사람과 '진관'이란 사람. [조사자 2: 두 사람 다 이 지역 사람?] 네. 그래서 그 광경을 쌍봉 무슨 함서 약간 이제 두 개의 봉황이 책을 문다는 그런 네 글자. 쌍봉함서(雙鳳含書)라는 그런 얘기가 있습니다.

지금 다 없어졌어요. 그 다리도. 그 다리도 진짜 그 원래 지금 그 다리가 있었던 그 자리에 다리 지금 생겼어요. 예전에는 없었어요. 제가 어렸을 때는 거기 다리가 없어서 이제 약간 남쪽 북쪽 왔다 갔다 할 때는 이제 배 타고 왔다 갔다 해야 되거든요. 그런데 제가 북쪽인데요, 남쪽으로 갈 일이 없어서 한 번도 안 타봤어요. 제가 그런데 그때 진짜 한번 타보고 싶었어요. 그 작은 배인데 이제 지붕이 있어요. 되게 약간 옛날 그런 되게 저 그거 보고 꼭 한번 타고 싶다는 생각을 했지만, 그 나중에 없어졌어요. 그 다리 생기고 나서.

[조사자 1: 지금은 이제 그 봉황산 하나만 남아있는 거죠?] 네. 남쪽 봉황산만. [조사자 1: 이번에 한 번 올라가 봐봐요. 움직이는 봉황이 보이는지.] 아니. 저 북쪽에서 봐야지 28곡 위에서 안 움직여요. [조사자 1: 그게 북쪽에서만 꼭 올라가야 되는 거예요? 그러면?] 아뇨. 28곡이라는 그런 지역에. 거기 높아요. 거기 높아요. 가서 이제 양쪽 다 보이고 중간 그 다리. 그러니까 양쪽 다 볼 수 있어요. 양쪽 또 이제 다리. [조사자 1: 그러니까 양쪽을 다 봐야 되는 거구나.] 네. 양쪽 다 봐야 돼요. [조사자 1: 한 쪽이 없어졌어.] 네. [조사자 1: 끝났구나. (웃음)] 끝났어요. 이미. (웃음) 희망이 없어요. (웃음)

상처를 낫게 하는 백두산 온천

● 구연정보

조사일시 : 2018. 12. 11(화) 오후
조사장소 : 서울시 광진구 화양동
제 보 자 : 조림 [중국, 여, 1992년생, 유학 3년차]
조 사 자 : 신동흔, 오정미, 박현숙, 엄희수

● 구연상황

제보자가 〈달에서 항아와 살게 된 토끼〉 이야기를 마친 뒤 잘 전해진 이야기가 아니라면서 구술을 시작했다. 백두산 온천수 이야기와 괴물 이야기가 섞인 형태로 내용을 구연했다.

● 줄거리

한 사냥꾼이 백두산에서 사슴을 쫓아가다가 온천을 발견했다. 사슴이 거기 들어가자 몸의 상처가 사라졌다. 사냥꾼도 거기 들어갔는데 상처가 다 나았다. 중국에서는 백두산 천지에 물괴가 산다고 해서 방송에 나온 적도 있다.

제가 이건 따로 본 건데 그 한국에서 백두산이라는 곳에 온천이 있었는데 거기는 원래 숲속에 원시삼림이 많아서 뭐 원시삼림 지하 삼림이 되게 많았는데 사냥꾼이 되게 많았다고 합니다. 그래서 원시 삼림은 절대 뭐 접근 불가 지금도 그런데 일단 들어가면은 백 프로 이상으로 길을 잃고 절대 못 나온다고 해서 안에 뭐 호랑이가 있다, 뭐 실제로 그렇게 있다고 해서 그렇게 들어본 진, 되게 오래되고 지금도 그런데.

사냥꾼이 그렇게 들어갔는데 꽃사슴을 활로 쏘고 나서 그 사슴이 몸에 상처가 나면서 뛰어간 거예요. 그러니까 사슴이면 그게 사슴 뿔. 그게 굉장히 귀한 약이어서 사슴이 뛰어갔는데 사슴보다 사람이 덜 뛸 수밖에 없어서 갑자기 숲속을 가로질러서 온천 같은 그런 탕 같은 그런 물이 있는 곳이 나왔는데 사슴을 쫓아다니면서 사냥꾼 두 분도 몸에 상처가 너무 많아서 가만히 살펴보는데 사슴이 들어가면서 활에 찔린 그 상처도 다 없어졌고 그래서 사냥꾼도 들어가서 씻었는데 그 상처가 다 나았대요.

그래서 실제로 저는 이렇게 실제로 그 나중에 중국의 CCTV(中国中央电视台)China Central Television●에서 '장백산'이라고 부르는 저희들 그러니까 일 년 내내 하얀 눈에 덮여 있다고 해서 그렇게 부르는 건데 거기에 물괴가 있다고 그렇게 나온 거예요. 그런데 실제로 찾아보면 물괴가 아니라 수달이 있기도 하고 수달이기도 하고 모양이 약간 온천지역 안에서인데. 천지에 관해서인데 천지에는 그게 약간 좀 이렇게 돌아가는 안에서 뭔가 돌개바람 같은 그런 구덩이 같은 게 있는데 그게 수달이 어느 계절에만 있는데 그게 수달이 나와서 활동하는 계절과 굉장히 일치해서 또 다른 물괴가 있는데 결국 뭐 사람들이 착시현상이겠다. 딱히 짚어내지 못하고 끝난 거 같아요.

그것도 약간 뭐 날개가 1미터 정도고 몸통은 얼마고 그거는 실제로 보면 뭐 천지 위에는 수증기가 너무 많아서 그 확대경 효과처럼 나와서 사실 뭐 눈에 잘 보이지 않는 날벌레다 해서 수증기가 너무 많아서 확대 되서 사람들 눈에 그렇게 보였다고.

[조사자 3: 거기가 사슴도 들어가서 낫고 그랬다는 그 온천이에요?] 그건 천지는 아닌 것 같아요.

[조사자 3: 지금 천지랑 또 다른 이야기인 거죠?] 네. 그건 온천. 사냥꾼이 씻어서 나은 건 온천이고. [조사자 2: 이어진 이야기는 없어요?] 이어진 이야기는 없고, 그냥 사냥꾼이 씻어서 나왔다고 하고 후에 그냥 온천이 어떻게 잘 도움이 되는가 온천욕하면 도움이 된다고.

[조사자 2: 거기서 이렇게 병을 낫게 하는 그 물을 옥장천이라고 하는

● 중국을 대표하는 방송사로 중국 국무원 산하 국가광전총국(国家广电总局)의 직속기관이다.

데 옥장천이라고 백두산 설화에 보면 그렇게 나오는데.]

천지에 뭐 닭발이 있다 소뿔이 있다 그런 얘기도 옛날에. [조사자 2: 닭발?] 닭의 발이랑 닭 부리가 있다 그러는데 거짓말이다, 그렇게.

뉴위쩨이산의 약수

● 구연정보

조사일시 : 2016. 11. 17(목) 오후

조사장소 : 강원도 횡성군 횡성읍 읍하리

제 보 자 : 반소홍 [중국, 여, 1977년생, 결혼이주 8년차]

조 사 자 : 박현숙, 김현희

● 구연상황

제보자가 〈세상을 주유한 제공스님〉 구연을 마친 뒤 조사자가 고향 마을에 강이나 비석, 산이 생긴 이유에 얽힌 유래담이 있는지 묻자 제보자는 약수터에 관한 이야기가 있다면서 구연을 시작했다.

● 줄거리

중국 뉴위쩨이산은 꼭대기에서 내려다 본 모습이 소와 물고기를 닮았다. 뉴위쩨이산 꼭대기에 있는 맑은 약수는 만병통치 효험이 있다고 알려져 있다. 사람들이 약수에 동전에 던지면서 소원을 빌어서 물이 많이 오염되었다.

약수, 약수터 하나 있어요. 거기, 거기도 이야기 있어요. 올해 이번에 저는 올라갔거든요. 한 시간 넘게 이렇게 등산했어요. 이렇게 했는데 계속 올라가면서 물, 이렇게 맑은 물이 계속 흐르고 이렇게 했는데 끝까지 가면은 이렇게 물 어디서 나오는지 모르는 거예요.

거기 딱 산꼭대기 올라가면은 약수터가 딱 하나 있어요. 근데 어디서 나오는지 모르겠어요. 사실 이렇게 산에 주위에 다 여기저기 다 이렇게 샘, 샘물이라고 하나요? [조사자: 예. 샘물.] 샘물이라고 하는데 딱 거기서 나는 신기해요 그 산을 꼭대기에 올라가면은 물고기 모양이 보이고 그다음에 이쪽은 소 모양이 보이고 거기에 합치면은 이렇게 소물고기 이렇게 그런 산이라는 이름도 있어요.

[조사자: 산 이름이 중국어로.] '뉴위쩨이', '뉴위쩨이'. [조사자: 그게 산이 물고기와 소의 모양을 한 그런 산이라 이름이 붙은 거죠?] 네네. 거기 공기 너무 맑아가지고 요즘에 많은 사람들이 주말 되면은 거기 가서 이렇게 휴양 같은 거 있잖아요. 여기는 휴양림이라고 많이 하는데 우리는 거기는 산소원라고 불러요. 네 산소 이렇게. [조사자: 아, 산소가 많다고.] 어. 많다고 그래서 산소원이라 해요.

[조사자: 그러면 거기 물을 먹으면 어떤 효험이 있다고 그래요?] 그 뭐지? 만병통치라고. [조사자: 만병통치. 모든 병을 다 낫게 해주는?] 네네. 그런 말 있긴 한데. [조사자: 드시고 오셨어요?] 저는 지난번에 갔는데 마시고 싶었는데 [조사자: 사람이 너무 많아?] 약간 아니오.

사람도 많고 옛날에 막 물 약수도 뜨고 막 그랬는데 약간 조금 가슴이 아픈 건 뭐냐면 거기 약수터인데 그 많은 사람들 거기서 기원하고 뭐 그러니까 돈을 집어넣어요. 동전. 동전 이렇게 (던지는 손 동작하면서) 던지는데 지금도 한국도 마찬가지잖아요. 어디 가면은. 막 돈, 동전 이렇게 던지고 뭐 기원하는 거 있잖아요. 그거 제가 그거 보니까 가슴이 조금 아프더라구. 사실 이렇게 요즘에 천연적인 그런 거 있잖아요. 그 보호해야 되는 건데 네 약간.

[조사자: 오히려 사람들이 자기 소원을 이루게 하기 위해서 오히려 파괴하는 것 같은 느낌 드셨구나.] 네. 그거는 좀 없었으면 좋겠어요.

약초를 캐는 노파와 지모초

● 구연정보

조사일시 : 2019. 03. 08(금) 오전

조사장소 : 서울시 노원구 공릉동

제 보 자 : 심죽령 [중국, 여, 1988년생, 결혼이주 4년차]

조 사 자 : 신동흔, 오정미, 엄희수

● 구연상황

제보자가 〈제물이 된 처녀들을 구한 서문표〉 이야기를 마친 뒤 조사자들이 다음 이야기를 부탁하면서 문어체가 아니라 구어체로 편하게 이야기해도 된다고 말해주었다. 잠시 차를 마시며 휴식을 갖고 난 뒤, 제보자는 이번 이야기는 조금 길다고 하며 구연을 시작했다. 이야기를 마친 후 조사자들이 지모초의 생김새와 효능에 대해 대화를 나누었다.

● 줄거리

옛날 어느 마을에 약초를 캐는 재주를 가진 노파가 있었다. 노파가 나이가 들자 약초를 캐지 못해 길에서 빌어먹으며 자신의 후계자를 찾았다. 이 소식을 들은 한 욕심 많은 귀공자가 나타나 노파를 집에 모셨다. 그러나 노파가 약초 캐는 법을 10년 후에 알려주겠다고 하자 귀공자는 화가 나서 노파를 내쫓았다. 이후 욕심 많은 장사꾼도 노파를 모셨지만, 같은 이유로 노파를 다시 내쫓았다.

겨울이 되어 노파가 거리를 떠돌다 어느 나무꾼의 집 앞에 쓰러졌다. 나무꾼과 아내는 노파를 잘 대접하고 진짜 어머니처럼 모시고 살았다. 시간이 지나 노파도 가족이 되어 집안일을 도왔다. 하루는 노파가 나무꾼에게 자신을 업고 산으로 데리고 가라고 하더니, 약초 찾는 법을 알려주었다. 그리고 아직 이름이 없는 약초를 '지모초'라는 이름을 붙여주었다. 이후 노파가 죽은 뒤 나무꾼은 약초를 이용해 가난한 사람들을 도와주었다.

여기서 등장인물이 이름 없는 노파, 그냥 노파라고. 노파, 귀공자, 그리고 장사꾼, 나무꾼 이렇게. 이렇게 등장할 거예요. 시작할게요.

그, 옛날에는 어떤 마을에 노파 한 명이 살고 있습니다. 그 노파가, 노파한테 자식이 없는데. 근데 자식은 없지만 약초를 알고 약초를 캐는 그런 재주를 가지고 있습니다. 그래서 젊었을 때 계속 약재를 팔아서 살아왔습니다. 그리고 주변 마을에서 유명해서 주변 마을에서도 이 노파에게 누구도 따라갈 수 없는 재주를 가지고 있다는 것을 알고 있어요. 알고 있습니다.

이제 노파가 점점 나이가 들어서 몸이 좋지가 않아서 더 이상 산에 올라가서 약재를 캘 수가 없습니다. 그래서 직업, 그래서 약재를 캐는 걸 포기하고 길에서 구걸, 빌어먹을 수밖에 없습니다. 그 노파가 종일 이제부터 종일 이제 눈살을 찌푸리고 있습니다. 돈을 못 벌어서 걱정하는 것 때문 아니고, 자기가 죽고 나서 이 약초를 아는 사람이 더 이상 없을까 봐 걱정하는 것입니다.

그래서 음, 노파는 오래 생각한 끝에, 마침내 자신이 믿을 만한 사람을 찾아서 이 재주를 전수하기로 결정했습니다. 그래서 어느 돈 많은 귀공자가 지나갔다가 이 소식을 알게 되었습니다. 귀공자가 마음속에, 마음속으로 생각했어요.

'음, 이제 임금님께서 병이 나셨다고 들었는데, 만약 내가 약초를 알아서 임금님의 병을 치료, 완치해주면 나도 벼슬을 딸 수 있지 않을까, 벼슬을 할 수 있지 않을까?'

생각을 했어요. 그래서 그, 귀공자가 생각할수록 너무 기뻐서 재빨리 노파 앞에 가서,

"어머님."

이라고 불렀습니다.

그래서 어, 그 귀공자가 노파를 집으로 데려오기 위해서 자기 친어머니를 집에서 쫓아냈습니다. 노파를 집으로 데려와서 새 옷을 입혀주구, 비싼 차를, 고급 차를 대접하고 자기 친어머니 모실 때보다 몇십 배로 더 열심히 모셨습니다. 하지만, 하지만 노파는 끝내 약재에 대해서 알려주지를 않아서 귀공자가 더이상 기다리지 못해 노파

에게 물어봤습니다.

"어머님, 언제 저에게 약초에 대한 지식을 알려주실 겁니까?"

노파가

"서두르지 말고 나중에 내가 천천히 알려줄 거야."

이렇게 했는데, 또 며칠 지난 후에 이제 귀공자가 마음이 조급해져서 또 노파에게

"어머님 도대체 언제 나한테 약초를 가르쳐주실 겁니까?"

또 물었습니다. 그래서 노파가, 노파가 귀공자를 보고

"10년 있다가 이야기합시다."

라고 했습니다.

그래서 이 말을 듣고 나서 귀공자가 웃음을 거두었습니다. 그리고 얼굴색까지 변해서 큰 소리로 노파에게

"이 더러운 노파! 나를 10년 동안 기다리게 하면 언제까지 벼슬을 할 수 있겠느냐? 빨리 꺼져버려라!"

그래서 노파는 할 수 없이 다시 거리로 나와서 또 구걸하기 시작했습니다. 또 노파도 계속 약재에 대해서 전수할 만한 사람을 찾아야 되니까, 노파는 계속 이제 구걸하면서 사람한테 알리고 있어요. 누군가를 자신이 엄마처럼 대접하면 약초에 대한 모든 지식을 다 가르쳐주겠다고, 이렇게 모든 사람에게 알렸습니다. 주변 사람들에게 알렸어요.

음, 이번에 어느 장사꾼이 소식을 알게 되었습니다. 음, 장사꾼이,

'내가 만약에 약재를 알면, 이 귀중한 그 진귀한 약재들을 구해서 팔면, 금방 부자가 되겠다.'

라고 생각했습니다. 그래서 곧바로 노파 앞에 가서,

"어머니, 어머니."

이렇게 다정하게 불렀습니다.

그러고 나서 노파를 자신의 집으로 모셔와 이제 노파에게 잘해드리지만 사실 마음속으로, 겉으로 잘 모시고 있지만, 마음속으로 어떻게 하면 이 노파가 빨리 나한테 약초에 대한 그런 지식을 알려 줄 수 있고, 내가 큰돈을 벌 수 있겠다는 생각밖에 없습니다.

그래서 어, 어느 날 장사꾼이 그 연밥, 스프? 스프를 한 그릇 들고 와서 노파에게 드시라고 하면서 이제 노파에게

"어머니, 언제 나한테, 저한테 약초를 가르쳐주실 겁니까?"

노파가,

"음, 조급해 하지 마라. 10년 기다리면 내가 가르쳐 줄 거야."

이제 장사꾼이 듣자마자 콧구멍이 커져서, 화가 나서 얼굴이 새파랗게 변하여 손바닥으로 노파의, 먹고 있는 연밥 스프를 뒤집었습니다. 쳐서 뒤집어쓰고 말했습니다.

"이 사기꾼아! 빨리 나가라!"

그래서 노파의 어깨를 잡아당겨서 문밖으로 내보냈습니다.

노파가 또 마을에 돌아다니면서 또 구걸하기 시작했습니다. 이때는 겨울 됐어요. 눈도 많이 내려오고 날씨 추워지고, 찬바람이 계속 불고 있습니다. 노파 다리 꽁꽁 얼었어요. 그리고 비틀거리면서 한 나무꾼의 집 앞에서 넘어졌어요. 나무꾼은 문을 열고 노파를 봤어요. 노파를, 불쌍한 노파를 보고 얼른 집안으로 데려와서, 집안으로 모셔드렸어요. 그리고 아내한테 따끈따끈한 생강탕 하나 끓여서 주라고, 노파에게 주라고 했습니다. 생강탕을 마신 다음에 노파의 몸에, 차가운 몸이 따뜻해져서 조금 앉았다가 일어나서 또 구걸하려 나가려고, 떠나려고 합니다.

나무꾼 아내는 이제 노파에게,

"할머니, 추운데 집이 어디세요? 우리가 집까지 태워다 드릴게요."

노파는 이제,

"나는 자식도 없고 집도 없습니다."

라고 대답했습니다. 그래서 나무꾼이

"그러면 저희랑 사는 게 어때요? 저희랑 사는 게 어때요? 저희 가난한 거 개의치 않으신다면 저희랑 사는 게 어때요? 저희도 부모님도 없고, 친어머님처럼 모셔드릴 거예요. 효도 다 하고 모셔드릴 거예요."

노파는 너무 감동을 받아서 허락했어요. 그래서 나무꾼과 아내는 노파에게 효도, 효성이 지극해 그리고 나무꾼은 심지어 직접 편안한,

나무로 만든 침대 하나 만들어 드렸습니다. 그리고 나무꾼 아내도 새로운 옷을 짜서 노파에게 따뜻하게 입으라고 짜서 주었습니다.

그러다가 한참 지난 다음에 노파의 몸이 점점 좋아지고, 가사도 도와주고 나무꾼 아내 애기도 봐주고, 그리고 마당에서 이제 보기 드문 화초도 많이 심었습니다. 만약에 집안에 누군가 아프면 화초를 캐서 탕을 끓이면, 바로 마시게 하면, 바로 병이 나아집니다. 이제 노파와 나무꾼 부부 완전히 한가족이 되었습니다.

어느 봄에, 마을에 갑자기 이상한, 이상한 병이 유행했습니다. 사람들이 계속 기침을 하고, 온몸이 힘이 없습니다. 그래서 어느 날, 노파가 나무꾼에게 ,

"나 집에서 답답해서, 날 좀 업어서 산에 올라갈래?"

그래서 나무꾼은 노파를 업고 산에 올라갔습니다. 노파는 계속 어떨 때는 동쪽 가라고 하고, 어떨 때는 서쪽 가라고 하고 이렇게 했는데, 나무꾼은 하나도 귀찮다고 생각하지 않았습니다. 항상 지시대로 이렇게 가주었습니다. 잠시 후에 어느 풀밭 앞에서 도착했는데, 노파가 갑자기,

"여기서 멈춰요."

노파가 그 덤불 속에 있는 야생화를 가리키면서,

"어서 이거를 파내라."

해서 나무꾼이 이 꽃을 자세히 쳐다봤습니다. 꽃을 하얀색, 꽃송이는 하얀색이고, 하얀색 꽃송이 위에 그런, 아름다운 보라색 줄무늬가 있습니다. 잎이 가늘고 우아해보이는 꽃입니다. 그래서 나무꾼이 조심스럽게 이 꽃을 파내면 어머님한테, 노파한테,

"어머니, 이거 뭐예요?"

물어봤습니다. 노파가

"이거, 폐병하고 기침에 치료할 수 있는 진귀한 약재입니다."

그리고 나무꾼한테

"아들아, 왜 이제야 내가 약재를 알아보는 법을 가르쳐주는지 알아요?"

라고 물어봤습니다. 나무꾼이 잠시 생각했다가 말했습니다.

“어머님은 나쁜 사람들이 이 재주를 이용하여 사람들을 구할 줄 모르고 돈만 벌 줄 알까 봐 그래서 두려워해서 믿을 만한 사람 나타날 때까지, 믿을 만한 사람 찾아서 재주를 전수하려고 해서, 전수를 하려고 하신 것 같습니다.”

이렇게 얘기했는데, 노파가 머리를 끄덕하여

“아들이 정말 내 마음을 잘 아는, 잘 아는 좋은 아들이구나.”

그리고 또 아들한테

“이 약재를 누가 아직 이름을 지어준 적이 없어서 음 우리 나중에 이 약재를 지모초라고 짓자.”

[조사자 1: 아, 지모초. 모친을 아는 약초.]

“나중에 이 약재를 지모초라고 부르자.”

그 후에는, 그 이후로 나무꾼 맨날 노파를 업어서 산에 올라가서 노파도 산에 있는 약재들을 꼼꼼하게 나무꾼에게 알려주었습니다. 그래서 점점 나무꾼도 어떤 약재들이 병을 치료할 수 있고 어떤 것을 독을 해독 가능하고, 어떤 것을 상처를 치료할 수 있을지 다 알게 되었습니다.

이제 얼마 지난 후에 노파가 돌아가셨습니다. 죽었습니다. 죽은 다음에 나무꾼이 더 이상 나무를 하지 않고 직업을, 직업을 바꿔 약초를 팔기 시작했습니다. 그리고 이 착한 나무꾼이, 착한 나무꾼 부부가 가난한 사람 만나면 공짜로 치료해주기도 했습니다. 그리고 이 지모초라는 약재도 오늘까지도 전해 내려오고 있습니다.

바다를 메우는 새 정위

● 구연정보

조사일시 : 2018. 12. 11(화) 오후
조사장소 : 서울시 광진구 화양동
제 보 자 : 조림 [중국, 여, 1992년생, 유학 3년차]
조 사 자 : 신동흔, 오정미, 박현숙, 엄희수

● 구연상황

제보자가 〈불상과 절에 관한 문화〉 구연을 마친 뒤 준비해온 다음 이야기를 구연해 주었다.

● 줄거리

신의 막내딸이 배 타고 놀다 풍랑에 배가 뒤집어져서 죽었다. 죽은 딸은 정위라는 새가 되었는데, 매일 돌멩이·흙 같은 물건을 물어다가 바다에 던졌다. 바다신이 이상하게 생각하여 새에게 그 이유를 묻자, 새는 죽는 마지막 순간까지 돌을 바다에 실어 날라 바다를 메우겠다고 했다.

그러니까 '정위전해'인데 정위는 요정이라는 정(精)자에 위(衛)는 깨끗할 (글씨를 쓰며) 이거예요. 이 정자인데 이름이 원래 '여와'라고 해요. 그런데 그 여와가 아니고 인형 와자인데 뭐 어느 신의 아들이었다고 해요. 아니, 애기 애였는데 아들이 아니라 딸인데 막내딸이에요.

근데 뭐 앞에 언니도 있고 오빠도 있는데 거기 동해 바다라는 것도 있고 거기 바다에서 그런 작은 나무배를 타고 놀고 있는데 갑자기 파도가 일면서 배가 이렇게 엎어진. [조사자: 뒤집어졌어요?] 네, 뒤집어져가지고 죽게 됐는데 신의 아이인데 죽는다는 건 저는 약간 이

해가 안 됐어요. 그래서 그것 때문에 결국에는 그 영혼이 새가 됐다고 하는데 그 새의 화신이 이름이 '정위(精衛)'라고 합니다. 그래서 새는 머리에는 털이 여러 가지 색상이 있는데 뭐 새 부리는 굉장히 하얗고 발이 빨갛다 이렇게 나오고 있는데 새는 거의 뭐 닭도 그렇고 부리는 노랗거나 빨간 것 같은데 그건 하얀 부리라고 해서.

그런데 하여간 그렇게 된 새가 매일 땅에 가서 땅이나 산에 가서 바다가 있든 파도가 있든 그래도 전혀 상관하지 않고, 전혀 그러니까 쉬지 않고 하루에도 여러 번씩 나뭇가지 돌맹이 흙모래나 일단 뭐 물 같은 걸 메울 수 있는 물건이면 죄다 그렇게 물고 와서 바다를 메우려고 했는데 바다신이 굉장히 이상해서 비웃으면서,

"왜 그러냐 내가 그렇게 싫으냐?"고.

"내가 그렇게 미운 존재냐?"

고 했는데 그러니까,

"억울한 사람들도 바다에 나온 어부들도 그렇게 죽여버렸는데, 나를 포함해서 그 많은 사람들도 죽여버렸는데 안 미울 수가 없다."고.

그래서 바다가

"너 백만년 천만년 억만년 해봐 너, 나를 메울 수는 없을 거야."

했는데,

"나 죽더라도 죽는 마지막 순간에서라도 나 절대 쉬지 않고 꼭 메워버리고야 말겠다."

이렇게 해서 바다에 뭐 물고 나는 새는 그 정위전해(精衛塡海)라고 하는 거 같아요.

[조사자: 맞아요. 이것도 유명한 이야기더라구요. 맞아요.]

가목사 마을 유래

● 구연정보

조사일시 : 2017. 09. 21(수) 오전

조사장소 : 서울시 마포구 신수동

제 보 자 : 리칭후아(이청화) [중국, 여, 1976년생, 결혼이주 17년차]

조 사 자 : 김정은, 황승업

● 구연상황

제보자가 한국 정착 과정에 대해 들려준 뒤 고향에 대해 얘기를 나누다 제보자 고향인 가목사 마을의 유래를 들려주었다.

● 줄거리

옛날 홍수가 심하게 발생하자 좋은 목재들이 송화강 물을 따라 떠내려 왔다. 마을에 최상의 나무들이 떠내려 오자 사람들이 좋은 나무가 떠내온 곳이라고 해서 그 마을을 가목사라는 이름으로 부르게 되었다.

[조사자 1: 가목사(佳木斯)는 어떤 동네인지 그것부터 얘기해 봐도 재밌을 것 같아요.] 가목사(佳木斯)● 요. 가목사는요, 되게 뭐라 그럴까 성격이 사람들이 저는 몰랐는데 성격이 좀 남방이나 이런 좀 틀리잖아요.

내가 거기서 살 때는 약간 여기 왔을 때 어디랑 코드가 맞느냐면 부산 사람들하고 경상도 쪽 사람들하고 코드가 뭔 느낌인지 아시죠. 그리고 실질적으로 내가 한국에 와서도 나한테 굉장히 많은 도움을

● 자무쓰(佳木斯, Chia-mu-ssu), 쑹화 강 하류에 있으며 1년 내내 수송이 가능한 도로망을 갖추고 있다.

줬던 분들이 내가 이제 코드 맞아 그래 다가갔는지 모르겠어요. 많이 도움 줬던 것 같고 잘 맞아요.

그러니까 그만큼 남방이랑 북방이 틀리고 저희 가목사는 동북지역에서도 사람들이 약간 더 이런 것 같아요. 더 뭔가 쿨하고 막 이게 쫌 맞다와 아니다. 손등 손바닥이 너무 분명한 거 쫌 그랬던 것 같고 그래서 이걸 벗어나고 막 사람들이 막 쫌 너무 애교스럽고 이런 걸 되게 적응이 좀 안 되는 느낌이. 다른 건 다 되는데 그거는 절대 못 하는 거죠. 해래도 그거는 빼었다. 다른 건 다 할 수 있는데 그것만은 빼주세요.

[조사자 2: 이름의 유래. 왜 가목사가?] 가목사가 그 '가' 자가 굉장히 최상의 그 가(佳) 자 좋은. 목자가 나무목(木). 그래서 최상의 나무.

그러니까 홍수가 내려왔을 때 그 나무가 진짜 그 나무가 딱 왜냐하면 그쪽이 뭐냐면 그 굉장히 '따싱알링샤오씽알링'해갖고 따싱은 중국의 그쪽 목재사업을 되게 많이 해요. 그게 이춘인가 그쪽에. 나무들이 많아요. 좋은 목재들이. 저희 아버지가 목수였는데 주로 홍송(紅松)하고 막 그쪽에서 나무들을 이렇게 오면 막 사고 쫌 많이 했거든요. 보면 그때 그 좋은 나무들이 쓰러졌나 봐요, 홍수에. 좌악 물이 송화강 물을 따라 좌악 내려왔대요. 그래서 사람들이,

"아, 이 동넨 이제 가목사라."고.

이제 그 동네가 이제 그렇게 유래됐다 그러더라구요.

[조사자 1: 원래는 그럼 다른 데 있던 나무들이 온 거네요?] 그렇죠. 홍수면 막 떠내려 오거든요. 막 가구건 뭐건. 위에서 막. 그 송화강도 홍수나면 예전에는 이게 방비가 잘 안 되니까 이게 하얼빈이나 이런 데도 다 송화강이 흐르잖아요. 이게 홍수나면 막 장난 아니거든요. 우리 동네 그쪽도. 저희 쪽은 그렇게 홍수가 많이 안 났는데 예전에는 그런 게 많이 났겠죠. 아무래도. 그게 시설이 잘 안 되어있으니까. 둑이나 이런데. 딱 목재가 딱 내려왔대요. 그래서,

"아! 이제 이 동네를 이제 가목사라고 하자!"

그래서 이제 그 동네를 이제 가목사라 했던 게 오늘의 가목사 시(市)가 됐나 봐요.

제가 이제 고향을 떠나온 지 사실은 17년에 한 번도 고향을 간 적이 없거든요. 왜냐하면 갈 필요가 없는 게 왜냐하면 제 언니가 이제 청도 뭐야 창해 요즘 막 젊은 사람들은 막 쌰하이라 해서 막 내지로 가잖아요. 그러다 보니 고향에 사실은 삼촌이 계셨는데 돌아가셨고 연세가 많다보니까 그러니까 갈 일이 별로 없는 거예요.

못 갔는데 이제 그래서 가끔 이제 인터넷을 보는 거죠. 이렇게 보면 참 옛날에도 예뻤다고 생각했는데 그때 어렸을 때 지금 보니까 진짜 그냥 다른 상해나 괜히 내 생각인데 비슷하더라구요. 반짝반짝. 그 정도로 발전했다는 거지요.

그래서 저는 가끔씩 자다가도 내가 본고향에 서 있는 거예요. 고향의 어느 한 곳에 내가 뚝 서있어요. 딱 서있고 일어나서 그거를 한 몇 번 그 내가 깊은 곳에는 가고 싶은가 봐요. 그리움이 남아있나 봐요.

남편을 따라서 죽은 맹강녀 [1]

● **구연정보**

조사일시 : 2017. 09. 21(수) 오전
조사장소 : 서울시 마포구 신수동
제 보 자 : 리칭후아(이청화) [중국, 여, 1976년생, 결혼이주 17년차]
조 사 자 : 김정은, 황승업

● **구연상황**

제보자가 〈견우와 직녀〉 이야기를 마친 뒤 바로 이어서 이 이야기를 구연했다. 이야기 주인공은 '맹강녀'로 알려진 인물인데 제보자는 중국 발음에 가깝게 '몽강녀'로 표현했다.

● **줄거리**

몽가와 만가 두 집에서 사이좋게 키우는 조롱박 속에서 몽강녀(맹강녀)가 나왔다. 만희량은 아들은 있고 딸은 없어서, 몽가가 키운 몽강녀가 만희량의 아들과 혼인을 했다. 중국 진나라 진시황 통치시절 만리장성을 쌓기 위해 젊은 남자들이 징발되었다. 만희량의 아들 또한 징집되었다. 몽강녀는 아무리 기다려도 오지 않는 남편을 위해 옷을 지어 찾아갔으나, 남편은 이미 고된 노동으로 죽은 후였다. 너무 슬퍼서 우는 몽강녀의 눈물이 강이 되자 남편의 시체가 올라왔다. 그때 지나가던 진시황이 몽강녀의 아름다움에 반했고 자신의 후궁이 되라고 말했다. 몽강녀는 진시황에게 남편의 비석을 세워주고, 비석으로 가는 길을 닦아주고, 그 앞에서 진심으로 사과하면 후궁이 되겠다고 했다. 몽강녀가 말한 대로 진시황이 그대로 행하자 몽강녀는 그대로 강물에 뛰어들어 죽었다.

그 속에서도 이제 얘기를 하자면 이제 몽강녀에 대한 이야기. 몽강녀는 사실 중국의 4대 고전 소설 중에 하나가 '몽지앙니(夢姜女)'

그 말이 이거예요, 몽지앙니쿠창천(夢姜女哭長城)이라는 이야기예요. 몽강녀. 여자 여자.

그게 한국에서 어떻게 번역했냐면 몽강녀 만리장성인데 사실은 몽강녀 만리장성은 번역이 좀 덜된 느낌이고 몽강녀가 쿠창천(哭長城). 만리장성에서 울다. 이런 얘기예요.

사실 이게 이야기를 하면 몽강녀가 비석도 있어요. 중국에 가면. 몽치앙니 하면 사실은 중국에 이 진시황 진나라 하면 굉장히 슬퍼하잖아요. 사실 젊은 남자들이 굉장히 많이 죽고 우리가 늘 얘기하듯 만리장성 밑에는 많은 시체들이 묻혀있을 거라고 저녁에 가면 무서울 거라고 이런 얘기들을 많이 하잖아요. 그 정도로 굉장히 이제 힘들었던 암흑기였다고 그래서 진나라가 한나라에 망하지 않았을까.

근데 이제 몽강녀도 그때 그래서 사람들이 만들어낸 전설적인 이야기인데, 그 몽강녀도 그냥 엄마의 뱃속에서 태어난 건 아니고. 중국에 또 전설이 사실 저희들이 어렸을 때 보면 조롱박 같은 게 후루라는 애니메이션 되게 많잖아요. 전설적인 이야기를 보면 후루가 항상 빠질 수가 없어요. 이렇게 떽떽 이렇게. 배도 요즘 그렇게 만들은 거 봤죠. 이런 조롱박이 하나를 심었어요. 이제 나이 드신 분들인가 봐요. 이집엔 자식이 없는데 조롱박을 심었는데. 이게 한국말로 조롱박 맞죠. 이게 심었는데 너무 잘 큰 거예요. 너무 잘 커요. 이게 크고크고크고 진짜 잘 자라다가 조롱박이 딱 이제 다 크고 나서 딱 쪼개서 갈라져서 열어보니까 너무나도 예쁜 아이가 있는 거예요.

근데 이제 몽지앙니하고 빤시량(만희량). 그러니까 원래 이게 몽강녀가 나오고 여기는 빤시량. 한국말로 만희량. 원래는 몽지아하고 빤시량 원래는 잘 아는 사이였어요. 근데 이게 조롱박을 사실은 뭐냐면 요집에서 키우는데 사실은 같이 키웠다고 봐야 해요. 조롱박을 같이 계속 두 집에서 이 조롱박을 애지중지하면서 키웠다고 봐야 되죠. 그런데 아기가 딱 태어났으니까 빤시량 집에는 딸이 없는 거예요.

"아 내가 갖다 키우겠다."

이쪽에서는,

"아니, 아니야. 내가 키울 거야 내가 키울 거야."

둘이서 막 싸우는 거예요. 그래서 얘가 어떡해. 그래서 또다시 신에게 찾아갔죠.

“어떻게 하면 좋아요. 이게. 우린 도저히 이게 서로 물러서지 않고 해결을 못 보겠어요.”

“오 해결방법은 간단해. 어떻게 하면 되냐면 키워서 둘이 있잖아. 연을 맺으면 된다. 부부가 되면 둘이 사돈되고 그러면 두 집이 자식이 아니겠느냐!”

“오! 그 생각을 못했네.”

“좋다.”

그래서 얘는 이제 몽지야에서 키우기로 해서 몽지앙니가 되었고 이집에는 빤시량 아들이 있었던 거예요. 이제 빤시량은 뭐냐면 굉장히 또 잘생겼고 똑똑하고 그죠. 그리고 이 여자는 이 여자애는 몽지앙니는 아주 예쁘고 뭐 그런 여자였어요. 그죠. 청초하고.

그래서 몽지앙니하고 빤시량이 딱 커갔고 결혼을 한 거예요. 알콩달콩 결혼생활을 삼 일밖에 못했어요. 삼 일 뒤에 갑자기 나라에서 젊은 남자들을 데려가는 거예요. 붙잡으러 와서 할 수없이 빤시량이 잡혀갔죠. 시량이가 잡혀가갔고 만리장성에 가서 열심히, 열심히 만리장성을 위해서 일을 하는 거예요. 쌓기 위해서.

근데 이제 아무리 남편을 기다려도 안 오잖아요. 하루 이틀 지나도 안 오는 거예요. 그래서 몽지앙니가 어떻게 해요. 이거 이제 남편이 입을 겨울에 또 알잖아요. 그게 북경 그쪽은 북방쪽이니까 춥잖아요. 그래서 겨울 내 입을 옷들을 옷을 싹 기워서 밤을 새갖고 하룻밤을 계속 새갔고 그것을 딱 만들어서 들고 갔어요.

만리장성 만드는 데를 갔는데 사람들한테 물어봤어요.

“우리 남편 빤시량인데 어디 있냐?”고.

사람들이 빤시량에게 좋은 인상을 갖고 있는 거예요. 다 알더라구요.

“아, 어디어디 있다.”

고 알려줬어요. 딱 갔어요. 갔더니,

“어, 내 남편이 빤시량인데 어디 있냐?”

고 했더니, 남편이 벌써 죽었다는 거예요. 너무너무 힘들어서. 못 먹고 힘들어서 죽었다고 그러더라구요.

얼마나 원통하고 속상해요. 너무너무 속상한 거예요. 그래서 그 몽지앙니가 만리장성 쌓은데 거기서 있잖아요, 통곡을 하는 거예요. 계속 우는데 얘가 울음이 너무너무 울어서 그 앞에 만리장성 앞의 강이 된 거예요. 막 강을 이룰 정도로 계속 우는 거예요. 너무너무 울어서 그런지 하늘에서 신들이 딱 보니까 너무 불쌍한 거예요. 마법을 부려서 갑자기 만리장성 밑에서 빤시량의 시체가 딱 올라오는 거예요.

그래서 그때 마침 진시황이 봤겠죠. 이 여자를 보니까 너무 예쁜 거예요. 그 상황에서도 예쁜 여자가 눈에 보였나 봐요. 그래서 얘를 궁녀로 자기 아내로 맞고 싶은 거예요. 근데 몽지앙니 마음은 분노로 막 차 있잖아요.

"그래. 좋아 그러면 내가 너의 아내로 되어 줄 테니까, 그럼 첫 번째로 니(진시황)가 그러면 이 얘를(만희량의) 비석을 만들어 달라. 그전에 얘한테 와서 비석을 만들고 얘까지 비석까지 오는 길을 멋있게 쫘악 내갔고 와서 비석 앞에서 잘못했다고 빌어라."

진시황한테. 그런데 진시황은 이 여자한테 반했으니까. 딱 빠졌으니까 오케이 했어요. 그래갖고 비석을 만들어 주고 얘한테 미안하다고 죄스럽다고 이제 딱 빌었어요. 예를 갖춰서 해 달라 해서 예를 갖췄어요.

그다음에 이 여자는 어떻겠어요. 물에 뛰어든 거예요. 그 강에 뛰어들었어요. 강에 뛰어들어서 죽었지요. 너무 슬픈 이야기예요.

남편을 따라서 죽은 맹강녀 [2]

● 구연정보

조사일시 : 2018. 12. 11(화) 오후
조사장소 : 서울시 광진구 화양동
제 보 자 : 조림 [중국, 여, 1992년생, 유학 3년차]
조 사 자 : 신동흔, 오정미, 박현숙, 엄희수

● 구연상황

제보자가 〈견우(우랑)과 직녀〉 이야기를 마친 뒤 이어서 이 이야기를 구연했다.

● 줄거리

송강부 화정현 맹가장이라는 곳에 맹씨와 강씨가 이웃해서 살았다. 맹씨가 박을 심어서 하나가 담장을 넘어갔는데 가을이 되어 박을 나누자 그 안에서 귀여운 여자아이가 태어났다. 맹씨와 강씨가 서로 자기네 박이라고 우겨서 아이 이름을 맹강녀라고 지었다. 맹강녀는 아름다운 여자로 자라났다. 맹강녀는 어느 날 호수에 부채를 떨어트려 주우려고 하다가 범희량이라는 서생을 만나 결혼을 하게 되었다. 그러나 만리장성을 짓기 위해 장병들이 와서 남자들을 잡아가면서 범희량도 잡아갔다. 맹강녀가 남편을 찾아갔으나 남편은 이미 죽어있었다. 그때 진시황 눈에 띄게 되었는데 맹강녀는 진시황에게 무리한 세 가지 요구를 했고 진시황은 맹강녀를 차지하기 위해 그 요구를 다 들어주었으나 마지막에 맹강녀는 진시황을 비웃으며 자살했다.

두 번째 이야기는 맹강녀라는 이야기인데 맹강녀 이야기는 나온 지역이 한 개 지역이 아니라 이 지역에서도 나오고 저 지역에서도 나와서 많이 들은 걸로 했어요, 제가. [조사자 2: 응. 그래요. 본인이 많이 들은 걸로.] 단순히 제가 많이 들은 걸로. [조사자 1: 기억나는 대로 이렇게 얘기를 해도 돼요.] 네.

옛날에 송강부라고 화정현에는 현 아래 장이 있거든요. 한국에서 도 아래 시 있고 시 아래 이렇게 있는 것처럼. 그러니까 '맹가장'이라는 곳에 '맹'은 그냥 성씨라고 해서 그 마을에 사는 사람들이 거의 맹씨를 가지고 있는 그런 이유로 해서 맹가장이라고 하는데.

거기는 부지런한 늙은이가 살고 있었는데 박을 너무 많이 심어서 하나가 담장을 넘어가지고 옆집에 넘어갔어요. 그래서 옆집에는, 옆집과는 사이가 너무 좋아서 가을이 되면 박을 절반씩 그러니까 반반씩 나누기로 했다고 하는데 옆집은 맹씨가 아니라 강씨였다고 합니다. 그러니까 강씨는 옆집에는 뭐 부부가 살았다고 하기도 하고 할머니 혼자서 늙은 노파가 살고 있다 이렇게 두 가지 버전이.

그러니까 제가 찾은 건, 두 가지 버전을 제가 찾았는데 가을이 되면서 박을 나눌 때가 됐는데 그중에서 한 개 박이 빛깔도 좋고 제일 크고 해서 그러니까 그걸 절반으로 잘랐는데 귀여운 여자아이가 앉아있었다고 합니다. 얼굴은 발그스레하고, 중국은 원래 대표적으로 여자, 애기들이 얼굴이 빨가면 건강하다, 아무튼 이렇게 좋다고 인식하고 있는 것 같아요. 외국인이 중국인을 인식할 때도 약간 그렇게 하고 있는 것 같고.

그래서 발그스레한 얼굴이 입술이 빨간데 그런 애기 하나 들어 있었는데 애기가 갑자기 울기 시작하면서 그 할머니 할아버지 되는 그 연세가 그렇게 돼서 너무 불쌍해서,

"어차피 혼자 살고 있으니 딸로 거두어도 좋겠다."

이렇게 했는데 싸움이 일어났어요. 그래서,

"뿌리는 우리 맹씨네 집안인데 넘어갔다고 해서 강씨네 애기는 아니다."

이렇게 또 싸우다가 마을에 있는, 마을에 그때 제일 연장자가 있었는데 그런 사람을 '장자'라고 불렀다고 합니다. 장자가 있고 지혜로운 지(智)자 '지자'도 있는데 장자가 와서 중재를 하면서,

"애기는 두 집이 소유하는 걸로 해서."

그러니까 중국도 애는 거의 아버지 성을 따라서 맹씨 집안의 맹자랑 강씨 집안의 강자를 따서 여자 아이 이름은 '맹강녀'라고 지어

줬는데. 여자아이가 너무 착하고 예쁘고 너무 잘살아서 시집갈 나이가 다 됐는데 그러니까 천도 굉장히 잘 짜고 밥도 뭐 요리 솜씨도 되게 뛰어나고 못하는 일이 없는 그런 완벽한 여자였는데.

어느 날 그 호수에서 나비가 있었는데 그 부채로 나비를 살짝 이렇게 잡으려고 살짝 했는데 부채가 떨어진 거예요. 물에 떨어져서 주우려고 했는데 뒤에서 갑자기 누군가가 오는 소리가 들려서 뒤돌아보면서,

"왜 함부로 남의 집 뒷뜨락에 들어왔느냐."고.

그렇게 얘기했는데 그 남자가 '범희량'인데 나중에는 그 맹강녀의 남편이 된 사람인데. 그러니까 그 범희량이란 사람은 서생인데 그러니까 한국에서는 선비이고 과거시험을 볼 정도 그런 선비인데 일을 하거나 막 노동을 하는 사람은 아니고. 근데 그때가 진시황이 장성을 쌓겠다고 해서 집에 있는 남자들을 죄다 다 끌어가는 그런, 그런 일이 있었어요. 그래서 장병들, 집안의 남자들 숨기거나 하면 큰 벌을 받게 되는데 그 벌을 받을 만한 벌이 아니라 감당이 안 되는 벌이어서 그냥 잡혀가는데 도망을 쳤대요.

범희량이 사는 마을이 있었는데 마을에서 도망쳐서 맹가장으로 왔는데 범희량보다, 그 범희량이 아니고 맹가장 그 마을에 살고 있는 나쁜 남자가 있었는데 바람기도 많은 남자가 맹강녀가 좋아서 맹씨 할아버지한테,

"딸을 달라."고.

그렇게 얘기를 했는데 할아버지가 거절을 한 거예요. 그래서 거절을 했는데 범희량도 선비고 해서 많이 착해서 두 사람 결혼 시켰는데 거기에 굉장히 불복해서 알렸다고 하는데 장병들이 와서 범희량을 잡아간 거예요. 그게 신혼 3일째라고 전하기도 하고 신혼 초인데 범희량이 잡혀가면서 맹강녀가 매일 울고만 있다가 그냥 울고만 있을 수가 없어서 찾아 나섰다고 합니다.

그래서 찾아 나섰는데, 찾아 나서면서 장성 쌓는 데는 뭐 눈이 내리고 춥고 뭐 배부르게 먹지도 못하고 있다고 해서 두꺼운 옷을 그렇게 만들어서 반찬도 맛있게 해서 솜씨를 굉장히 정성들여 만들

어서 찾아갔는데 그 장성이 발아래서, 장성 아래 거기서 남편을 못 찾아서 같이 끌려가거나 일하는 사람한테 물어봤는데, 남편이 오고 나서 며칠 안됐는데 바로 뭐 지금으로 따지면 뭐 과로사?

"그렇게 힘들어서 죽었다."

고 하는데,

"대신 유골이 어디 있는지는 자세하게 모르고 있다."

고 했어요.

그래서 맹강녀가 너무 슬퍼서 거기서 울고 있는데. 여기가 두 가지 버전으로 제가 찾았는데 한 가지 버전은 그 울음소리가 너무 요란해서 갑자기 그 울음소리에 장성이, 쌓았던 장성이 갑자기 무너진 거예요. 거기 사이에서 범희량 유골이 나왔는데 머리 부분만 나왔다고 이미지가 그렇게 있기도 하고. 또 다른 버전은 그 울음소리에 진시황이 듣고 나서,

"누군지 가서 한번 알아보라."

고 했는데,

"굉장히 예쁜 여자가 남편 때문에 이렇게 울고 있다."

고 해서 진시황이 그때 마침 나와 보는 시간이랑 굉장히 잘 맞았다고 해서 그걸 봤다고도 하고 뭐 아예 진시황이 밖에 있었다 뭐 이렇게도 있었어요.

그래서 그렇게 하다가 맹강녀가 진짜 예뻐서 이미 다른 남자 여자임에도 불구하고.

"궁에 들어와서 내 첩으로 되라."

이렇게 했는데 맹강녀가 그 순간 그러니까, 첩을 할 수는 있는데 세 가지 요구를 제기했다고 합니다. 첫 번째 요구가 범희량이 있는 곳에 가서 아, 그 세 가지 요구 중에서 첫 번째는 긴 다리를 쌓는데 '리'라는 길이 단위가 있어서. 십 리,

"길이는 십 리구요, 높기도 십 리만큼 하고 나서 그렇게 다리를 하나 만들라."

고 했고 두 번째는,

"큰 무덤을 파고 나서, 큰 무덤을 파야 되는데 그러니까 그걸 남

편의 무덤으로 하고."

세 번째 요구는 제일 과한 요구인 것 같아요. 개인적으로, 그러니까 서민인데

"진시황은 상복을 입고 삼끈 그걸 허리에 매어서 남편의 무덤 앞에 가서 제사를 지내야 한다."

는 그 요구가 있었다고 합니다.

근데 진시황이 그걸 듣고 바로가 아니라 약간 주춤해서 그렇게 하겠다고 해서, 그러면 진시황을 따라서 맹강녀가 궁으로 들어가겠다고 해서 진시황이 그걸 따르고 나서 맹강녀가 갑자기 약간 피식 웃는 정도로 비웃음도 아니고 되게 차게 그렇게 웃으면서,

"천하에 그런 서민이나 백성을 잡아서 이렇게 괴롭히고 자기 남편도 죽인 이런 멍청한 폭군한테 절대로 따를 수가 없다."

고 하고 남편의 유골을 안고서 파도가 높은 바다로 뛰어들었다고 합니다.

그리고 뛰어내린 곳은 그게 금방산 다리라고도 전해지고 있다고 합니다. [조사자 2: 바다가 아니라?] 바다인데, 아니 바다인데 뛰어내린 곳이 그냥 뛰어내렸다고도 하고 진시황의 그 세 가지 요구 중에서 한 가지. [조사자 3: 그 쌓아놓은 다리 위에서?] 쌓아놓은 다리 위에서 네. [조사자 2: 그 성이 만리장성인 거죠?] 네.

이게 산해경이라는 그 거기에서 전해진 이야기라고 [조사자 3: 산해경에서?] 네. 실제로 뭐 산해관(山海關)Shanhaiguan●이라는 지역이 있는데 거기 장성이 시작이다 끝이다. 그게 관광지역으로 개발되었다고도 하고 있습니다. 그리고 중국 이야기도 보면 대체로 약간 좀 한 개의 이야기가 끝나고 그다음 이야기로 좀 연관이 된 건데 연관이 되는 그런 실마리들을 제가 못 찾아서 따로따로 다 했습니다. [조사자 2: 아아 괜찮아요.]

● 중국 허베이성[河北省] 친황다오[秦皇島]에 있는 구(區)로 교통·군사상의 요지이다. 만리장성의 동쪽 끝에 위치한다.

붉은 꽃 신부

● 구연정보

조사일시 : 2017. 01. 12(목) 오후
조사장소 : 서울시 광진구 화양동 건국대학교
제 보 자 : 황샤오링 [중국, 여, 1986년생, 유학 6년차]
조 사 자 : 오정미, 이원영, 이승민

● 구연상황

〈어머니 때문에 실패한 영웅〉이야기를 마친 후 제보자가 고향과 아버지에 대해서 이야기하다가 고향의 여자 귀신 이야기라면서 구연을 시작했다. 젊은 남자를 잡아 온다는 내용 외에는 구체적인 줄거리가 없는 이야기이지만, 고향에서는 신부 귀신으로 유명한 전설이라 밝히며 구술했다.

● 줄거리

신부 혹은 과부가 결혼 후 억울하게 죽었다. 죽은 신부는 귀신이 되어 젊은 남자를 잡아 오는데, 중국의 붉은 옷을 입은 신부 귀신이어서 홍화신낭이라고 한다.

우리 고향에는 그 여자 귀신 이야기가 있어요. [조사자 3: 오! 그거 좋네요!] (웃음) 그런데 그게 너무 짤막해서 나도 그냥 그 여자 귀신 뭐 죽고 나서 어쩌, 어쩌라고 그 없어요. 중간에 어떻게 뭐 억울하게 죽었는지? 아니면 뭐가 사연이 있는지 그게 사실 보통 죽고 나서도 그게 짤막한데도 일단 제가 지금 바로 이야기 말씀드릴게요.

홍화신낭이라고 약간 신부. 그 신랑은 중국어로. [조사자 3: 홍화신랑이요?] 신낭이요. 중국어로 신낭이라고 하면은 이제 신부라는 뜻이에요. 붉은 꽃 신부 약간 이런 뜻. [조사자 2: 낭자 할 때 낭(娘)이죠?

새 신부?] 네. 새 신부. 그런데 신부인지 아닌지 그것도 아빠의 말로는 과부일 수도 있다는 그 이야기도 나오고 또 이제 또 과부가 아니고 그냥 이 여자가 결혼하고 나서 나중에 죽었거든요. 좀 억울하게 죽은 것 같은데 그래서 자기가 너무 억울하다 왜 이 나이에 죽었는지, 뭔가 그런 마음을 가지고 있어가지고 그래서 젊은 남자를 잡아와요. (웃음) 젊은 남자 좋아해서 젊은 남자 잡아 와가지고 어쩌, 어쩌라고 뭐 그런 이야기. 그런데 아빠도 여기까지만 기억하시고.

[조사자 1: 젊은 남자를 잡아 와서 뭐 죽여요?] 그 어떻게 하는 건지 아빠도 이야기할 수 없다고 뭔가 기억이 안 난다고.

[조사자 1: 그러면 홍화신낭이라는 단어는 되게 일반적인 단어예요?] 일단 다 아는 뭔가 그 거기에 약간 아마 할머니 아실. (웃음) 그 시대에 아실 거의 어, 아는 그 아주 널리 전승되는 그런 이야기인 것 같아요. 일반적인 말이라고 하기에는 어려울 수도 있어요.

[조사자 1: 왜. 그 여쭈어보냐면, 우리나라에는 왜 귀신 하면 떠오르는 이미지가 하얀 소복에 긴 머리를 이렇게, 그런 것처럼 혹시 중국의 그 귀신이라는 건 붉은 꽃 신부니까 뭔가] 그건 아니에요. 근대 아마 우리 고향 쪽만? 그렇게 생각하실 수는 있어요. 붉은 옷을 입고 막 약간(웃음) 막. [조사자 2: 그 이미지가 붉은 옷을 입은?] 저는 그렇게 기억, 알고 있는데 맞는지 잘 모르겠어요. 네.

[조사자 2: 그러면 이 홍화신낭이 자주 나오는 뭐, 고개나 집이나 이런 데가 있어요? 뭐 조심해야 된다. 뭐 이런 거는.] 원래 아마 있어야 되는데, 아니면 제가 이번에 중국 갔다 와서 이 이야기를 보완하도록 하겠습니다.

[조사자 1: 혹시 사진 같은 거 있으면 찍어오면 너무 좋을 것 같아요. 왜 그걸 물어보면은, 예를 들어 사우디 같은 나라에서는 귀신 하면 떠오르는데, 히잡 검은색 같은 히잡 같은 거 입고 있는 거라 했는데, 중국은 워낙 빨간색이 빨간색을 좋아하죠? 중국이 그래서 중국의 사람들의 머릿속에 여자 귀신의 이미지라는 게 빨간색 꽃 같은 그 전통 옷을 입은 모습인 건지. 우리나라 하면 우리나라 여자 귀신은 이미지가 흰 소복. 무조건 흰소복이거든요.]

[조사자 3: 제가 알기로 우리나라 여자 귀신 중에서 빨간 옷 입은 건 제가 아는 건 딱 한 명뿐이에요.] [조사자 1: 뭔데?] [조사자 3: 그 빨간 옷 입은 여자가 딱 있었는데 그 사람이 발견하니까 그 담을 휙 넘어서 도망갔다는 그런 이야기가 있는데 그것도 그 야담에 나와요.] [조사자 1: 음. 그래서 궁금했어. 갑자기.]

그래서 약간 신부라고. 새 신부라고 하는 게 사실 제가 보기에는 약간 결혼한 지 막 얼마 안 돼서 그래서 아직 빨간 옷을 입고 있는 그런 상태라. 그런 상태에서 죽었으니까 그렇게 된 거 아닌가.

[조사자 2: 그럴 수도 있겠다. 우리나라에도 첫날밤에 죽어서 이렇게 남자가 나른 남자랑 사통한 줄 알고 소박 맞추나 다음에 그 옷 그대로 입고 있다가 그 남자 올 때 탁 사라지는 그런 게 있어. 부인당 전설이라고 이게 양평에도 있는데, 그런 것처럼 이 옷이 진짜 결혼할 때 입은 혼례복의 그런 빨간색 일 수도 있지. 그러니까 원한이 그렇게.]

일단 나중에 이 이야기를 제가 구술한 게 맞는지 (웃음) 확인하고. 지금 제가 마음대로 만들고 있어요. (웃음) [조사자 1: 괜찮아요. 그게 구술의 힘인걸.] [조사자 2: 지금은 조사자의 입장이 아니고 구술자의 입장이니까.] 네. (웃음)

복(福)을 거꾸로 붙이게 된 사연

● 구연정보

조사일시 : 2019. 03. 08(금) 오전
조사장소 : 서울시 노원구 공릉동
제 보 자 : 심죽령 [중국, 여, 1988년생, 결혼이주 4년차]
조 사 자 : 신동흔, 오정미, 엄희수

● 구연상황

제보자가 〈백족의 두 형제 이야기〉를 마친 뒤 이어서 다음 이야기를 시작했다. 명태조에 대한 이야기라며 등장인물들을 먼저 간단히 소개했다. 본격적인 이야기 구연에 앞서 조사자들이 등장인물들에 대해 대화를 나누기도 했다.

● 줄거리

명태조 주원장과 그의 아내 마황후와 관련된 이야기다. 옛날에는 정월대보름에 사람들이 초롱을 들고 서로 수수께끼를 맞히는 놀이를 하는 풍습이 있었다. 주원장이 거리로 나와 구경을 하는데 못생긴 여자 그림을 보고 사람들이 마황후라고 말하는 것을 보았다. 화가 난 주원장은 그렇게 말한 사람 집 문에 복 복(福) 글자를 붙여놓게 했다. 이를 알게 된 마황후는 다른 신하를 시켜 모든 백성들의 집 문에 복(福) 자를 붙여놓으라고 했다. 다음날 주원장은 그 집을 찾지 못했고, 대신 한자를 거꾸로 붙여놓은 집을 벌주려고 했다. 그러자 마황후가 복이 쏟아져 내리라는 의미로 거꾸로 붙인 것이니 벌을 주지 말라고 했다. 주원장이 왜 자신을 못생겼다고 한 백성을 벌주지 않으려 하는지 묻자, 마황후는 백성을 사랑해야 나중에 도움을 받을 수 있다고 했다. 그래서 이후로 사람들은 정월대보름이 되면 마황후를 기념하고 또 복을 기원하는 의미로 복(福) 자를 거꾸로 붙이게 되었다.

다음 이야기는, 명태조. 주원장. 잠시만요. 주원장, 명태조. 그리고 마황후. 황후 이름이 마, 마황후 이야기예요. 마황후는 주원장 아내. [조사자 1: 주원장 아내 이야기는 들어본 적이 없네요. 한국에도 주원장 설화가 꽤 있는데. 황후, 마황후구나.]

이거 중국에서 그 설 되면은 저번에 부적, 그거 붙인다고. 이거도, [조사자 2: 복을 거꾸로.] 아 아시구나. [조사자 2: 몰라요, 해주세요 선생님.] 아, 그 보통 문에 여기 한 쪽, 한 쪽 부적 붙이고 가운데에서 복을, 복(福) 자를 하나 붙여요. 아니면 봄 춘(春)자를 붙이든지. 이렇게 붙여요. 그래서 이 글자와 관련된, 주원장하고 관련된 이야기예요.

주원장 아내. 혹시 들어보신 적이? [조사자 2: 없어요.] 혹시 교수님도 들어보신 적? [조사자 1: 없어요.] [조사자 2: 항상 궁금하긴 했어요. 왜 복을 거꾸로?] [조사자 1: 하늘에서 내려오라고. 쭉 내려오라고.] [조사자 2: 아 진짜요?] [조사자 3: 쏟아지라고.] 맞아요. 잠시만요.

그 한국에서 정월대보름 있죠? 중국에서도 있어요. 그래서 정월대보름 되면은 사람들이 옛날에, 사람들이, 잠시만요. (노트북으로 단어를 찾음.) 초롱? 등불. 그거를 들고 거기 위에 수수께끼 같은 거를 써서 사람들이 서로 맞추라고 하는 그런 풍습이 있어요. 주원장이 정월대보름이 되자 황궁 밖으로 나가서 구경하고 싶다고 해서, 편한 옷으로 입어서 이제 하인들하고 같이 구경하러 거리로 나왔습니다. 하지만 그리고 사람들이 수수께끼 서로 맞추는 것을 구경했습니다. 하지만 어떤 사람이 그, 초롱? 등불 위에서 긴 여자, 못생긴 여자 하나 그리고 이게 누구냐고 맞춰보라고, 맞춰달라고 그런 행동을 봤습니다. 주원장이

"이 못생긴 여자가 누구지?"

생각했더니, 맞추는 사람이

"이건 마황후잖아요!"

이렇게 얘기했습니다.

주원장이 너무, 자기 아내가 이렇게 못생겼다고, 착한데 백성들이 못생, 사실 원래 못생겼어요. 못생기게 그리니까 자신이 너무 화가 나는 거예요. 그래서 하인들 시켜서 그 사람들이 누구냐고 알아

보고, 그 사람들 집 앞에서 복(福) 자를 붙여서 그 표시해놓고 다음 날에 와서 벌을 주겠다, 큰 벌을 주겠다고 이렇게 복 자를 붙이라고 했습니다. 그리고 집에 와서 자기 아내한테 이런 일이 있다고 자기가 벌 주겠다고 마황후에게 얘기했습니다.

마황후는 어렸을 때 가난한 집에서 자라서, 또 옛날에 여자들이 그 발이 이렇게 꺾잖아요. 마황후는 농사를 지어야 하니까 발도 이렇게 하지는 않았어요. 그래서 발도 크고, 얼굴도 길고 진짜 못생겼습니다. 하지만 현명하고 주원장을 많이 도와줬습니다. 마황후를 주원장이 이 사람들에게 벌을 주는 것을 알고 나서, 하인들한테 똑같이 그 집집마다 똑같이 복 자를 붙이라고 백성들한테 시켰습니다.

그래서 그 이튿날 주원장이 다시 나가서 봤더니 다 똑같이 복 자를 표시해놨으니까 어떤 집이 어떤 집인지 전혀 모르겠어요. 그래서 너무 화가 나서 풀 데가 없어서 이 때 어떤 집에서 복 자가 거꾸로 붙여져 있는 것을 봤어요. 그래서 풀 데가 없어서 마침 이 거꾸로 된 복 자를 보고,

"여기다 풀어야겠다."

그래서 어, 사실은 이 집에서 이 글자를 배우지를 않았으니까 글자를 몰라서 거꾸로 붙였습니다. 그래서 주원장이

"나는 이 집에서 큰 벌을 줘야겠다."고.

"이 집에 큰 벌을 줘야겠다."고.

이야기를 했습니다.

하지만 마황후가 거꾸로 붙인 것은, 거꾸로 붙이는 것은 아까 교수님이 말씀하신 것처럼,

"복을 하늘에서 쏟아 내리라고, 쏟아 내리라는 뜻이니까 벌을 주지 마십시오."

라고 이야기를 했습니다. 주원장이 마황후한테

"왜 이렇게 백성들을 아끼고 이렇게 백성들이 이렇게 못생기게 그리고 그랬는데 왜 이렇게 여전히 아끼고 사랑하느냐?"

마황후가

"백성을 사랑해야지 나중에 우리도 도움 받으니까."

이렇게 얘기를, 이런 이야기가 있었습니다.

[조사자 1: 그래서, 그때부터 사람들이.] 그때부터 사람들이 마황후를 기념하기 위해서 정월대보름에 복 자를 항상 거꾸로 붙이고, 또 자신의 집에서 복을 내려오겠다는 뜻도 있고, 마황후 기념하는 뜻도 있습니다. [조사자 1: 미담. 미담 전설이네요. 훌륭한데, 마황후. 황후 될 만한데요.] 못생긴 걸로 유명한 황후예요.

[조사자 1: 그 얘기 듣다 생각났는데 아까 조금 전에 얘기한 형하고 동생. 우리 그 심 선생(제보자) 남편이 동생 같은 사람. 마황후, 마황후 같은 사람이라고 하면 안 되는구나.] (일동 웃음) [조사자 2: 예쁜 마황후.] [조사자 1: 마음만. 마황후 같은 마음을 가지고 있는, 네.]

또, 그 거꾸로 되는 것은 한자로 '따오(倒)' 맞아요. (한자를 써서 보여주며) 이렇게 쓰는데. 이건 '거꾸로'라는 한자고요. (到 자를 가리키며) 이건 도착하는 도(到) 자예요. 그래서 둘이 발음이 똑같애요. 그래서 음, 푸(福)fu 이거 한자. [조사자 1: 두 글자가 서로 섞여서 되는 거구나.] [조사자 3: 푸따오(福倒)fudao.] 응응, 푸따오 맞아요. 중국어? [조사자 3: 배운 적이 있어요.] 아하. 그래서 복이 거꾸로 되는 것은 이 글자로 간주하고, 복이 자신의 집에서 도착한다는 그런 뜻도 있어요.

[조사자 1: 아, 그렇게 연결되는구나. 이를 도(到)자하고 뒤집힐 도(倒)자하고. 뒤집어 놓으면은.] [조사자 3: 복이 도착한다.] 네, 맞아요. [조사자 2: 재밌다.] [조사자 1: 한국 사람들은 이 풍속을 안 따른 걸 보면 그래도 그 나라마다 차이가 있는 것 같아요.]

[조사자 3: 처음에 벌을 주려고 표시를 하는 건데 복은 좋은 뜻의 글자잖아요. 그래서 의아했어요.] [조사자 1: 뭐 죽일 살(殺) 이런 걸 써 가지고. 근데 그렇게 하면 본인도 찔릴 거 아냐. 좋은 걸 써 놔야 이제 '어 좋은 건가 보다.'] [조사자 2: 속임수로.] [조사자 1: 근데 결과적으로 진짜 복이 된 거지.]

[조사자 2: 재밌다. 근데 마황후의 지혜도 너무 재미있는 거 같아요. 순간 임기응변으로 한 말일 거 아니에요. 복이 쏟아져 내리라는 의미는. 임기응변으로 이야기한 걸 텐데, 되게 좋은 아이디어인 거야 진짜.] [조사자 1: 항상 좋게 보고 좋게 생각하니까.]

중양절 유래

● **구연정보**

조사일시 : 2019. 02. 18(월) 오전

조사장소 : 서울시 노원구 공릉동

제 보 자 : 심죽령 [중국, 여, 1988년생, 결혼이주 4년차]

조 사 자 : 오정미, 강새미

● **구연상황**

제보자가 〈새의 말을 듣는 사냥꾼 해리포〉 구연을 마친 뒤 조사팀이 잠시 조사 목적을 설명했다. 설명을 들은 제보자가 편안한 마음으로 준비해온 이야기를 이어서 구연했다. 조사자가 이야기 속에 나오는 중양절과 비장방에 대해여 질문하자 제보자가 곤란해 하며 관련된 지식이 없다고 밝혔다.

● **줄거리**

9월 9일 중양절에 관한 유래담이다. 한나라 때 환경이 사는 마을에 괴물이 나타나자 사람들이 갑자기 전염병이 걸려 죽게 되었다. 환경은 괴물을 없애기 위해 비장방 신을 만나러 갔다. 비장방은 환경에게 감동하여 무술을 알려주고, 청룡보검을 주었다. 그리고 9월 9일에 괴물이 마을에 다시 나타날 것이라며, 마을 사람들에게 국화주를 마시게 하고 수유잎을 나눠주라고 환경에게 괴물을 물리칠 방도까지 알려 주었다. 환경은 마을로 가서 비장방이 알려주는 대로 해서 괴물을 물리칠 수 있었다. 그 후부터 매년 9월 9일에 사람들이 환경을 기리며 수유잎도 꽂고 국화주를 마시는 행사를 한다.

한나라 때 마을에서 '환경'이라는 젊은이가 살고 있어요. 부모 모시고 아내도 있고 행복하게 살고 있습니다. 근데 어느 날 마을 호수에 갑자기 괴물이 나타나서 그 괴물 때문에 주변 마을에서 사람들이 잇병에 걸려서 많이 죽었어요. [조사자: 전염병 같은 거 맞죠?] 네.

맞아요. 전염병 그 괴물 때문에.

그래서 환경은 이 상황 보고 백성들을 위해서 괴물을 없애기로 결심을 내렸습니다. 그래서 환경은 신을 찾아서 길을 떠났습니다. 산을 건너서 길을 건너서 신발 다 이제 닳고, 계속 걸어 다니고. 어느 날 드디어 '비장방'이라는 신을 찾았습니다. 그 비장방은 환경의 행동에 너무 감동을 받아서 환경한테 청룡보검을 주었습니다. 그리고 여러 가지 무술도 가르쳐주었고, 환경도 열심히 배운 끝에 최고의 경지에 올랐습니다. 갑자기 어느 날 비장방이 환경을 불러서,

"올해 9월 9일 괴물이 또 나타날 거예요. 괴물 또 나타나서 마을 사람들 헤치러 올 테니까 얼른 마을 들어가서 괴물을 없애라."

말을 하면서 환경에게 수유잎 그리고 국화주 한 병을 주었어요. 환경에게,

"마을 사람들이 높은 곳에 데려가서 피신을 시킨 다음에 국화주를 마시게 하고 수유잎을 나눠줘라. 한 명씩 가질 수 있게. 그러고 나서 네가 괴물하고 싸우러 가면 됩니다."

이렇게 비장방이 환경에게 말했습니다. 얘기 끝나고 나서 비장방이 한 손짓으로 학 한 마리를 불러들여서 환경을 고향으로 데려다 주었습니다. 9월 9일 환경은 마을 사람 다 데리고 산에 피신하러 올라갔습니다. 그리고 산에 올라간 마을주민한테 수유잎 나눠주고 국화주도 따라서 한 잔씩 마시게 했습니다. 그리고 환경이라는 사람이 비장방이 주신 청룡보검을 들고 산을 내려가서 괴물 나타나는 것을 기다리고 있습니다.

점심때쯤 괴물이 물에서 올라와서 마을에 기어들어가고 있습니다. 근데 마을에 아무도 없는 것을 발견해서 사방에 돌아보니까 사람들이 다 산에 숨어있는 것을 발견했어요. 그래서 산을 향해서 뛰어다녔어요. 근데 갑자기 짙은 수유잎 냄새하고 국화주 냄새 때문에 머리도 어지러워지고 눈도 침침해졌어요. 그래서 환경이,

'이때다.'

라고 생각해서 청룡보검 들고 괴물을 찔러 죽였습니다.

이때부터 매년 9월 9일 사람들이 환경 기념하기 위해서 등산하

고 수유잎도 꽂고 국화주 마시는 그런 행사도 있어요. 9월 9일 ‘중양절’이라고 부르기도 해요.

니엔 괴물과 설날 유래

● 구연정보

조사일시 : 2019. 02. 18(월) 오전
조사장소 : 서울시 노원구 공릉동
제 보 자 : 심죽령 [중국, 여, 1988년생, 결혼이주 4년차]
조 사 자 : 오정미, 강새미

● 구연상황

제보자가 〈노반과 우산〉 구연을 마치고 다음 이야기를 생각하는 동안 조사자가 설날 풍습과 관련된 이야기를 아는지 물었다. 제보자는 정확한 내용은 기억나지 않는다고 하면서도 차분하게 구연했다. 괴물이 '니엔'하고 울어서 니엔 괴물이라 부른다는 설명을 덧붙였다.

● 줄거리

니엔이라는 괴물이 무서워하는 것이 빨간색, 불빛, 커다란 소리이다. 그래서 괴물을 쫓기 위해 폭죽을 터트리고 촛불도 켠다.

이 '니엔(年)'이라는 괴물이 무서워하는 거 빨간색, 불빛, 커다란 소리. 무서워하는 세 가지. 그래서 매년 설쯤 되면 사람들이 모여서, 설 되면 이 괴물이 나타나는 거예요. 사람들이 모여서 이 괴물이 빨간색 싫어하기 때문에.

(단어가 기억나지 않아 잠시 구연을 멈춤.)

여기 그냥 빨간 종이라고 얘기했는데 [조사자: 부적.] 부적. 지금도 계속 하고 있어요. 그리고 그 촛불도 켜놓고, 이 괴물이 큰소리 싫어하기 때문에 폭죽도 터트리고. 이 니엔이라는 괴물 쫓기 위해서.

[조사자: 거기서 폭죽을 처음부터 터트렸다고 하나요?] 네. 사람들이

모여서. [조사자 : 선생님 기억 속에도?] 이 니엔이 자꾸 와서 괴롭히기 때문에.

[조사자: 제가 예전에 들은 거는 괴물이 큰 소리를 싫어하니까 무슨 나무를 불에 태우면 폭죽 소리같이 소리가 되게 크게 들려서 그거를 태웠고 현대 와서 소리가 비슷한 폭죽을 터트리게 됐다.] 그러네. 처음부터 그 폭죽 만들 수가 없으니까.

[조사자: 여기는 그렇게 써 있지 않은 거죠?] 네. 그냥. [조사자: 그래서 괴물을 물리쳤다.] 네.

선초동 유래

● **구연정보**

조사일시 : 2017. 01. 12(목) 오후

조사장소 : 서울시 광진구 화양동 건국대학교

제 보 자 : 황샤오링 [중국, 여, 1986년생, 유학 6년차]

조 사 자 : 오정미, 이원영, 이승민

● **구연상황**

제보자가 〈봉황산과 용〉을 구연한 뒤 전통 음식과 관련한 설화를 묻자, '선초동'이라는 음식과 관련한 유명한 전설을 들려주기 시작했다. 국문과에 재학 중인 유학생답게 제보자는 이야기를 거침없이 구술해 나갔다.

● **줄거리**

선초 속에서 나온 주먹만한 소녀가 자식이 없는 노부부의 딸로 자라났다. 성장한 소녀가 선초를 나누어주며 병에 걸린 마을 사람들을 고쳐주었다. 그런데 소녀 때문에 약을 팔 수 없던 약장수가 선초를 뽑아서 그녀를 죽게 만들었다. 그 후 마을 사람들이 그녀를 기리기 위해 선초를 끓여 '선초동'이라는 음식을 만들었다. 현재까지 중국의 전통 음식으로서 사람들은 '선초동'을 먹고 있다.

이제 선초 약간 신선, 신선초 약간 선초라는 식물이 있는데요. 이 선초로 이제 뭔가 물에 끓여가지고 약간 동으로 만들 수 있는 선초동이라는 그런 아무튼 음식이, 음식이라고 해야 하나? 약간 그냥 뭐 마시는 게 있어요.

[조사자 1: 선초를 물에 끓여요?] 네. [조사자 1: 그래서 선초를 먹는 거예요? 그 티를 먹는 거예요? 차를 먹는 거예요?] 차는 나중에 시간 두

고 나서 약간 어떻게 되냐면, 그러니까 우리 지금 아까 일단 뭔가 물이 아니고 약간 이렇게 뭐라고 해야 되나? 그런 거. 지금 식당에도 약간 그런 게 있잖아요? 그게 잠깐만 한국말로 뭐라고 해야 되는지… (한국말이 생각이 나지 않아 고민함.) [조사자 2: 물이 아니고 차?] 약간 그 오래 두다가 (한국말이 생각이 안 나는지 선뜻 말을 하지 못함.) [조사자 2: 굳혀?] 네. 굳혀요! [조사자 2: 묵처럼?] 네! 네! 묵처럼! 묵처럼! 약간 그런 거.

[조사자 2: (확실히 확인하기 위해) 푸딩처럼?] (확신에 찬 듯) 푸딩처럼! 아 푸딩! 맞아요! 푸딩처럼! [조사자 1: (이야기를 정리하며) 그러니까 선초를 물에 끓여서 약간 차처럼 마시는 게 아니라 얘를 식혀. 식혀서 약간 젤리처럼.] 맞아요. 그렇게 만드는 그런 게 있어요. [조사자 1: 아! 도토리 묵 같은 거네.]

[조사자 3: 그게 동이라고 하는 거예요?] 네. 중국어로 동이라고 해요. 그래서 선초동이라는 그런 [조사자 2: 우리나라의 약간 우뭇가사리 같은 우뭇가사리묵 같은 그런 거구나.] [조사자 1: 얘기한 동이라는 게 아까 도토리묵 같은 거구나.] 진짜 맛있어요. 저희 진짜 여름 때 거의 맨날 그거 먹어요. [조사자 2: 어? 그럼 진짜 우리나라의 그거랑 비슷한데? 우뭇가사리 묵이랑. 우리도 여름에 냉국에다가 이렇게 해서 먹거든 차가운 국물, 콩물에.]

아무튼 원래는 선초, 일단 원래 그 식물이 선초거든요.

옛날에 약간 50이 넘어서도 자식이 없는 부부가 있어요. 그래서 맨날 하늘에 기도를 해요. 자식을 원한다고. 그래서 어느 날 이제 하늘에서 불덩어리가 떨어졌었거든요. 그 근처에 거기에다가 이제 불나가지고 그냥 한동안 불났다가 나중에 거기서 바로 그 지역에서 식물이 하나 났어요. 그게 선초인데요. 나중에 그 사람들이 선초라고 하는데요.

그 식물에 여자애, 약간 주먹만한 작은 여자. 주먹만한 그런 여자아이가 하나 있었는데, 그 부부가 가서 이제 여자아이를 그냥 키우기로 했어요. 집에 데려와가지고. 그런데 뭘 먹여줘도 계속 울어요, 울었어요. 그래서 어쩔 수 없이 나중에 그 선초를, 선초를 이제 물에 끓여가지고 그 아이한테 먹여주었더니 안 울었어요.

[조사자 1: 잠깐만요! 그 주먹만한 작은 여자아이가 어디에서 나왔어요? 갑자기.] 그 선초 안에. 선초 약간, 선초 뭐 꽃도 있고 그 꽃 속에 약간 그게 그 속에. [조사자 1: 그 먹지 않고 있으니까 그 선초를 주니까.] 네! 주니까 먹더라고요. 그래서 나중 (이야기하려다 뭔가 생각난 듯) 근데 그 여자아이는 그 딱 먹고 나서 자랐어요. 갑자기 뭔가 뭐 작은 아이가 되고 막, 원래 주먹만 한데, 나중에 뭐 작은 아이가 되고 이제 나중에 이제 또 이제 나중에 성인이 되고. 그런데 그 여자아이는 선초만 먹어요. 다른 거 다 안 먹고 선초만 먹어요. 되게 착하고 다른 이제 주변 사람들이 다 그 여자아이를 되게 좋아하거든요.

그런데 어느 여름에 (잠시 이야기를 멈추고) 네, 여름 이야기 되게 많이 나오네요. 이제 우리 고향이 되게 여름에 더우니까 여름 뭐 어쩌어쩌 이야기 많이 나와요. (다시 이야기를 계속함.) 그 여름에 되게 더웠어요. 그 동네 사람들이 계속 막 설사 나고, 토하고 막 그렇게 많이 그렇게 되었는데 약간 그 지역에 약장수가 되게 아 이게 장사 되니까 약 팔 때는 계속 가격을 올렸어요.

그런데 그 사람들이 돈이 너무 비싸서 약도 못 먹고 그러니까 되게 힘들었어요. 그래서 그 여자아이가 이제 나중에 막 자기 그 선초의 풀을 가지고 약을 만들어가지고 사람들한테 먹여줘요.

그런데 그 풀을 뽑을 때마다 그 여자아이도 약간 몸이 찌르듯이 아파요. 사실, 원래 그렇게 해주면 안 되는데 그런데 못 보니까, 그 사람들이 고통스러운 거 못 보니까 어쩔 수 없이 이제 선초를 뽑아가지고 사람들한테 약을 먹여줬거든요. 그런데 약간 이걸 그 약장수가,

"아우! 얘 때문에 장사 못 하겠다."

그리고 또 눈치챘어요. 그게, 그 아이가 그것 때문에 약간 뭔가 좀 아픈 거, 계속 야윈 거 막, 약간. 그 약장수 눈치챘어요.

그래서 그 거기 그 선초가 나는 그 장소에 가서 선초 뿌리까지 뽑았어요. 그래서 여자아이가 죽었죠. 죽었어요. 실제로. 그것 때문에. 그것 때문에 죽었지만 죽기 전에 그 부모님한테 이야기를 했어요.

"나는 너무 이제 이렇게 죽는 거다. 나는 사실 한스럽다. 아니 한

이 남아있다. 또 이제 지금 우리 고향 사람들이 그 병 때문에 이제 고통스러운 거 못 보니까, 그런데 어떻게 해야 되냐면."

그 일단 선초 이제 뿌리까지 뽑았으니까 이게 풀이 아직 남아 있잖아요.

"그 풀을 가져와서, 이제 물에 끓여가지고 그리고, 그 약장수의 심장을 꺼내서 그 물에다가 같이 일단 끓여가지고 사람들한테 먹여주면은 다 병이 나을 수 있다."

라고 했어요. 딱 그 말을 하고 나서 죽었어요.

그래서 사람들이 일단 원래 그 약장수 싫어하니까. 그래서 묶어와가지고, 그 딱 죽이고 그 심장을 이제 꺼내서 이제 선초, 그 선초랑 같이 끓였거든요. 그 먹고 나서 딱 병이 나아가지고 이제 다들 이제 병이 나았어요. 일단.

하고 나서 이제 나중에 그 부부가, 그 할머니가 이제 여자아이 죽고 나서 아무것도 안 먹고, 너무 슬퍼서 아무것도 안 먹고 그래서 할아버지가 이제 선초를 이제 물에 끓여가지고 나중에 아까 그 시간을 둬서 이제 동으로 만들어가지고, 이제 사실 원래 예전에 뭐 이 여자아이가 그걸 되게 좋아한다고 해서 할머니한테 이거 사실 먹여주려고 했는데, 만들었는데 할머니도 안 먹으니까 할머니도 얼마 못 버티고 죽었거든요. 할아버지도 너무 슬퍼서.

그런데 이 제작하는 방법을 사람들한테 알려주고 나중에 여름 딱 되면 은 다시 이거 먹고 나서

'이제 뭔가 뭐 병이랑 그냥 안 생길 것이다.'

약간 그런 의미로 사람들한테 제작법을 알려주고 그 할아버지도 얼마 안 돼서 죽었어요. 돌아갔어요, 세상을 떠났습니다. 근데 이제 사람들이 이거 기념하기 위해서 이렇게 해서 만들고 계속 정성 드렸어요. 선초동이라는 그런 음식 이야기입니다.

[조사자 1: 선초동은 중국의 이 지역에서만 먹는 거예요? 아니면 중국 사람들 다 먹어요?] 사실 선초동이라는 것이 다른 지역에도 있어요. 대만도 있고 다 있는데 어, 약간 응, 다 있어요. 그런데 약간 북쪽은 아마 없을 수도 있어요. 약간 북쪽은 남쪽에서 올라가다가 전승,

전해지다가. [조사자 1: 먹어봐야지.] 맛있어요. [조사자 1: 맛있을 것 같아.] 맛있어요. [조사자 2: 막 더워지고 할 때 이걸 먹고 이제 뭐 시원해지고, 병도 안 걸리고 이런 생각에 먹는 거구나.] 시원해져요! 네! 일단 요새는 그냥 맛있어서 먹는 거죠 뭐.

[조사자 2: 선초라는 식물이 뭐 열매가 열리고 이러는 거야? 아니면 그냥 이거 만들 때 진짜 풀을 갖다 쓰는 거야?] 풀을 갖다 쓰는 거요. 우리 집에서 할머니도 만들어요. 네, 예전에는 요새 몸이 안 좋으셔가지고 안 만드셨지만 예전에는 할머니도 만드시고 그러셨어요. [조사자 2: 복곤성 가면 꼭 먹어봐야겠네.] 네! 복곤성 많아요. [조사자 1: 아까 선초동 선이 신선 선(仙)자라고 했지?] 네. 신선 선 자요.

(선초 사진이 보고 싶다는 말과 찍어오겠다는 이야기를 잠시 나눔.)

그런데 요새 약 장사하는 사람이 진짜 선초를 가지고 만들진 않아요. 약간 뭐 조금만 넣어서, 아니면 무슨 약간 선초 맛과 비슷한 가루라던가 넣어가지고 그래서 맛이 많이 달라요.

[조사자 2: 우리나라에는 없는, 그러니까 한국에는 없는 풀이지? 있나? 한국에서 본 적 있어? 반찬으로?] (웃음) 저는 사실 저도 어떻게 생긴 건지 기억이 안 나요. 먹기만 하고.

[조사자 1: 찾아봤더니 약간 난의 종류인가 봐요. 우리나라에서 난이랑 선초도 키운대.] [조사자 2: 아! 정말요? 저는 그래서 그 지초 이런 종류인가 싶었어요.] [조사자 1: 약간 난처럼 생겼다.] [조사자 2: 뭔가 묵이 되려면 녹말기가 있어야 묵이 되니까.] 네. 뭔가 넣어야 되거든요.

[조사자 1: 재미있다. 이 이야기.] 슬픈 이야기네요. 듣고 나서, 제가 진짜 그 슬프게 이야기를 했는지 잘 모르겠지만.

낙파절 유래

● **구연정보**

조사일시 : 2017. 01. 12(목) 오후
조사장소 : 서울시 광진구 화양동 건국대학교
제 보 자 : 황샤오링 [중국, 여, 1986년생, 유학 6년차]
조 사 자 : 오정미, 이원영, 이승민

● **구연상황**

제보자가 선초에 대한 이야기를 마치고 나서 조사자들과 여러 음식에 대한 가벼운 대화를 나눈 후 자신의 고향에는 음식과 관련된 이야기가 많다면서 다시 '낙파'에 대하여 구연을 시작했다.

● **줄거리**

음력 4월 1일 낙파절에는 한국의 파전과 비슷한 '낙파'를 만들어 먹는 풍습이 있다. 낙파는 고독(蠱毒)과 요괴를 쫓기 위해 만든 음식이다. 강한 독을 가진 해충들이 낙파를 굽는 냄새에 죽는다. 낙파절에는 항상 낙파를 요리해서 먹곤 한다.

또 하나 음식과 관련된 거, 낙파라고 약간 파전과 비슷해요. 우리 고향에서는 '낙파'라고 하는데요. 아마 파전과 비슷해요. 그거 그것도 이제 뭐 굽거나 그렇게 하잖아요. 전을 굽는 거랑 거의 비슷해요. 만드는 게. [조사자 2: 부침개?] 부침개. 약간 그런 거.

그게 또 아주 옛날에 어떤 이제 요괴가 있는데 그 요괴는 이제 벌레, 해충을 많이 잡아와가지고 약간 이제 해충들끼리 막 싸워가지고 나중에 이기는 거 남아서 뭔가 그 만들잖아요? [조사자 3: 고독?] 고독! 약간, 고독! 만들어요.

[조사자 1: 고독이 뭐야?] [조사자 3: 그 해충, 그 독벌레 같은 것들을 한 항아리에 넣고 싸우게 만들어서 마지막 남은 한 마리가 고독(蠱毒)이라 불리는 아주 강한 독을 갖고 있고 저주를 부릴 때 쓰는 그런 벌레가 된다. 그런 이야기가 있어요.] 소수민족 중에 뭐 어떤 민족이 이거 잘 만드는 뭔가 있어요. 그 무협 소설 보면 되게 많이 나와요! (웃음) [조사자 1: 일종의 진짜 저주. 이런 거네.] 그런데 우리까진, 저주까진 여긴 안 나오고요. 그냥 고독 그 벌레. 그, 그게 그 요괴가 이 벌레 많이 만들었어요.

많이 만들었는데 이제 겨울 딱 지나고 봄이 오면은 이제 일단 만들기 시작하고, 이제 한 음력 4월 1일! 음력 4월 1일에 그게 한꺼번에 이 벌레들을 이제 퍼뜨려요. 이제. 그래서 하늘 다 가릴 정도로. 해 가리고 하늘 다 가릴 정도로 위에 다 벌레들이 막 날아다니고 그랬어요. 그러다가 이제 사람들이 음식도 못 먹어요. 왜냐하면 이 벌레가 음식 속에 들어가면 이 음식 독이 돼요. 아예 못 먹고 다 굶고 있는데 아이들이 되게 배고프다고 울고, 어른이 참을 수 있지만, 아이들이 못 참잖아요. 특히.

그래서 아이들 계속 울고, 막 먹고 싶다고 하니까 한 집에서 약간 그 어쩔 수 없이 그 어머니가 약간 일단 독을 뭐 치료할 수 있는 약초 한 일곱 가지 정도 모아가지고, 그 안에 뭐가 있는지 사실 자세하게 안 나와요. 그걸 가지고 일단 뭐 이제 튀김, 뭐 파전! 그런 거 만들어요! 그런데 만들 때는 그 소리도 나잖아요? 'ㅊㅊㅊ' 그런 소리 나잖아요. 소리도 나고, 또 이제 향이 나오니까. 향이 딱 나오고 나서 그 벌레가 그냥 스스로 떨어져요. 그 벌레. 막 죽고, 막 떨어지고 막 그랬는데. 사람들이 보니까. 어, 그거도 향도 좋고, 또 이제 벌레 죽일 수 있는 것 같아서 다들 이제 다른 집에서도 같이 만들어요. 같이 만들게 되었어요. 하고 나서.

[조사자 3: 그 파전 같은 걸 굽는 냄새에 그 고독들이 다 죽었다는 건가요?] 네! 다. 약간 냄새 이제 위로 올라가잖아요. 이제 벌레들 원래 위에서 막 날아다니고 있으니까. 그 냄새 때문에 다 떨어졌어요. 다 죽고, 떨어지고 그랬어요.

그래가지고 집집마다 다 이제 본받아서, 그게 본떠서 이게 같이 만들었어요. 하고나서 이제 일단 다 이제 벌레 다 죽고 나서. 이제 사람들 또 그거 먹고 보니까 맛있어요. 그래서 나중에는 음력 4월 1일에 이제 '낙파절'이라고 그런 명절로 하고 그날에 낙파를 먹어요. 그렇게 만들어서 먹어요. 그런 이야기가 있습니다.

그런데 우리 지금은 그 사실 낙파절 거의 다 없어지고 (웃음) 전아예 몰랐어요. 이런 명절이 있는 거 예전에는 아예 몰랐어요. [조사자 1: 동짓날 팥죽 먹는 거랑 비슷하네.] 네. 그런데 먹긴 먹어요. 엄마도 이거 되게 잘 만드시고, 그런데 약간 요새는 뭐, 재료는 뭐 일곱 가지 약초라던가 그런 건 없고 그냥 마음대로 (웃음) 맛있는 거 넣어요. 어, 약간 어, 특히 사촌 동생이 되게 좋아해서 우리 집에 갈 때마다 엄마다 만들어줘요. 맛있어요.

[조사자 2: 거기가 이제 여름에 더우니까 이제 벌레나 이런 것 때문에.] 네, 그래서 이것과 관련된 이야기 많이 나오는 것 같아요. 벌레라던가, 뭐 더위라던가. [조사자 1: 왜냐면 거기 지역이 어쨌건 더운 거죠?] 여름에 40도까지 올라갈 수 있어요. 보통은 36도, 37 이게 보통이고. [조사자 1: 왜냐하면 우리도 여름에 보면 막 초파리가 과일이나 막 바나나 이런 곳에 막 생겨나잖아요. 거기도 지역적 특성상 그런 게 자꾸 생겨나니까.]

[조사자 2: 그럼 그 약초가 좀 향이 강한 향초 이런 걸 많이 넣는 건가?] 아뇨! 아뇨! 좀 담백하고, 우리 고향 같은 경우. [조사자 1: 왠지 향이 강한 거였을 것 같아. 왜냐하면 우리 나라도 모기, 모기 쫓으려고 옛날부터 민간요법에 쑥 있지? 쑥을 막 태워.] 그 향은 아마 약간 강한 것 보다 약간 조금 어 강하긴 한데, 그런데 뭔가 우리 향신료? 그런 거기까진 아닌 것 같아요.

(한국의 단오의 유래에 대한 이야기와 고독, 기타 벌레에 대한 대화가 이어짐.)

[조사자 1: 이 낙파에도 정말 지역성이 드러나는 이야기인 것 같아.] [조사자 2: 낙파절이라는 그 절기는요. 남쪽에만 있나요? 전국에 다?] 우리 쪽만. 우리 고향 쪽에만 아마 있을 것 같은데 그런데 지금은 아예 안 지내니까. 저도 사실 이 이야기를 안 듣고, 안 들으면은 이 명절이 있

다는 거 자체가 몰랐거든요.

[조사자 3: 이 고독을 만드는 요괴 이름은 따로 있나요?] 있어요. 그게, 무슨 그냥 고독괴. [조사자 3: 고독괴?] 네! 괴(怪)자 붙이면 돼요. 제가 그냥 간단하게 요괴라고 하긴 했지만 고독괴라는 이름이 있습니다.

한여름에 언 강을 건넌 누루하치

● **구연정보**

조사일시 : 2016. 12. 19(월) 오전
조사장소 : 서울특별시 광진구 화양동
제 보 자 : 윤군 [중국, 여, 1981년생, 결혼이주 8년차]
윤가사 [중국, 남, 1952년생, 기타(한국 방문)]
조 사 자 : 박현숙, 김현희

● **구연상황**

윤군 제보자가 중국의 금기에 대해 들려준 뒤 조사자가 제보자에게 만주족 중 유명한 장군이 있는지 물었다. 윤군 제보자의 말을 전해들은 윤가사 제보자가 중국어로 이야기를 했고, 윤군 제보자가 이를 한국어로 풀어서 들려주었다. 제보자를 소개한 송영림 선생이 청자로 참여했다.

● **줄거리**

청태조 누루하치가 청원시까지 가려고 했다. 일반적으로 말을 타면 며칠이 걸리는 거리였다. 그런데 누루하치가 강가에 이르렀을 때 한여름인데도 하룻밤 사이에 강이 다 얼어있어서 쉽사리 강을 건넜다. 그때 명나라 왕이 아름다운 여인을 탐냈는데, 여인을 사랑하는 남자가 왕에게 여인을 빼앗기기 싫어서 누루하치 군대에게 성문을 열어주었다. 그래서 명나라가 망하고, 누루하치가 심양에 나라를 세웠다. 심양에는 누루하치가 세운 작은 성이 많다.

특별한 거는 별로 없는데 땅 하나는 좀 전설인 거 같아요.

누르하치가 청완? 청원시●가 시작하는데 십 년까지는 지금 거리상 보면 세 시간, 네 시간 그런 거리예요. 옛날에 말 타면 며칠 걸리

● 칭위안시라고도 부르며 중화인민공화국 광둥성 북부에 위치한 지급시(地级市)이다.

는 거죠. 말 타고 며칠 걸리는데 어떤 강이 건너갈 때, 여름에 한여름에 강은 당연히 흐르잖아요. 흐르는 물인데 건너가면 어렵잖아요. 그런데 다음 날 아침에 일어났더니 강이 다 얼었어요. 얼었는데 말을 그냥 강을 걸어서 건너가서 그런 이야기 좀 있어요. 그래서 하늘에서 누르하치•가 도와주는 뜻이죠.

원래도 또 명나라가 마지막 망할 때는 또 여러 가지 이야기 좀 있어요. 이를테면 명나라가 어떤 여인 때문에 그런 거 좀 있고요. 혹시 들어본 적 있어요? 청완완이라는 여인 때문에. [조사자: 어떻게 여인 때문에 망하게 됐어요?]

이 여인과 명나라가 유명한 뭐라고 하지? 청완완가 (잠시 생각하다가) 황진이처럼 옛날 사람이에요. 옛날 사람인데, 너무 예뻐서 그 왕한테 주기 싫어서 그래서는 자기 명나라 왕을 배신한 거죠, 밑에 사람이. 자기 왕을 배신하고. [조사자: 그 왕한테 자기가 좋아하는 여인을 주기 싫어서?] 그렇죠. 뺏어가기 싫어서, 주기 싫어서.

그래서 청 누르하치 군대가 군대한테 문 열어,

"들어오라."

그래서는 결국에는 명나라가 없어지는 거잖아요. 그런 이야기 좀 있어요.

그런데 청완완도 자기는 억울하잖아요. 자기 때문에 나라 망하는 거라서요. 지금도 있죠?

(윤군 제보자가 확인차 윤가사 제보자와 중국어로 대화를 나눔.)

그냥 그런 거 좀 있어요. 그러면 이 사람이 문 열어서 청나라 군대가 들어왔다. 들어와서 그리고 누르하치가 자기 세우는 나라가 북경 아니에요. 원래는 처음에 북경 아니고 우리 심양••이에요. 그래서 심양도 작은 성 비슷한 건물들 많아요. [조사자: 건물들 많아요?] 네. 지난번에도 우리 한 번 가봤어요.

• 중국 청나라의 실질적인 창건자이자 초대황제이다. 생몰연대는 1559년에서 1626년까지이고, 재위 기간은 1616년에서 1626년까지이다.

•• 중국 라오닝성의 성도로 중국 동북지방 최대의 도시이다.

천계로 가는 계단을 만들려 한 영웅 나영

● 구연정보

조사일시 : 2017. 01. 12(목) 오후
조사장소 : 서울시 광진구 화양동 건국대학교
제 보 자 : 황샤오링 [중국, 여, 1986년생, 유학 6년차]
조 사 자 : 오정미, 이원영, 이승민

● 구연상황

조사팀의 연구실에서 황샤오링 제보자를 만나 조사를 시작했다. 다과를 하며 인사 소개를 마친 뒤 본격적인 조사로 들어갔다. 제보자가 자신의 고향인 사현에 '나영'이라는 유명한 사람이 있다면서 그에 대한 이야기를 시작했다. 제보자는 구비문학을 전공하고 있는 유학생으로 조사팀의 조사 방향을 잘 이해해서 잘 알려지지 않은 지역 전설을 주로 구술했다.

● 줄거리

나영이라는 영웅이 백성을 천계와 이어주기 위해 동물 모양의 돌로 천계의 계단을 만들고자 했다. 그러나 안타깝게도 나영은 탐관오리의 속임수에 넘어가 결국 이를 완성하지 못했다.

첫 번째 이야기는 이제 어떤 인물 이야기인데요. 고향에서 많이 전승되어있는 '나영'이라는 사람인데 나씨는 한국 나(羅)씨와 똑같고요. 영은 영원할 영(永)자. 그 사람의 이야기입니다.

그 사람은 이제 일단 되게 재치 있고 아주 도술을 부릴 수 있는 그런 사람인데요. 첫 번째 이야기는 그 사람이 이제 돌을 부릴 수 있는, 옮길 수 있는 그런 돌의 모양을 바꿀 수 있는 그런 이야기입니다. 이제 다평촌이라는 지역이 있는데, 거기에 가보면은, 우리 고향이 다평촌이라는 지역이 있는데 거기 가보면 어, 돌이 많아요. 이제 뭐 소나 양이나 그런 모습으로 돼 있는 돌이 많아요. 약간 뭐 놀고 있거나, 뭐 풀을 먹고 있거나 약간 그런 모습들이 돌이 많아요. 이 돌을 어떻게 지금 그 자리에 있는지 이런 그런 전설.

어 처음에는 약간, 그 나영이라는 사람이 약간, 그 우리 고향의 중간에는 강 하나 있어요. 어 사게하라는 강이 있어요. 그 강, 원래 그 안에는 사실 암초가 되게 많아요. 뱃사공이 대개 그 배를 타다가 거기 지나가면 사실 사고 많이 났어요. 그랬는데 어떤 사람이.

"나영이 이게 도술을 아니까 그래서 이게 좀 어떻게 해줄 수 없냐?"

해서 나영이 거기 가서 이제 그 대나무 회초리로 이제 뭐 채찍질을 하다가 이제 그 돌을 옮겼어요.

그래서 그 지금 그 강은 사실 암초가 없어요. 그 강 이제 하류 쪽으로 그 돌을 다 옮겼어요. 이게 한 단락이고.

그 돌이 많은데 근데 거기 한 군데 그냥 몰면은 조금 뭔가 어 좀 마음에 걸리니까 또 이제 약간 그 나영이라는 사람이 그 돌을 가지고 뭐로 만드냐면, '천제(天梯)', 하늘로 통하는 계단을 만들려고요. 그 계단을 만들고 나서 이제 백성들도 하늘에 올라가서 옥황상제를 만날 수 있는 기회를 다시 만들어주려고 이렇게 천제를 만들려고 합니다.

그렇게 했었는데 그래서 그런데 그 당시에 우리 현을 관리하는 관리가 한 명 있는데 탐관오리거든요. 이제 백성을 짓밟고 막 뇌물수수 막 약간 여러 가지 부정부패행위를 하고 있는데요. 그 사람이 당연히 백성들이 뭐 하늘로 올라가서 옥황상제 만나는 거 꺼리는 거죠. 이제 만나면은 자기의 부정부패를 옥황상제에 알릴 거잖아요.

그래서 그 사람이 나영의 그 행위를 막으려고, 그 여러 가지 어, 그 계획을 했습니다. 그 나영이 막 회초리로 이제 돌을 옮길 때 약간 옮기고, 약간 그 계단을 만들 때는 그 사람이 갑자기 가서,

"나영아, 니 할아버지가 죽었어. 빨리 집에 가서 좀 보라."고.

그렇게 말을 했어요. 나영이 생각하니까.

'아! 나 할아버지 돌아가시면은 엄마, 아빠 계시니까 그 엄마 아빠가 장사를 맡길 것이다.'

그렇게 생각을 해서.

"아, 나는 지금 바쁘니까 못가겠다. 지금 돌을 옮기고 천제를 만들고 있으니까 집에 못 가겠다."

대답을 했습니다. 그러다가 그 관리가,

"아, 안 되겠다. 그러면."

또다시 가서.

"네 엄마가 돌아가셨어. 좀 빨리 집에 가서 보라."고.

그렇게 했습니다. 아, 그런데 나영은.

"어! 내가 엄마 돌아가시면은 일단 나는 뭐 그 형제 있으니까 형제들이 맡길 것이지, 그래서 나는 지금 바쁘니까 못 가겠다."

그렇게 대답을 했습니다. 그 관리도 생각해보니까 안 되겠다. 다시 와서.

"네 아내가 죽었다. 빨리 집에 가서 보라."

그렇게 했는데 아 나영이 생각해보니까.

'안 되겠다. 내 아내가 죽으면은.'

아빠 엄마는 사실 뭔가 해줄 수가 없어요. 형제도 뭔가 해줄 순 없어. 자기 직접 가서 장사를 치러야지 뭔가 할 수 있는 그런 거니까. 회초리를 땅에 꽂고 나서 집에 돌아갔거든요. 근데 집에 돌아가 보니까 할아버지, 부모님, 아내 다 살아 있고 죽은 사람 한 명도 없었어요. 그제야 뭔가,

'아! 자기 속였다.'

어, 속임을 당했다는 것을 알게 되고 다시 그 원래 그 자리에 돌아가서 이제 회초리로 이제 돌을 옮기고 이제 계단을 만드는 그곳에 가서 보니까 회초리 없어졌어요. 그 관리(가) 뽑아 갔죠. 그래서 이제 할 수 없이 이제 돌을 아예 이제 옮길 수가 없으니까 지금 그 돌을 그대로 그 자리에 있어요. 그 자리는 지금 다평촌이고요.

그래서 거기 그 모양이 사실 옮길 때는 사실 그 돌이 다 뭐 소나 양의 모습으로 스스로 걸어가는 그런 모습으로 되어 있으니까. 그런

데 갑자기 중간에 멈추니까 지금 거기 그 자리에 남아있어요. [조사자 1: 그 옮기지 못한 남은 돌들이 그게 양 모양이고?] 네. 다 소 모양.

[조사자 3: 그러니까 돌들을 양이나 소로 만들어가지고 스스로 움직여서 계단을 만들게 했는데 중간에 그걸 꽂아놓고 가버려 가지고 그게 움직이다가 그대로 멈춰가지고 소모양이랑 양모양이 돌이 있다는 건가요?] 네. [조사자 1: 아! 그런 거예요?] 네. 그런 거예요. [조사자 1: 그 돌들을 옮기기 위해서 그 돌들을 동물들로 변신시킨 거예요?] 네.

중간에 몇 가지 막 이야기하다가 빠뜨린 부분이 있으니까 얼마든지 여쭈어보세요. [조사자 2: 아까 그 천제라는 건 제 자가 사다리 제(梯) 자인가요?] 사다리 제 자. 네.

이런 얘기 하나 있습니다. [조사자 2: 이 나영이라는 인물이 그 고향에서 유명한 인물인가요?] 유명한. 아주 유명한. 복곤성에서 유명한 사람인지 잘 모르겠지만 우리 고향에서 되게 유명한 사람이거든요. [조사자 2: 고향 이름이 다평촌이야?] 야뇨! 샤시엔. 사현이고요, 그 현 안에 촌 그 다평촌 하나 [조사자 1: 그 돌이 진짜 있는 지역이?] 지역이 다평촌.

불쌍한 여인을 도와 돌을 옮겨준 나영

● **구연정보**

조사일시 : 2017. 01. 12(목) 오후
조사장소 : 서울시 광진구 화양동 건국대학교
제 보 자 : 황샤오링 [중국, 여, 1986년생, 유학 6년차]
조 사 자 : 오정미, 이원영, 이승민

● **구연상황**

조사팀이 영웅 나영에 대한 이야기를 듣고서 매우 귀한 자료라며 기뻐하자, 연속해서 나영에 대한 두 번째 이야기를 구술했다.

● **줄거리**

한 여자와 아이가 힘겹게 농사짓기 위해 돌을 옮기고 있었다. 여자가 나쁜 지주 때문에 돌밭의 돌을 옮기게 된 사연을 알게 된 나영이 도술을 부려 그들을 도와 돌을 옮겨 주었다.

이 사람(나영) 돌을 옮기는 또 하나 이야기, 여러 개 있어요. [조사자 1: 똑같이 나영의 이야기인데?] 네. 똑같이 나영의 이야기. 그 사람 죽을 때까지, 어떻게 죽었는지. [조사자 1: 이게(이전 이야기) 버전1이면 버전2가 있는 거네? 같은 이야기인데.] (같은 이야기라는 말에 고민을 한 후) 같은, (잠시 생각 후) 아니 다른 이야기예요. 네. 천제성 쌓는 그런 이야기 말고 그냥. 그런데 똑같이 이렇게 돌을 옮기는 그런 이야기고요.

이제 그것도 옛날에 그 나영이 어디 지나가다가 한 여자랑 아이가 계속 돌을 줍는 그런 모습을 봤어요. 그래서 가서.

“어 너 둘이서 여기 왜 이렇게 돌을 막 줍고 막 버리고 막 이런 거 왜 하냐?"고.

물어봤더니 그 여자가 대답하기를.

"이게 우리 밭인데 근데 여기서 우리 농사를 해야 되거든요. 그래서 이 돌을 다 딴 데로 옮겨야 되는데 지금이 이게 다 돌밭이거든요. 사실 농사지을 곳이 아니에요."

(웃음) 그래서,

"왜 근데 왜 굳이 여기서 농사를 지어야 되냐?"

그래 물어봤더니 여자가,

"아 사실 우리, 우리 집."

그래서 집의 상황을 이야기를 해줬어요.

원래 한 가족이 되게 잘 살고 있었는데 지주가 그 여인에 관심을 가지게 됐어요. 그 여인이 즉 되게 마음에 들어요. 그래서 차지하려고 여러 가지로 그래서 강제로 차지하려고 했는데 남편이 이제 나서다가 남편이 이게 다리를 약간 부서졌어요. 그래서 어, 그리고, 근데 그 지주 포기하지 않고 계속 그 여자 막 쫓아다니고 강제로 차지하려고 하다가 그 여자가 계속 안 된다고 하니까 계속 그래서 나중에 지주 어쩔 수 없이 그 원래 농사짓는 그 밭을 일단 회수하고 지금의 그 밭을 줬거든요.

"그러면 너는 그 밭에서 농사지을 수 없고 여기서 해야겠다."

이제 일부러 사실 굶어 죽이려고 약간 이런 식으로 하려는 거. 진짜 사람 죽이는 건 그게 불법이니까 그래서 이제 다른 방식으로 못살게 하고 막 죽이려고 그런 겁니다.

"그래서 지금 이제 농사지어야 되니까 그래서 이 돌을 다 옮겨야 됩니다."

그러는 겁니다. 아 나영은 듣기에는 사실, 어 너무 불쌍한, 이 사정을 듣고 나서 불쌍히 여기고 그래서 도술을 부리고 그 돌을 딴 데로 옮겼어요. 한꺼번에. 그거 하나 이야기입니다.

[조사자 1: 그 돌을 옮긴 자리가 똑같이 다평촌이에요?] 아뇨! 아뇨! 다른 곳인데 어딘지 잘 모르겠지만. 그거 하나고요.

[조사자 3: 나영이란 이 사람은 돌에 관련된 도술만 쓸 수 있는 건가

요?] 사실 제가 알고 있는 거는 그것 말고도 다른 거 하나 있는데 나영과 관련된 이야기 인지 지금 기억이 안 나요. 그런데 지금 나중에 또 다른 선생님이랑 그리고 아빠가 알려준 거는 이제 나영이 사실 돌과 관련된 이야기 많이 나와요.

그런데 그거 말고도 제가 어렸을 때 들은 이야기 하나인데 나중에 제가 뒤에서 붙일 건데요. 그게 그런데 나영인지, 아닌지 아니면 또 다른 버전인지 그게 확실하지 않아서. [조사자 1: 괜찮아요. 지금 아는 것만.]

[조사자 2: 그 지역에서는 나영이 실제 사람이에요? 아니면 신선이라 그러나? 뭐라 그러는가요?] 글쎄요. 실제 사람이라고 약간 그렇게 믿고 있어요. 그 이야기를 하는 사람이 그런데 이야기 보면 약간 좀 신선 이야기고 막 약간, 나중에 덧붙인 거 많다고 하긴 하는데 근데 그 사람이 실제로 그 당시에 있었던 인물로 그렇게 인식하고 있어요. [조사자 1: 전설이네. 그러면.] 네, 전설.

황제의 입을 가진 영웅 나영

● 구연정보

조사일시 : 2017. 01. 12(목) 오후
조사장소 : 서울시 광진구 화양동 건국대학교
제 보 자 : 황샤오링 [중국, 여, 1986년생, 유학 6년차]
조 사 자 : 오정미, 이원영, 이승민

● 구연상황

나영에 대한 두 번째 이야기에 이어서 세 번째 이야기를 들려주었다. 이전과는 달리 나영의 실패담을 전하는 이야기였다.

● 줄거리

황제가 되는 시험에 탈락한 나영은 유일하게 황제의 입을 가지고 있었다. 말을 하면 실현할 수 있는 황제의 입을 가진 나영이지만, 전쟁에서 실패하며 결국 황제가 되지 못했다.

나영이 그 사람이 어, 황제의 입을 가지고 있지만. 황제의 입이고. 입이 되게 뭐라고 말을 해도 실현될 수 있어요. 입이 되게. [조사자 1: 아! 나영이 말하는?] 네. 말하는 거, 이제 뭐든지. 어.

"오늘 비가 올 것이다."

비가 와요. 약간 이런 식으로 그래서 황제의 입이라고.

그런데 거지의 몸이라고. 근데 가난하고. 그런데 어떻게 그렇게 되었냐면 사실 원래 나영이라는 사람이 되게 재주도 많고 막 황제의 운명을 가지고 있어요. 원래 나라를 통치하는 그런 사람이어야 되었는데 그래서 뭔가 누군가가 이제 하늘에서 신을 보내서 이제 나영을 시험을 하거든요. 그러니까 어떻게 뭔가 하는 건지. 그 이 이야기는 아까 첫 번째 이야기의 또 다른 버전이에요.

그래서 채찍질을 하라고, 뭔가 돌을 옮기라고. 이제 어디에다가 옮겨야 그 천제를 만들어야 네가 이 황제가 될 수 있는 그런 자격이 있다는 것 증명할 수 있는, 그런 첫 번째 이야기의 또 다른 버전이라고 생각하시면 됩니다. 그런데 이제 중간에도 이제 그래서 중간에 어떤 사람 끼어들어가지고 이제 그 시험을 해주거든요. 이제 뭐

'누가 누가 죽었다 집에 가야 한다.'

'이제 멈춰야 한다. 이 행위를 멈춰야 한다.'

는 그런 거.

그런데 중간에 나온 건 관리도 아니고 그냥 시험을 해주는 그런 사람의 그런 이미지로 나오니까 좀 많이 달라요. 그래서 나중에 실패를 하고 그래서 어, 그래서 이제 옥황상제가.

"아! 나영이 황제가 될 그런 자격이 없다. 그래서 빼앗아야겠다. 그런 자격을."

원래 후보자로 그렇게 생각하셨는데 옥황상제가 나중에는 그러고 보니까 시험 통과하지 못해서 그런 황제가 될 수 없다, 그러면. 그런데 그 자격 빼앗을 때는 그 입을, 원래 입으로 말하는 게 사실 그것까지 다 없애야 되는데, 그거는 빠뜨리고 안 해서.

나영은 사실 입이 되게 영험한데요. 입이 영험한데 그런데 가난해요. 황제도 될 수 없고 그러니까 이런 사람이 돼 버렸어요. 이런 이야기가 있습니다. 첫 번째 이야기의 또 다른 버전이라고 생각하시면 됩니다.

(잠시 생각을 한 뒤) 그래서 약간 또 이제 뭐, 연장선상에서 시험하는 과정이 아까 첫 번째 것도 시험인데 두 번째는 이제 나영이 돌을 부리면서 군사로 만들어요. 이제 돌을 가지고 이제 전쟁을 하잖아요? 이제, 상대방하고 전쟁하잖아요. 전쟁에서 이제 패배를, 패배해가지고 그 또 이제 실패한 그런 이야기도 또 나와요. 사실 돌도 이제 군사로 만들 수 있고 그런 이야기. [조사자 1: 2% 부족한 사람이네? 그러니까 그렇죠?] 네, 뭔가 부족한 사람.

[조사자 2: 그럼 돌로 군사를 만들어서 누구랑 전쟁을?] 글쎄요. 그

거는 사실 저도 잘 모르겠어요. 아빠도 막 기억이 안 나는데 뭐 그냥 그런 이야기가 있다. [조사자 2: 들으신 거예요?] 네.

영웅 나영의 죽음 [1]

● **구연정보**

조사일시 : 2017. 01. 12(목) 오후
조사장소 : 서울시 광진구 화양동 건국대학교
제 보 자 : 황샤오링 [중국, 여, 1986년생, 유학 6년차]
조 사 자 : 오정미, 이원영, 이승민

● **구연상황**

제보자가 다시 나영에 관한 네 번째 이야기를 구술했다. 고향에서 유명한 이야기라서 어릴 적에 익숙하게 들었다면서 그의 죽음에 대한 이야기를 들려주었다. 한국의 설화 〈아기장수〉와 비교도 하면서 나영의 존재감을 확실히 강조하여 구술했다. 이 이야기는 선생님한테 들은 것이라고 했다.

● **줄거리**

나영이 사람들과 함께 동굴 속으로 들어갔다. 나영은 동굴이 무너질 것을 직감하고, 황제의 입이 가진 힘으로 '자신의 옆에 있으면 재앙이 따를 것'이라고 하며 사람들을 동굴에서 쫓아냈다. 결국 나영은 무너지는 동굴 속에서 사람들을 구하고 혼자 죽었다.

그 사람의 죽을 때 이야기요. 죽을 때 이야기도 일단 제가 예전에 선생님한테서 들은 거랑 우리 아빠가 해준 거랑 조금 차이가 있어요. 일단 먼저 선생님께서 알려주신 거 먼저 말씀드릴게요.

이제, 어느 이제 여름인데요. 너무 더워가지고 나영이 이제 막 그냥 산에서 돌아다니다가 너무 더워가지고 이제 굴에 들어가서 이제 뭔가 햇빛을 피하려고 굴에 들어갔는데 그런데 그 굴에는 이미 사람이 꽉 차있어요. (웃음)

다들 막 너무 더워서 아마 산에서 뭐 일하다가 뭔가 너무 더워가지고 그 굴에 막 들어갔거든요. 그 나영도 막 거기 일단 들어가긴 들어갔는데 그런데 갑자기 뭔가 이상한 거 느꼈어요. 굴이 뭔가 무너질 것 같다는. 약간 위에서 뭔가 이제 뭔가 떨어뜨린다는 그런 거 봤어요.

그런데 사람들이 너무 그냥 더워 뭐 그냥 피하는 거지, 햇빛 피하는 거지. 뭔가 그런 생각을 많이 안 해서, 약간 그래서. 그래서 그런 거 신경 쓰는 사람 아무도 없었어요. 그냥 나영이 그거 보고 나서,

'안 되겠다. 여기 사람 너무 많으니까 일단 사람 쫓아내야겠다.'

그래 처음에는 그냥,

"아! 이 굴이 조만간 무너질 것이다. 빨리 도망가라."

고 이렇게 외쳤는데 다들 신경 안 썼어요.

'야! 무슨 말이야! 여기 뭔가, 이 여기 사람 쫓아내려고 그런 거 아닌가? 약간 거짓말을 한 거 아닌가?'

이렇게 사람들이 생각을 했어요. 아무도 신경 안 쓰고. 그런데. 그러면 나영은 막 이제 황제의 입을 가지고 있으니까 또 이제 나중에 안 되겠다. 내 황제의 입의 힘을 이제 발휘하려고. 그러면 이제 어.

"여기 이 동굴은 내 동굴이다. 내 옆에 있으면 재화(災禍)를 만날 것이다."

약간 이런 딱 그 말이 나오고 나서 다들.

"야! 하지 마! 하지 마!"

다 도망갔어요. 그래서 옆에 있을 수 없으니까 사람들이 다 나영의 입이 되게 영험한 걸 다 알고 있거든요. 그래서 다 도망갔어요.

딱 도망가자마자 이제 무너졌거든요. 그런데 나영이 거기서 빠져나올 수 없으니 사람 먼저 이제 보내고 자기 나오려고 하다가 이미 무너졌거든요. 이게 나영이 여기 갇혀 죽었다는 이야기입니다.

[조사자: 희생한 거네요.] 희생한 거예요.

영웅 나영의 죽음 [2]

● 구연정보

조사일시 : 2017. 01. 12(목) 오후
조사장소 : 서울시 광진구 화양동 건국대학교
제 보 자 : 황샤오링 [중국, 여, 1986년생, 유학 6년차]
조 사 자 : 오정미, 이원영, 이승민

● 구연상황

제보자가 나영이 죽게 된 사연에 대한 또 다른 버전의 이야기를 이어갔다. 앞의 이야기와 달리 아버지한테서 들은 것이라 했다. 제보자는 나영에 대하여 특별한 애정을 보였다.

● 줄거리

나영이 동굴 속에서 자신의 죽음을 예견하고 죽으며, '죽으면 그냥 화장 안 해도 되겠다. 여기 바로 무덤으로 쓸 순 있다.'라고 했다. 동굴의 위와 아래 모두가 흙이기에, 이러한 말을 했고, 나영의 이 말은 유명해져서, 일반인들에게도 통용되는 말이 되었다.

또 하나는 아빠가 알려준 거는 조금 뭐, 나영 그냥 혼자서 어디 돌아다니다가 너무 더워가지고 이제 굴에 들어갔어요. 그 굴은 위도 흙이고 아래도 흙이거든요. 약간. 그런 굴인데 그런데 나영도 왜 그 말을 하는 건지 그게 아빠 기억이 안 나는데, 그냥 위도 흙이고 아래도 흙인데 나영이,

"죽으면 그냥 화장 안 해도 되겠다. 여기 바로 무덤으로 쓸 순 있다."

는 그런 뜻으로. 그 말 딱 나오고 나서 이제 동굴이 무너지고 바로.

[조사자 1: 무슨 말을 했다고요?] [조사자 3: '위도 흙이고 아래도 흙이니 기서 그냥 묻혀도 되겠다.'라고 하니까 진짜로 동굴이 묻혀버렸다.] 네. 약간 이런 뜻. 약간 뭐 그냥 따로 이제 약간

"어디 묻을 필요는 없고 여기 바로 내가 죽을 곳이다."

약간 이런 바로 이런 식 하나 봐요. 그래서. 그런데 아까 그 말은 우리 고향 말로 하면은 되게 재미있어요. 그게. [조사자 2: 고향 말로 해봐요.] 잠깐만요. (웃음) 아!

'신유래 아유래 도용시마 응달매.'

이런 거 이제 고향 말. [조사자 1: 왜 재미있는 거예요?] 그게 약간 애, 애, '애'로 운이 맞아요. 약간 뭐 노래 부르는 것 같은 약간, (노래의 느낌으로 운율을 맞춰)

'신유래 아유래 도용시마 응달매.'

약간 이런 약간 그런 느낌.

[조사자 2: 그거 뜻이 위도 흙이고 아래도 흙이니까 여기서 죽으면 화장이 필요 없겠네. 이런 뜻이에요?] 네. 그냥 화장 필요 없겠다. 나영이 죽어도, 나 나영이 죽어도 화장 필요 없다. 이런 뜻인데 약간.

그래서 우리 고향이 이야기 중에 여러 개 이렇게 고향 말로 쓰면 되게 그런 운이라던가, 그런 거 나와요. 말을 할 때도 그렇고. 그래서 이렇게 죽었다는 이야기입니다.

[조사자 2: 아까 한 그 말을 그 지역 어르신들이 보통 때도 혹시 쓰셔? 뭐뭐뭐, 뭐뭐뭐 하는 그런 거를?] 아뇨. 그 이야기 할 때만 꼭 나와요. 아빠의 말로는 꼭 나와요. 그래서 아까 그 선생님께서 말씀해 주신 것도 아마 나영이 하는 말이 뭐 여기,

'내 옆에 있으면 재앙이 다가올 것이다.'

라는 말은 나중에 덧붙인 말일 수도 있고.

원래 나영의 말은 아까 아빠가 말해준 그거 아닌가. 네 뭔가 운이 딱 맞춰져 있어서. 딱 맞으니까 이제 그런 거 아닌가.

[조사자 1: 그렇게 두 이야기를 합쳤을 때가 완벽한 이야기.] [조사자 2: 그 이야기를 선생님이 좀 풀어서 이야기해주신 것 같은.] 네. 왜냐면 이제 고향 말이 약간. 표준말로 써도 그 느낌이 안 와요. [조사자 2: 그러

니까. 수업할 때 표준어 쓰시려고 하니까 그런 거 아닐까? 그게 복건성 사투리로 해야 하는데.] 네.

뭔가 알아들으셨는지? [조사자 1: 응. 알아들었어. 너무 재미있어. 최고의 화자야.]

[조사자 3: 나영 이 사람은 영웅인가요?] 네 영웅. 우리 고향에서 영웅이라고 인식하고 있어요. 사람을 도와주고, 구해주고, 막 여러 가지 좋은 일을 한 사람이에요. 그래서 이 사람에 대한 평가는 약간 재치가 있고 똑똑하고 뭔가 이런 평가예요. 또 이제 재능이 있고. [조사자 2: 나이가 좀 많은 이미지 아닌가요?] 아뇨! 조금 젊은 이미지. [조사자 1: 그러고 보니 엄마도 아까 나왔고. 아까 그.] 할아버지, 엄마, 아빠.

어머니 때문에 실패한 영웅

● 구연정보

조사일시 : 2017. 01. 12(목) 오후
조사장소 : 서울시 광진구 화양동 건국대학교
제 보 자 : 황샤오링 [중국, 여, 1986년생, 유학 6년차]
조 사 자 : 오정미, 이원영, 이승민

● 구연상황

제보자가 영웅 나영에 대한 이야기들을 마친 뒤 실패한 영웅의 이야기라며 구연을 이어나갔다. 그 영웅이 나영인지 아닌지는 잘 모르겠다면서 '그 사람'으로 구연을 했다.

● 줄거리

전쟁에서 도술로 승리를 이끌던 사람이 있었는데 적을 물리칠 수 있는 방법을 생각하다가 어머니에게 고기나 야채를 써는 행위를 계속하라고 시켰다. 그리고 무슨 일이 있더라도 뒤를 돌아보지 말라고 했다. 어머니가 써는 행위를 하자 적의 머리가 떨어지면서 비명소리가 들렸다. 어머니는 뒤에서 무슨 일이 일어났는지 궁금해서 뒤를 돌아보았다. 그러자 떨어진 적의 머리가 원래 상태로 돌아갔다. 어머니가 아들의 말대로 했으면 적을 이길 수 있었는데 어머니가 금기를 어기는 바람에 패배하게 되었다.

또 그래서 그 뒤에 뭔가 군사를 막 전쟁에 나가서 싸우는 이야기, 그래서 제가 아까 말씀드릴 때는 그거 나영 그, 제가 좀 있다가 말씀드릴 이야기는 나영과 관련된 이야기인지 아닌지 사실 기억이 안 나요. 그런데 약간 전쟁에 나가서 누군가 도술을 부리고 상대방을 뭔가 죽이려고 약간, 이제 전쟁에서 이기려는 사람인데 나중에 실패한 영웅이라고 할 수 있는 그런 이야기도 이제 하나 있는데 그

런데 나영인지 아닌지는 잘 모르겠어요.

그게 나영이 근데 그 돌 이야기는 아니에요. 그냥 도술을 부려가지고 이제 그런데 약간 뭐 상대 쪽의 그 적들이 막 쳐들어 와가지고 이제 포위를 하거든요 이제. 그런데 그때는 나영과 어머니만 있어요, 나영인지는 잘, 그 사람! 그 사람이라고 해야겠다! (웃음)

어떤 사람이 어머니랑 같이 있는데요. 그래서 어떻게 적을 이제 물리칠 수 있는지 방법을 생각하다가 어머니한테 뭔가를 그 고기라던가, 야채라던가 써는 그런 행위를 계속하라고 하더라고요. 이제 시키, 시켰어요. 그리고 뒤에서 무슨 소리가 나는지, 어떤 일이 생겼는지 뒤로 돌아보지 말라고 그렇게 당부를 했는데요.

그런데 어머니 처음에는 그대로 했죠. 그런데 하다가 사실 뒤에서 무슨 일이 일어나냐면 그 썰 때는 그 적들의 머리가 떨어뜨려요. 그러니까 어, 자르는 그런 힘이 어. 그래서, 그런데 계속 소리 나니까. 뭔가 비명 소리 나니까 그 어머니가 너무 이상해서 진짜 너무 궁금해서 뒤에서 무슨 일이 일어나는지 뒤로 돌아봤어요. 그런데 보니까 막 적들이 머리가 떨어뜨리는 거 막 이제 그 보니까 깜짝 놀랐죠. 그런데 딱 그때부터 이제 적들의 머리가 또 이제 원래대로 뒤로 돌아가요.

그래서 원래 사실 적을 물리칠 수 있는데 어머니가 뒤로 돌아보니까. 이 금기를 위반하니까 이제 패배를 했습니다. 이런 이야기도 하나 있어요.

[조자사1: 이것도 주인공 이름이 나영인가요?] 그건 잘 모르겠어요. 그거 진짜 제가 어 진짜 아주 어렸을 때 어떤 그 이야기를 좋아하시는 선생님한테서 들었어요. 그 선생님 특이한 게 수업시간에 이야기를 계속해주시더라고요. 이번에 이야기 못한 부분 다음에 계속하겠다고. (웃음) 수업을 안 하시고. 그 선생님이 아직 그 초등학교에 계실지 잘 모르지요. 진짜 이야기꾼이시거든요. 수업은 한 40분 수업시간인데 20분 정도 이야기를 해주시더라고요. 수업은 20분 정도하고.

[조사자 2: 이 전쟁의 '그 사람'도 이 지역 사람인가요?] 네. 이 지역 사람이고요. 그 선생님 항상 그 본고장 이제 우리 고향의 이야기를

해주시더라고요.

[조사자 3: 그럼 '그 사람'은 이제 전쟁에서 패배해서 죽나요?] 아니요. 사실 적들이 들어갈 때는 이제 아직 그게 원래 잡으려고 했는데 이제 방 안에 들어가 보니까 아무도 없었어요. 그런데 결말이 어떻게 그 사람이 어디로 도망쳤는지 잘 모르겠어요. [조자사1: 그런데 어쨌든 사라져 버렸네?] 사라져 버린 거고 아직 죽지는 않았어요. 그런데, 이 전쟁에서 패배는 하긴 했어요.

영웅 제린

● 구연정보

조사일시 : 2017. 01. 12(목) 오후
조사장소 : 서울시 광진구 화양동 건국대학교
제 보 자 : 황샤오링 [중국, 여, 1986년생, 유학 6년차]
조 사 자 : 오정미, 이원영, 이승민

● 구연상황

제보자가 낙파절 유래를 들려준 뒤 '제린'이라는 도술을 부리는 인물의 이야기라면서 다시 구술을 시작했다. 이야기를 완전히 기억 못 할 수 있다고 불안해했지만 구술하면서 기억이 되살아나서 구체적인 내용을 들려주었다.

● 줄거리

제린이라는 도술을 쓸 수 있는 사람이 투구, 갑옷 신발과 총채라는 4가지의 보물을 받고 뱀 요괴와 싸우러 나섰다. 하늘에서도 제린을 도와 제린이 뱀 요괴를 잡았는데, 뱀 요괴가 사람들의 논밭에 물을 주는 존재가 되겠다며 살려달라고 애원했다. 제린은 뱀 요괴를 살려주는 대신 스스로 산이 되어 뱀 요괴를 끝까지 감시하는 존재가 되었다. 지금도 홍수가 나면, 사람들은 상서로운 구름을 보며 제린을 떠올린다.

또 인물 이야기인데요. 어떤 걸로 시작해야 되나. 이 이야기 내가 기억 못할 수도 있는데 일단 '제린'이라는 사람. 제나라 제(齊)자 린자는 이제 인색하다의 그 인(吝)자. 제린이라는 사람의 이야기인데. 그것도 도술 막 그런 이야기인데요. 어.

[조사자 3: 도술 좋아해요.] 아! 우리 고향 같은 경우는 특히 이야기가 도술과 신선 그런 이야기 많아요. [조사자 3: 제가 그런 거 좋아해요.] 아! 저도 좋아해요! 저는 거기 절에 들어가서 이제 약간 그런 화

상같은 것도 있잖아요? 그거 보고 항상 절을 해요. 그래서

'나도 하고 싶다. (웃음) 나도 신선이 되고 싶다.'

제린이라는 사람인데요. 옛날에 이제 뱀 요괴, 요괴가 있는데 뱀이 된 그런 뱀 요괴가 있는데요. 그 요괴 항상 예쁜 여자만 잡아가서 뭔가 하고, 사람을 괴롭히고 그런 요괴인데. 제린이라는 사람이 그거 정말 못 봐서 이제 나중에 산에 들어가서 이제 신선한테서 도술을 배워요.

한 10년 지나다가 이제 뭐, 뭔가 자기가 쭉 어느 정도 능력을 갖추고 나서,

'이제 요괴랑 싸울 수 있다.'

생각을 해서, 이제 어, 고향에 돌아가겠다고 그 스승한테 이야기를 했어요.

그 스승이 이제 이 제린이 일단 떠나기 전에 네 가지 보물을 줘요. 용의 투구, 머리에 쓰는 투구하고 어린 비늘? (헷갈려하며) 어! 어린 갑옷과, 말굽으로 만든 신발 말굽 신이라고 하는데. [조사자 1: 어린 갑옷이 무슨 말이에요?] 어린, 그 물고기 비늘 그 어린. 그 갑옷과 그 말굽으로 만든 신, 그리고 사슴 꼬리로 만든 총채, 그 약간 도사를 보면은 총채 뭐 하나 가지고 있잖아요. 그거하고 음 그거 네 가지 보물을 줘요. 스승이 제린한테. 그 떠나기 전에 그 네 가지 보물을 줘요.

그래서 딱 제린이 집에 갈 때는 그 괴물이 그 두견이라는, 이제 두견화 그 꽃이 있잖아요? 그 지금은 그 여자 이름이에요. 그 두견이라는 여자 딱 잡아가 가지고 그 여자 일단 계속 이제 저항하고 있는데 그래서 피 막 흐르고 막, 이제 끌고 갔거든요. 그 요괴가. 끌고 갔는데 이제 그 길에 딱, 다 그 피가 막 흐르고 막 그랬어요. 그 여자 나중에 죽었어요.

그, 딱 그 광경을 보고 나서 제린이 그 여자의 피를 쫓아가가지고 그 요괴의 동굴까지 쫓아갔어요. 그래서 요괴랑 싸우려고. 요괴가 처음에는.

"사람인데 무슨 재주로 나랑 싸우겠냐?"

하다가 이제 나와서 그, 딱 이제 한숨을 내쉬다가 이제 막 모래

가 날리고, 돌이 뒹굴다 약간 뭐 그런 광경하다가 지금 요괴가 생각해보니까 아 그게 제린이 그것,

'사람 날아가겠지?'

생각을 했었는데 그런데 보니까 제린이 그대로 있었어요. 왜냐면 그 갑옷이 있으니까. 갑옷 때문에, 갑옷이 있으니까 그대로 있어요. 하나도 해치지 않았어요. 그래서 그 요괴가,

"아 저 사람 좀 뭔가 재주가 있구나."

하다가 도망치려고 자기가.

'아, 나는 아마 상대가 좀 어려울 수 있다.'

는 생각을 했어요. 요괴가.

그래서 도망치려고 막 제린이 쫓아갔거든요. 그래서 그 요괴가 큰 돌을 던지거든요. 그런데 제린이 그냥 머리고 그 돌을 깨거든요. 이제, 그 투구가 있으니까. 그래서 그 돌이 깨졌어요.

딱 그래서 이제야 그거 보고 나서 요괴가 더 뭔가 더 무서워지거든요. 그래서 구름을 타고 이제 도망치려고. 그런데 그 말굽 신이 있어서 그거 신고 이제 쫓아가거든요. 계속 이제 싸우고. 그래서 그러다가 그 요괴가 이제 입에서 그 요기를 뭐 뿜어내고 막. 요기가 그런 게 있잖아요? 뿜어내고 막 그래서 하늘이 다 뭐, 변하고 막 그런 게 뿜어냈는데. 그 제린이 그 사슴 꼬리 총채를 가지고 한번 흔들고 다 없어졌어요.

그러다가 계속 싸우고 아침부터 밤까지 계속 싸우다가 이제, 이제 천정이라는 데가 있잖아요. 그 왜 그 신선이야기를 보면 뭐 옥황상제 살고있는 궁전, 신선이 살고있는 궁전 우리 천정이라고 하거든요. [조사자 1: 천정?] 네! 천정. 조정 정(廷)자. 하늘에 이게 신선들이 살고있는 그런 궁전이라고 천정이라고 하거든요. 틴팅(천정의 중국어 발음인 듯함). 그게 정말 이제. 어, 아마 서유기에서 많이 나오는 단어인 것. 네! 거기요.

거기고 그래서 신선까지 막 그것, 이 둘이서 계속 싸우고 있으니까.

"그냥 관둘 수는 없다."

이제, 사람 아마 이제, 계속 싸우다가 이제 사람들에 피해를 줄

수도 있으니까 그래서 신선 하나 보내가지고 그 요괴를 잡으려고 그래서, 이제 벽력! 벼락! 그 벽력 그 두 글자 한자로 벽력대신이라는 신선을 보냈어요. (정확한 이름을 떠올리고 급히 정정함.) 벽력대선! 대선! 벽력대선을 보냈는데 그 대선 이제 금은박줄로 그 요괴를 딱 묶어가지고 이렇게.

그 제린이 딱 그거 보고 나서 사실 죽이려고. 그 뱀 요괴를 죽이려고 하다가 그 요괴가 계속 이제 애걸을 했어요.

"절 죽이지 마세요. 저는 이제 뭐, 그 일단 제 죄를 뭔가 뉘우치고 나중에 사람들한테 내가 뭔가, 나는 물이 되어서 양쪽의 논밭의 물을 주고 나는 그런 일을 하겠다."

그렇게 막 애걸을 했어요. 그 제린이 생각해보니까.

'어? 그것도 괜찮다.'

일단 뭐 그게 사람들을 해치지 않고. 이제 또 이제 좋은 일을 할 수 있으니까 그러면 괜찮다. 그런데 또 이제 요괴니까.

그거 뭔가 잘못하다가 또 이제 요괴의 그 성품 잘 모르잖아요. 또 이제 뭐 사람 해칠지도 모르니까 걱정하기도 하고. 그 벽력대선은 그것 딱 아, 그 제린 걱정하는 그런 거 다 알고 있으니까 그래서 뭐 그 아이디어를 (웃음) 줬거든요. 이게,

"그게 사실 걱정 안 해도 되겠다. 다만 누군가가 희생을 해야 한다. 그래서 그 요괴 진압하는 산으로 그 진압할 수 있는 산이 필요하고."

그래서 어 제린 그러면 다른 사람 다 그런 능력 없으니까 자기가 될 수밖에 없다. 그래서 제린이 자원을 했죠. 그래서.

"나는 그 산이 되고 이 뱀을 진압을 하겠다."

그래서 벽력대선은 이제 딱 벼락치고 막 하다가 제린이 산이 되고 그 뱀은 나중에 우리 고향의 그 강이. 아까 그 강이 그 '사게하'라는 강이 됐어요. [조사자 1: 아! 그 다리 밑에?] 네. 그 다리 밑에 그 강이. 나중에 그 강이 되었다고 합니다.

그래서 막 한 6월 달에 우리 고향 같은 경우는 5월 6월 이렇게 그 뭔가 비 많이 오잖아요? 한국도 뭐 6, 7월에, 6월 7월에 그게 막

6월 7월에 비 많이 내리, 장마 뭐 장마. 거기 그럴 때는 이제 물이 막 넘치잖아요? 홍수도 나고 그러니까 그래서 이럴 때는 막 하늘에 만약에 이제 상서로운 구름이 나와요. 어떤 산 위에 그 구름 모습은 딱 제린 같다고 막 뭐 그런 용투구, 어린갑옷, 그리고 말굽신, 그리고 사슴꼬리 총채가지고 막 약간 그런 모습? 딱 그 구름이 딱 약간 제린과 같.. 제린을 닮은 그런 구름이 나오면 홍수도 퇴치하고, 홍수도 그냥 가라앉히고, 또 이제 어 그런 이야기가 있습니다. 그래서 그 어, 약간 제린이 이제 그런 요괴를 진압하는 그런 모습이라고 사람들이 생각하고 있습니다.

[조사자 3: 이 뱀 요괴는 따로 이름이 없나요?] 어. 그냥 뱀요라고 하거든요. 사요 사가 뱀자 잖아요. 사요 이름이 없어요. [조사자 2: 그 산이랑 강에는 혹시 제린이랑 그 뱀에 관련된 이름이 들어가진 않아요? 원래 강이나 산 이름에?] 안 들어가요. [조사자 2: 그럼 다른 이름?] 네.

[조사자 2: 그럼 제린이 되었다는 산은 아까 이야기했던 그 봉황산?] 아뇨. 그 봉황산이 아니고. 그 저도 사실 그 이야기 보고. 그럼 제린이 됐다고 한 산은 어떤 산이지? 그런데 나중에 기린산이라고 하는 산이 있어요. 그 산 위에 그 구름 바로 그 산 위에 뜨거든요. 이제 딱 홍수 날 때. 그래서 산 기린산 그런데 그 기린은 그 신성한 그 기린이요. 그 제린과 관련 없는. [조사자 2: 거기 안개가 유명해? 안개가 많이 껴?] 아뇨! 글쎄? 저는 못 봤는데. (웃음) [조사자 1: 산이 되게 높은가 보다. 구름이 자꾸.]

그런데 기린산 사실 어디 있는지 잘 모르겠어요. 지금 아직 남아 있는지 잘 모르겠어요. 하도 이제 우리 고향 같은 경우는 산 공사 많이 해가지고. [조사자 1: 아니면 실존 안 하는 산일 수 있지 않나? 우리도 왜 그런 산들이 있는데, 지금 생각이 안 나는데 이야기 속에 보면 어! 어! 실존하지 않고 이야기 속에만.]

[조사자 2: 강은 이름이 뭐야?] 사게하! [조사자 1: 아까 강 그 강인데? 사게하.] (잠시 침묵) 사게하도 계속 지역에 따라서 뭐 선명시에 가면 사게하라고 하지 않고 막 약간, 이 구역이 있잖아요. 우리 고향 그 구역은 사게하라고 하고. 흐르고, 네. 흐르고 있으니까.

수호신 온태보

● **구연정보**

조사일시 : 2017. 01. 12(목) 오후
조사장소 : 서울시 광진구 화양동 건국대학교
제 보 자 : 황샤오링 [중국, 여, 1986년생, 유학 6년차]
조 사 자 : 오정미, 이원영, 이승민

● **구연상황**

제보자가 조사자들과 〈영웅 제린〉 이야기와 관련한 사게하와 이야기꾼에 대한 대화를 나눈 후 제보자가 '온태보' 이야기를 들려주었다. 고향을 수호하는 인물에 관한 이야기라며 구연을 시작했다.

● **줄거리**

두부를 파는 온태보가 역병을 퍼뜨리려는 요괴를 발견했다. 온태보는 요괴를 죽이고 쫓아낸 뒤 살신성인의 마음으로 사람들을 위해 역병을 먹고 홀로 죽었다. 그는 죽으면서도 요괴들이 도망간 방향을 가리키며 죽었다. 이후에 사람들이 그를 기리는 사당을 만들었다.

이거 이제 인물 이야기. 이제 우리 고향을 수호하는 약간 수호신 이야기. 그런데 아주 그 수호신의 그런 이미지 그렇게 지금 그렇게 강하진 않아요. 그런데 이 사람의 묘가 한 열 군데 정도는 있어요. 우리 고향에는. (웃음) [조사자 1: 아! 진짜 이 사람이?] 네.

[조사자 1: 이 사람 이름이 뭔데요?] 온태보. 온씨예요 온. 그러니까 온달 그 온자. 태보, 태보. [조사자 1: 실제 그 고향이 이분의 무덤이 여러 개가 있어요?] 무덤 말고 그냥 묘. 이제 공을 기리는 묘. [조사자 2: 사당?] 사당! 사당! 아! 맞아요! 사당! 우린 묘라고. (웃음) 무슨 묘, 뭐

공자 묘 막 무슨 묘. 네, 사당 열 군데 있어요. 또 이제 이 사람도 이제 자기 혼자의 그런 사당 말고도 이제 다른 뭐, 약간 절이라던가. 그냥 들어가서 이제 그 산이 있어요. [조사자 1: 실존하는 인물이네요. 그러면 이것도.] 아마도 (웃음) 아마도. 제가 장담할 순 없지만.

일단 이 사람은 두부를, 예전에 두부를 만드는 사람이야. 두부를 만들고 파는 사람이야. 우리 고향이 두부도 되게 유명해요. 다른 지역의 만드는 방법이 달라서. 그런데 어떻게 만드는 건지 좀 복잡해져서 설명하기가 힘들지만 어, 패스! 아무튼 이 사람은 두부를 만들고 파는 그런 사람인데요. 또 이제 사람이 좋아서 막 그 칭찬 많이 받고 그런 사람이고.

어느 날 밤중에 이러나 화장실에 갈 때 약간, 뭐 누군가가 막 약간 다섯 명 사람. 이상한 사람이 지나가다가 뭔가 하는 그 이야기 하고 뭐 하는 그런 거 막, 딱 봐가지고 그래서 가까이 가서 이야기를 들어보니 그 다섯 명이 약간 악귀. 악귀인데 그 다섯 명 악귀가 그 약을. 역병을 이제, 약간 전파할 수 있는 약을 사게하에 넣으려고. 그래서 그 동네 사람에게 역병을 이제 전파하려고. 그런 거 하고 있어요. 그중에 한 명이.

"지금 시간 다 되었으니까 넣어도 되겠지."

말하다가 약간 좀 넣으려고. 그래서 그 사람이 딱 그거 보고.

"아! 안 되겠다."

그래서 그 약을 딱 이제 빼앗아 와가지고 도망갔어요. 악귀가 매 쫓아갔는데 그 사람 온태보가 처음에는 이제 나무꾼 집까지 일단 도망치다가, 그런데 그 밤중이라서 아무도 없어요. 이제 거의 도망치다가 도끼를 딱 잡아가지고 악귀를 한 3명 정도 죽였어요, 처음에 세 명 정도 죽었는데 그 악귀의 머리를 허리에 묶어가지고 일단 이제, 내가 네 악귀를 3명 죽였으니까 나머지 두 명이 그거 보고 이제 무섭잖아요.

"아! 그 사람 악귀 죽일 수 있는 사람이다. 아주 능력 있는 사람이다."

그거 보고 도망갔어요. 그 두 명의 악귀가 도망갔는데 온태보가 계속 뒤를 쫓아갔어요. 그런데 왜냐하면 자기가 그거 약을 가지고 어떻게든 퍼뜨릴 수도 있으니까 어쩔 수 없이 자기가 먹었어요. 왜냐하면 어디에다 뿌리던가, 사실 팍 둘 수 없으니까. 어디에 버려도 사실 위험하거든요. 그래서 어쩔 수 없이 자기가 먹었어요. [조사자 1: 온태보가?] 온태보가. 자기가 먹었어요.

그런데 또 이제 귀신 쫓아가야 되니까 저 계속 쫓아갔어요. 그런데 또 이제 어디 쫓아갔냐면, 거기 어디지? 잠깐만요. 그 옛날에 우리 그 배를 이제 뭔가 세치라는 그런데 가 있잖아요? 조선소 뭐 약간 그런데 일단 쫓아가가지고 이제 그런 염료(확신하지 않으며)? 아무튼 거기 빠뜨렸어요. 그래가지고 빨갛게 몸이 다 빨갛게 되어 있어 가지고 그래도 포기하지 않고 계속 쫓아갔어요. 그런데 이게 독 때문에 이제 독이 올라가 약간, 더 이상 못 쫓아가고. 죽을 때도 계속 손을 이제 두 귀신이 도망가는 그 방향 가리키고 있어요.

[조사자 1: 그런데 왜 독이 올랐어요?] 그때 독약을 먹었으니까. 역병. 그 약을 자기가 다 먹었으니까 더 이상 쫓아갈 수는 없고. 그래서 죽을 때도 이제 손가락이 그 두 귀신이 도망가는 그 장소 가리키고 거기 죽었거든요.

그래서 사람이 이튿날에 그거 보고 아 귀신 두 명이 그쪽으로 도망갔다는 그거는 약간 그 죽는 그 자세에서 알 수 있고 그래서 그 또 그 사람을 이제 기리기 위해서 하나의 절, 약간 절이라던가? 그런 거 만들었어요.

사당을 만들었고. 그 모습은 어떻게 되냐면 이제 허리에, 그 보통은 허리에 귀신머리 그 머리 세 개 묶고. 약간 그 약간 그 아까 그 빠뜨렸다고 빨갛게 이제 머리 뭐 얼굴은 빨갛고 약간 그런 형상이 조금 그 보니까 조금 무서운 그런 모습! 그러니까 악귀 쫓아내는. 그런 모습으로 만들었어요. 그 죽을 때 그 얼굴 그대로 그 상을 만들었어요. 그 위령 뭐 온원수라고 그 이름도 붙여주었어요. 원수, 위령. 위 위엄할 위(威)자, 령은 영험할 령(靈)자. 온 원수에 그런 이름 붙여줬어요.

[조사자 2: 원수?] 원수! 원수(元帥) 멸쉐이. 그 장군? (웃음) 원수.

[조사자 2: 위령원수 온태보 뭐 이런 식인거야?] 어, 위령 온원수. 막 이렇게 아마 온태보 그렇게 쓸 수도 쓰는 데도 있고. 사실 중간에 빠뜨린 거 많은데 제가 지금 당장 기억이 안 나서. (웃음)

동곽 선생과 늑대

● 구연정보

조사일시 : 2018. 07. 09(월) 오전

조사장소 : 경기도 오산시 은계동

제 보 자 : 천슈안(진소연) [중국, 여, 1979년생, 결혼이주 15년차]

조 사 자 : 김정은, 황승업, 강새미

● 구연상황

몽골의 온다르마 제보자가 〈낙타가 열두 띠에 들지 못한 이유〉를 마친 뒤 한동안 각 나라의 띠 동물에 대한 이야기가 이어졌다. 열두 띠에 대한 이야기가 마무리된 후에 천슈안 제보자가 이야기를 하겠다고 나서며 새 이야기를 시작했다. 러시아의 김알라, 몽골의 온다르마, 중국의 리하이리엔 제보자가 함께 이야기를 들었다.

● 줄거리

동곽 선생이 책을 가득 싣고 가고 있었는데, 늑대가 사냥꾼에게 쫓겨오면서 살려달라고 했다. 동곽 선생은 늑대를 살려주기 위해 자신의 책자루에 들어가게 해서 숨겨주었다. 사냥꾼이 가고 늑대가 책자루에서 나오자, 늑대는 오히려 배가 고프다며 동곽 선생을 잡아먹겠다고 했다. 동곽 선생은 지나가던 농부 할아버지에게 자신을 잡아먹는 게 맞는지 물어보자고 했다. 할아버지에게 이야기를 하자, 할아버지는 이렇게 큰 늑대가 어떻게 이렇게 작은 책자루에 들어갈 수 있냐면서 다시 들어가 보라고 했다. 늑대가 사실이라면서 책자루에 들어가자 농부 할아버지가 늑대를 그대로 잡아갔다.

옛날 옛날에 '동곽 선생'이라는 선비가 살았어요. 어느 날에 동곽 선생은 책을 가득 실은, 자루에 싣고 당나귀에 올라가는 길이 가고 있었어요. 그런데 늑대가 한 마리가 달려왔어요.

"선생! 내가 다리를 다쳐서 저를 살려주세요. 뒤에는 사냥꾼이 쫓아오고 있어요."

동곽 선생은 다친 늑대를 보자 고민이 되었지만 도와주기로 마음을 먹었어요.

"일단 늑대야. 여기 자루에서 일단 몸을 숨기렴."

잠시 후에 사냥꾼이 쫓아왔어요.

"선생, 혹시 늑대 한 마리가 못 보셨습니까?"

"글쎄요, 제가 못 보셨는데요. 아마도 다른 길에 도망가나 봐요."

사냥꾼이 떠난 뒤에 동곽 선생은 늑대를 풀어주었어요.

"늑대야, 사냥꾼이 이제 떠나갔으니 자루에서 나오거라."

늑대는 자루에서 나오는데 갑자기 태도를 바꾸며 말했어요.

"선생, 나 이제 배가 너무 고프단 말이야. 그래서 선생을 잡아먹어야겠어."

동곽 선생은 깜짝 놀랐어요.

"뭐라고? 이런 늑대 나쁜 같으니! 내가 구해주었는데, 좋은 마음으로 구해주었는데 나를 이제 잡아먹으려고 해?"

"내가 동곽 선생을 잡아먹지 않으면 내가 굶어죽을 텐데. 정말 이런 좋은 선생님이 내가 죽는 거 바라는 거 아니겠죠?"

그래서 늑대를,

"동곽 선생을 잡아먹지 않으면 내가 굶어죽을 텐데."

그래서 동곽 선생은 이리저리 도망치며 말했어요.

"이렇게 하자! 내가 다른 사람에게 물어보는 거야. 만약에 네가 옳다고 하면 나를 잡아 먹거라. 약속할게."

마침 한 농부 할아버지가 삽을 들고 숲속을 지나가고 있었어요. 동곽 선생은 방금 전에 있었던 일이 농부 할아버지한테 설명해주었어요.

"농부 할아버지, 방금 사냥꾼이 쫓아와서 제가 늑대를, 다친 늑대를 구해주었는데. 방금 제가 이런 좋은 마음으로 구해주었는데 나를 지금 잡아먹으려고 해. 이거 맞는 일입니까?"

늑대는 눈을 막 뜨고 이렇게 말했어요.

“농부 할아버지, 그게 아니고 방금 제가 자루에서 숨 막혀 죽을 뻔 했어요. 저를 살리는 거 아니고 저를 죽이려는 거예요. 이런 사람을 살려주면 안 되죠.”

농부 할아버지는 잠시 생각하더니 말했어요.

“당신들 말을 다 못 믿겠어. 아니 자루가 이렇게 작은데 어떻게 저렇게 큰 늑대가 넣었단 말이오.”

“아이고 답답해 어르신. 그럼 제가 들어가 볼 테니 한 번 제 말을 맞는지 그른지 한 번 봐주세요.”

늑대는 바로 자루 안으로 들어갔어요. 이제 농부 할아버지는 재빨리 자루를 단단히 묶었어요.

“이제 선생과 가는 길을 계속 가셔.”

“감사합니다, 어르신.”

그래서 늑대는 자루에서,

“살려주세요, 선생! 살려주세요, 할아버지! 내가 방금은 농담한 거예요.”

그래서 동곽 선생은 당나귀를 타고 계속 올라가는 길을 갔어요. 이제는 늑대에게 속지 않겠죠.

조금 바꿨어요. 원래는 늑대는 죽으려고 하면 아기가, 학생한테 좀 무서울까 봐. 그래서 뒤에 얘기 이렇게. [조사자: 원래는 죽이려고 하는 건데. 늑대 죽죠, 원래는?] 죽었어요. [조사자: 어떻게 죽죠?] 그냥 삽을 이렇게 해서 죽었어요.

괴물을 물리친 목수 노반

● **구연정보**

조사일시 : 2019. 02. 18(월) 오전

조사장소 : 서울시 노원구 공릉동

제 보 자 : 심죽령 [중국, 여, 1988년생, 결혼이주 4년차]

조 사 자 : 오정미, 강새미

● **구연상황**

제보자가 〈욕심 많은 바이를 골탕 먹인 아판티〉 구연을 마친 뒤 준비한 자료를 살피다가 노반 이야기를 하겠다며 구연을 시작했다. 노반은 역사상 실존했던 인물로 중국에서 매우 유명한 목수라는 설명을 덧붙였다. 구연을 마치고 서호 사진을 보여주면서 중국에서 서호 경치를 '삼단임호'라 부르는데 그 이유는 정확히 모른다고 했다.

● **줄거리**

노반은 대손손 목수를 하는 집안의 사람이었다. 노반이 사는 항저우의 서호 호수에 검은 물고기 요괴가 나타나 마을을 물에 잠기게 했다. 노반과 여동생 그리고 여러 사람은 홍수를 피해 복서산에 올라갔다. 그때 검은 물고기 요괴가 노반의 여동생에게 반해 혼인을 청했다. 여동생이 거절하자 검은 물고기 요괴가 마을을 전부 수장하겠다고 협박했다. 여동생은 혼인을 수락하는 척하면서 혼수품으로 큰 돌로 만든 석향로가 필요하다고 했다. 요괴가 의심하지 않고 허락하자 노반이 큰 석향로를 만들어서 호수로 가져갔다. 석향로는 아주 무거워서 검은 물고기 요괴를 짓눌렀고 결국 요괴는 죽게 되었다.

옛날 중국에서 아주 실력이 좋은 목수가 살고 있었습니다. 그 목수 이름은 '노반'이라고 하고, 노반은 발명하기를 좋아하고 노반 할아버지도, 아버지도 다 목수예요.

노반은 많은 사람들에게 더 많이 도움을 주기 위해서 사람이 많은 항저우라는 도시에 와서 가게 같은 거, 학원도 하면서 가게 같은 거를 차려서 제자 180명을 모았습니다. 노반하고 노반 동생하고 항저우 '서호'라고 호수 이름이에요. 항저우 도시 이름이고, 서호는 항저우에 되게 유명한 경치 호수 이름이고.

노반 아내가 항저우에서 제자들한테 수업하고 있었던 어느 날입니다. 갑자기 하늘에서 먹구름이 불어와서 우르르 쾅쾅 천둥소리도 나고 갑자기 비바람도 불고 하늘에서 커다란 검은 물고기가 나타났습니다. 요괴가 서호에 물속에 들어갔다가 나와서,

"꺼억!"

하고 트림을 하자 항저우 온 도시에 코를 찌르는 비린내 냄새가 났고 또 다시,

"푸하!"

하고 물을 뿜자 온 항저우 다 폭우 내리기 시작해요. 그만큼 커다란 물고기.

항저우 온도시가 다 물에 잠겼어요. 노반 남매와 제자들 홍수를 피해서 복서산에 올라가서 물에 잠기는 항저우를 보고 어떻게 할 수가 없으니까 그냥 속수무책으로 물에 잠긴 도시를 보고 있었습니다. 제자하고, 노반하고, 노반 동생하고 사람들이 다 복서산에 올라가서 피신하러 올라갔는데.

이때는 커다란 검은 물고기가 노반 동생을 발견해서 첫눈에 반했어요. [조사자: 그 동생이 여동생이죠?] 네. 여동생. 그래서 요괴가 사람 모습으로 변신한 후에 노반 여동생에게 다가와서 물어봤습니다.

"당신의 밝은 눈과 예쁜 눈썹을 보아서 재단을 잘할 것 같습니다. 나의 집에 와서 나한테 새 옷 좀 만들어 주시겠어요?"

여동생이 거절하고 나서 괴물이 다시 말했어요.

"당신의 아름다운 모습과 가는 손가락 보면 자수도 잘하실 것 같아요. 나의 새 이불에 자수를 해주시는 거 어떠세요?"

여동생 다시 한 번 거절을 했습니다. 근데 괴물이 포기하지는 않았습니다.

“그러면 재단과 자수 따위는 안 해주셔도 돼요. 나와 같이 살면 평생 영화부귀를 누리면서 살 수 있으니까 나랑 같이 가시죠.”

하며 여동생의 손을 잡고 놓지 않았습니다.

이때 노반은 쇠망치를 흔들며 괴물한테 말했습니다.

“여기 떠나세요. 아니면 나는 이 망치로 혼내줄 거야.”

그러자 그 괴물이 웃으면서 아무렇지도 않게 말했어요.

“나의 두꺼운 비닐 껍질을 보세요. 너의 쇠망치 두렵지 않아요. 만약에 너의 여동생과 결혼하지 않으면, 허락하지 않으면 나는 이 도시에 더 큰 홍수를 일으킬 거라.”고.

그리고 노반은 마음속으로 생각했어요.

‘그럼 큰일이다 더 큰 홍수가 나면. 이 복서산까지도 물에 잠겨 우리 다 죽고 말겠구나. 얼른 다른 방법을 생각해야겠어요.’

그래서 노반과 여동생은 모두를 구할 수 있는 방법을 잠시 생각하러 갔어요. (제보자의 핸드폰 충전하느라 잠시 구연 멈춤.) 잠시 후에 노반 여동생이 좋은 아이디어가 떠올라서 괴물한테 말을 했습니다.

“검은 물고기님, 나는 당신과 결혼할 수 있는데 근데 우리 오빠한테 혼수용품 좀 부탁해도 되냐?”

괴물이 당연히 기뻐서 대답했습니다.

“좋죠. 당신은 어떤 혼수용품을 받고 싶습니까? 오빠한테 어떤 혼수용품을 부탁하고 싶습니까?”

노반 여동생이,

“나는 노반 오빠의 솜씨로 바위로 만든 큰 향로를 받고 싶습니다. 오빠한테 이 향로의 모습을 설명할 수 있도록 저 좀 잠시 놓아주시죠.”

괴물이 엄청 기뻐하여 대답했어요.

“좋아요. 나도 마침 향로 하나 필요했어요.”

그래서 동생을 풀어줬어요. 이때는 노반 여동생이 또 괴물한테,

“당신도 보시다시피 온 세상이 다 홍수에 잠겨서 우리 오빠가 산에 올라가서 바위를 가져올 수가 없어요.”

그 괴물이 바로 입을 벌려서 들이마셨어요. 홍수를 다 한숨에 삼켰어요. 그리고 여동생한테,

"자 이제 홍수를 없앴으니 됐죠?"

이때 노반이 저 산에 있는 절벽을 가리키며 괴물한테 물어봤어요.

"저기 저 큰 바위로 내가 향로를 만들 건데 어떻습니까?"

그 괴물이,

"좋아요. 크면 클수록 나한테 좋죠."

근데 노반 다시 한 번 물어봤어요.

"그러면 크게 만들면 어떻게 움직이죠?"

"하하! 지느러미로 바람을 일으키면 향로쯤이야 식은 죽이지. 나는 산 전체까지 다 움직일 수 있어."

뽐내며 대답했습니다. 그래서 노반은 180명 제자를 데리고 절벽에 올라가서 쿵쿵쾅쾅 바위를 부수고 향로를 만들기 시작했습니다. 49일 지난 후에 세 개의 다리 달린, 중간에 파여져 있는 그런 석향로를 만들었습니다. 석향로를 완성하자 노반은 요괴를 불러서 얘기했습니다.

"당신은 먼저 이 석향로를 신혼집으로 옮겨주세요."

근데 괴물이 신부하고 같이 가고 싶은 모양을 봐서 노반도 재빠르게 말했어요.

"신부는 우리가 예쁘게 화장해서, 지금 이 상태로 갈 수 없으니까 우리가 예쁘게 화장해서 가마를 태워서 보내줄 거니까 당신은 먼저 이 향로를 신혼집에 가져가라."

그래서 요괴는 허락했습니다. 괴물이 지느러미로 바람을 일으켜 석향로를 들어 올려 산 아래로 굴려, 자기 뒤를 따라서 굴러가게 한 후 호수에 뛰어내렸습니다. 괴물이 호수에 도착하자마자 석향로도 호수에 떨어졌습니다.

너무 커다란 석향로였기 때문에 괴물이 석향로 밑에 깔리고 말았습니다. 그래서 괴물이 꼼짝도 할 수 없으니까 밑에 계속 뚫릴 수밖에 없습니다. 밑으로 계속 동굴 뚫리는 것처럼. 하지만 구멍 아래로 뚫리면 뚫릴수록 석향로도 너무 무거워서 함께 빠져 내렸습니다.

결국은 힘이 빠진 괴물이 갇혀 숨도 못 쉬고, 움직일 수도 없고 갇혀서 죽었습니다.

노반의 발명품들

● **구연정보**

조사일시 : 2019. 02. 18(월) 오전

조사장소 : 서울시 노원구 공릉동

제 보 자 : 심죽령 [중국, 여, 1988년생, 결혼이주 4년차]

조 사 자 : 오정미, 강새미

● **구연상황**

제보자가 〈괴물을 물리친 목수 노반〉 구연을 마친 뒤 자연스럽게 노반에 대한 이야기를 시작했다. 노반은 중국 산동성 사람인데 중국 전역에 걸쳐서 이야기가 전해진다고 했다. 조사자가 노반이 만든 건물이나 물건이 있는지 묻자 이 이야기를 구연했다.

● **줄거리**

노반이 여러 발명품을 발명했다. 그중 하나가 목수의 톱이다. 손에 상처를 내는 지그재그 모양의 풀을 보고 톱을 발명했다.

발명품 같은 거 많이 발명했어요. 중국에서 우산. 이 다음 이야기가 우산이에요. 톱? 목수 잡고 쓰는 도구 중에 톱이라고 있어요.

이것도 노반은 산에 올라가는 중에 갑자기 손이 상처가 나는 거예요. 그런데 뭣 때문에 상처 나는지 몰라서 주변을 살펴봤더니 풀이 (지그재그 모양을 그리면서) 이렇게 생긴 풀이 있는 거예요. 이거 보면서 생각을, 영감을 얻어서 톱을 발명했다고. 이런 이야기도 있고요. 노반 이야기도 시리즈 있어요.

노반은 춘추전국시대 노나라 사람이에요. 사실 노반 성이 노씨는 아니에요. 건축물이 별로 없는데 주로 이렇게 목수에게 도움이 되는 도구들 많이 발명했다고.

노반과 우산

● 구연정보

조사일시 : 2019. 02. 18(월) 오전

조사장소 : 서울시 노원구 공릉동

제 보 자 : 심죽령 [중국, 여, 1988년생, 결혼이주 4년차]

조 사 자 : 오정미, 강새미

● 구연상황

〈노반의 발명품들〉 구연을 마친 제보자가 노반이 만든 건물이나 물건이 있는지 찾았지만 정보를 찾을 수 없었다. 미리 준비해 온 이야기인 노반이 우산 만든 이야기를 구연했다.

● 줄거리

노반이 비바람과 햇빛을 가릴 수 있는 도구를 생각하다 정자를 만들었다. 노반이 마을 여기저기에 사람들이 쉴 수 있는 정자를 만든 후, 들고 다닐 수 있는 정자도 생각했다. 그때 연잎을 들고 햇빛을 가리는 아이들을 보았다. 그 모습을 본 노반이 대나무로 뼈대를 만들고 양가죽을 동그랗게 잘라 묶어 우산을 발명했다.

옛날 옛날에 세상에는 우산이 없습니다. 그래서 사람들이 외출하기가 불편했고, 특히 여름에 더위도 많이 먹고, 비가 내릴 때도 흠뻑 젖고. 목수 집안에 태어난 노반이, 어떤 여름날 한창 일을 하고 있는 노반이 태양을 보고

'저 햇빛을 가릴 수 있는 뭔가 있으면 좋았을 텐데.'

또 해가 질 무렵에 갑자기 먹구름이 몰려와서 소나기 갑자기 오기 시작했습니다. 그래서 노반이 생각했어요.

'비바람도 막으면서 햇빛도 가릴 수 있는 그런 도구 만들 수 있으면 얼마나 좋을까.'

그래서 노반 일을 마치고 나서 계속 이거에 대해서 고민을 했습니다. 오래 고민 끝에 정자를 생각해냈습니다. [조사자: 앉는 정자, 집 같이 간이로 앉는 정자.] 네. 정자 같은 거를 생각해 냈습니다. 그래서 목수 몇 명과 같이 길가에 일정한 거리에 정자를 하나씩 만들었습니다. 지붕 뾰족하고 동서남북 모서리에 각각 기둥 하나씩 있는 그런 정자 만들었는데. 그래서 그거 덕분에 비가 오면 일하는 사람들이 들어가서 쉴 수 있고, 또 햇빛 가릴 수 있게 되었습니다.

그런데 노반은 만족하지 않았습니다. 왜냐면,

'이 정자를 어떻게 줄여서 들고 다닐 수 있게 하면 얼마나 좋았을까.'

또 머리 쓰기 시작했습니다.

어느 날 날씨가 너무 더워서 노반이 계속 땀을 닦고 있는데 갑자기 쉬는 동안 연못에서 노는 아이를 봤습니다. 그 아이들 하나씩 연잎을 쥐고 햇빛을 가리고 있는 걸 봤습니다. 그래서 노반은 그거 재미있다고 느껴져서 아이들에게,

"왜 너희들 연잎 쓰고 다니냐?"

아이들,

"노반 선생님 보세요. 우리 이 연잎 덕분에 뜨거운 햇빛 가릴 수 있었잖아요."

그래서 이 상황을 보고 아이디어 떠오르는 거예요. 집에 가서 대나무를 얇게 만들어서 마치 연잎 펴져있는 줄기처럼 뼈대를 만들었습니다. 그리고 큰 양가죽을 동그랗게 잘라내서 뼈대 위에 얹고 묶었습니다.

"드디어 해냈어!"

노반 아내에게 신나게 얘기했어요. 근데 노반 아내가 이거 한참 봤는데 말했어요.

"좋긴 좋은데, 근데 비가 그치거나 날이 저물어서 해가 없을 때 이거 계속 들고 다니면 불편하잖아요. 만약에 접을 수 있게 만들 수

있으면 얼마나 좋을까."

그래서 노반이 양가죽 끈을 이용해서 필요할 때 활짝 펴서 쓸 수 있고 필요 없을 때 접을 수 있게 아내와 같이 개조했습니다. 이거는 우리가 옛날에 쓰는 우산의 이야기예요.

제물이 된 처녀들을 구한 서문표

● **구연정보**

조사일시 : 2019. 03. 08(금) 오전
조사장소 : 서울시 노원구 공릉동
제 보 자 : 심죽령 [중국, 여, 1988년생, 결혼이주 4년차]
조 사 자 : 신동흔, 오정미, 엄희수

● **구연상황**

제보자가 〈가난한 수재와 개미〉 이야기를 마친 뒤 바로 이어서 자신이 준비해 온 또 다른 이야기 구연을 시작했다.

● **줄거리**

옛날 전국시대에 황하의 새로운 총독으로 선정된 서문표라는 사람이 있었다. 황하 지역에는 매년 하신에게 신붓감을 제물로 바치는 풍습이 있었다. 무당들은 부잣집에 찾아가 결혼 적령기의 여자아이를 바치라고 했고, 딸을 주고 싶지 않은 부자들로부터 큰돈을 받았다. 한 가난한 집이 돈이 없어 딸을 바치게 되었다. 서문표는 백성들이 이 풍습을 싫어한다는 사실을 알고 일부러 하신의 결혼식에 찾아갔다. 무당들이 제물이 된 여자아이를 물로 밀어 넣으려고 하자, 서문표는 하신을 데리고 나오라며 제물대신 무당을 물로 밀었다. 첫 번째 무당이 돌아오지 않자, 다른 무당들도 물로 밀어 넣었다. 그러자 남은 무당들이 서문표에게 제발 살려달라며 이제 다시는 신붓감을 구하지 않겠다고 했다. 그래서 이후로 여자를 제물로 바치는 악습이 사라졌다.

세 번째 이야기. 세 번째 이야기는 이제 전국시대, 전국시대 이야기. 등장인물은 서문표. 서문표라는 사람 등장하고, 그리고 무당들이. 서문표, 무당. 그리고 어, 이거는 황하 근처에 일어난 이야기예요.

[조사자 2: 무당은 그 한국의 무당하고, 샤머니즘 무당하고 똑같은 의

미의 무당인 거예요?] 무술인? 무수인? 똑같은 무당인 것 같아요. 귀신하고, 사람하고 귀신하고 연결되는. [조사자 2: 아, 그럼 맞아요.] [조사자 1: 서문표는 내가 잘 모르겠네.] 네, 서문표. 음, 시작할게요.

전국시대에 서문표라는 사람이 있어요. 그가 황하의 새로운 총독으로 선정되었습니다. 황하 지역에서는, 황하의 신, 하신(河神)이 사람들에게 존경을 엄청 받고 있습니다. 거기에서 사람들이, 거기서 사는 무당들이 말하기에 어,

"매년 신부, 매년 하신이 신부를 찾고 있으니까 이 신부는 백성 가운데서 찾아야 된다."고.

"만약에 신부를, 신붓감 찾지 못한다면 어, 마을에 재난이 일으킬 것입니다."

그래서 무당들이 이를 악용하여 부잣집에 결혼 적령기에 아이들, 여자 아이들 있으면 무당들이 바로 그 집에 찾아가서, 집에 찾아가서 그 여자아이 부모님한테

"너의 딸을, 당신의 딸은 이번에 하신의 신부로 뽑아야 된다."

고 말했습니다.

그래서 부잣집에, 그 부잣집의 부모님은 자신의 딸이 아까워서 딸을 보호하기 위해서 많은 돈으로 무당에게 뇌물을 주고 다른 대체자를 찾아달라고 합니다.

그래서 무당들이 이 돈을, 이 뇌물을 받아서 다시 가난한 집에서 여자아이를 찾습니다. 그 돈을, 가난한 집에 사는 부모님이 돈을 낼 수가 없어서 부득이하게 자신의 딸을 신부로 되는 것을 받아들이고, 그리고 무당이 주는 예물도 강제로 받았습니다. (제보자가 한숨을 쉬어 일동 웃음)

저기서, 이 마을에서 사는 백성들이 이 풍습에 대해서 사실 매우 분노했습니다. 그리고 이 풍습도 서문표의 귀에 전해졌습니다. 서문표가 무당들이, 서문표가 무당들을 자기 앞에 오게 하고 무당에게,

"하신이 결혼하는 날 꼭 나한테 알려주세요. 나도 가서 하신에게 축하를 전해드리고 싶어요. 내가 하신에게 잘해주면 하신도 나중에 나의 국민한테 잘해줄 것이라고 생각합니다."

그리고 말이 끝나자 무당들이 서문표의 하신에 대한 경건함을 찬사를 아끼지 않습니다. 얼마 지나지 않아서 하신이 결혼하는 날이 되자 무당들이 바로 서문표에게 알려드렸습니다. 서문표가 마차를 타고 강가로 달려왔습니다. 무당하고 이제 마을에 사는 백성들도 강가에 몰려갔습니다.

어, 무당들이 신부를 보석으로 꾸민 다음에 침대 위에 놨습니다. 아 침대 위에 앉히고 이때는 다양한 악기를 울리기 시작했습니다. 무당들이 시간을 보고, 시간이 되면 이제 침대를 강 밑으로 밀어갈 준비를 하고 있습니다. 그래서 여자아이 부모님들이 눈물을 흘리면서 자신의 딸과 작별 인사를 하고 있습니다. 근데 서문표가 무당들에게, 무당들에게 기다리라고 명령했습니다.

"아, 이렇게 결혼식을 이렇게 서두르게 진행하는 거 아닙니다. 내가 이번에 직접 찾아왔으니 모든 것은 철저히 준비한 뒤에 결혼식을 올려야 합니다. 먼저 누군가가 하신이 사는 궁전에 가서 하신도 자신의 신부를 스스로 데려갈 수 있다고 알려줘야 합니다."

이렇게 말한 뒤에 서문표가 어느 무당한테,

"그러면 당신이 가라."

고 했습니다, 어느 무당한테.

그 무당이 놀라서 벌벌 떨고 있어요. 서문표가 자신의 하인한테 이 무당을 잡아서 넣어서 강물에 넣으라고 명령했습니다. 무당이 간 지 한 시간 지난 뒤에 서문표가 사람들한테,

"이 무당이 일처리를 잘 못했나 봐요. 제대로 해결 못했나 봐요. 그렇지 않으면 진작 돌아왔을 거예요."

그래서 서문표가 또 다른 무당을 보고,

"그러면 이번에 당신이 가서 좀 더 멋지게 일을 처리하고 오세요."

그렇게 얘기했습니다. 그 무당도 역시 놀래서 얼굴색까지 새하얗게 변해서, 변했지만 서문표가 하인한테 시켜서 이 무당을 잡아서 강물에 던졌습니다.

어, 이렇게 또 30분 지났다가 서문표가 불안한 척하고 옆의 사람들한테

“이 무당들이 일을 엉망으로 하네요. 결혼할 신부를 이렇게 오래 기다리게 하고 있군요.”

서문표가 또 한 무당을 쳐다보며

“이번에 너가 가서, 당신이 가서 그들을 모두 되찾아 주세요.”

라고 얘기했어요.

이 무당이 겁이 엄청 나서, 바닥에 무릎을 꿇었어요. 자신을 이제 던지지 말라고 구걸했어요. 다른 무당들도 똑같이 무릎을 꿇고 서문표에게 살려달라고 같이 구걸을 빌었습니다. 이제 그, 무당들이 구걸하면서 다시는 하신에게 신붓감을 구하지 않겠다고 맹세를 했어요.

그래서 서문표 이제야 손을 멈춰 그리고 신부를 집으로 데려갔습니다. 그리고 이 지역에, 황하 지역에 이런 사악한 풍습도 이제야 완전히 끊었습니다.

[조사자 1: 좋은 이야기네요.] [조사자 2: 하신이, 하신이라는 게 일반적으로 중국에서 많이 쓰는 신의 이름인가요?] [조사자 1: 그냥 물의 신.] [조사자 2: 그냥 물의 신? 물 하(河) 자 써서 그냥? 그냥 물의 신?] 네네. 그냥 물의 신. 황하에 사는 신. [조사자 2: 그러면 하신이 중국의 다른 이야기 속에도 많이 등장하나요? 하신이?] 네네, 많이 등장해요.

[조사자 1: 중국어로도 한자로 하신(河神)이라고 보통 쓰나? 하백(河伯)이라고도 하지 않아?] 네, 하백이라고도 써요. [조사자 1: 원래 쓰는구나. 하백이라고도 많이 써요?] 네.

효자 곽거

● 구연정보

조사일시 : 2019. 03. 08(금) 오전
조사장소 : 서울시 노원구 공릉동
제 보 자 : 심죽령 [중국, 여, 1988년생, 결혼이주 4년차]
조 사 자 : 신동흔, 오정미, 엄희수

● 구연상황

제보자가 〈황제를 놀린 아판티〉 구연을 마치고, 조사자들과 함께 트릭스터와 관련된 대화를 나누었다. 그리고 제보자에게 마지막으로 이야기 하나만 더 해달라고 부탁했다. 제보자가 자신이 도움이 되는지 잘 모르겠다고 하여 조사자들이 큰 도움이 되고 있다며 고맙다고 말했다. 제보자가 어떤 이야기를 할지 고민할 때 조사자가 제보자 석사논문에 실었던 효에 관련된 이야기를 해주어도 좋다고 했다. 제보자가 중국의 '24효'에 있는 효자 이야기를 검색해 본 뒤 구연을 시작했다. 이 이야기를 끝으로 이날의 조사가 마무리되었다.

● 줄거리

옛날에 어느 삼 형제가 있었는데 그중 한 명인 곽거가 홀어머니를 모시고 살았다. 집이 가난한데 아들까지 낳아서 살림이 더 어려워졌다. 곽거의 어머니는 손자를 너무 사랑해서 자기의 음식을 먹지 않고 손자에게 남겨두었다. 이렇게 계속 지내면 자신의 어머니가 굶어 죽을 것이라고 생각한 곽거는 아내와 상의하여 아들을 죽이기로 했다. 아들을 묻기 위해 땅을 파고 있는데, 두 자 정도 파자 땅속에서 황금이 나왔다. 곽거와 아내는 그 황금을 가지고 아들도 잘 키우고 어머니도 잘 모시고 살았다.

그, '24효' 중에서 자기 아들, 자기 남자 아이를 묻어 버리고, 자신의 엄마를 모시는 이야기가 있어요. 한국에도 있어요? [조사자 1:

손순매아.] 아, 손순매아. 그렇구나. 그럼 이야기 할까요? 괜찮아요? [조사자 2: 괜찮아요.] 그, 과거? [조사자 1: 곽거.] [조사자 2: 맞아요, 곽거.] 다들 아시는구나.

곽거라는 사람이 있는데, 그 어느 삼 형제였는데. 이제 아빠가 돌아가신 다음에 삼 형제 각각 독립했습니다. 근데 곽거 혼자, 삼 형제 중에서 곽거가 엄마를 모시고 살고 있습니다. 근데 생활하는 거 가난하고, 마침 이 때쯤 아내가 아들 한 명 낳았습니다. 곽거의 엄마는 자신의 손자를 너무 사랑하고. 가난하니까 자신의 먹을 것도 손자에게 남겨두고 이것저것 다 손자 생각밖에 없습니다. 곽거는 이제 생각했어요.

'만약 이렇게 하면 엄마가 굶어죽겠다.'

그래서 아내하고

"나중에 우리 자식은 나중에 더 생길 수 있고 하지만, 엄마는 하나밖에 없으니까 그냥 아들을 묻어버리고 그냥 비용을, 아들 키우는 비용을 절약해서 우리 엄마를 더 잘 모실 수 있겠다."

얘기했습니다. 그래서 아내도 부득이하게 동의해서 이제 아들을 안고 흙을 퍼내기 시작했습니다. 근데 파고, 파고, 한 길이 단위인데. 두 자 정도 팠는데 황금이 나타난 거예요. 그래서 이거, 그래서 이 황금 가지고 아들, 황금을 가지고 곽거 집에서 행복하게 잘 살고. 아들도 잘 키우고 엄마도 잘 이제 모실 수 있는 이야기예요. 황금 나타나는 이유는 이제 곽거의 효성이 하늘을 감동시켜서 그래서 황금이 나타나게 하는 거예요. [조사자 2: 수고하셨습니다.]

[조사자 1: 황금 나오는 거랑 종이 나오는 거랑 좀 차이가 있네요. 종이 화소로는 조금 더 상징적이죠.] 종? [조사자 1: 종. 돌종이나.] [조사자 2: 저희 〈손순매아〉는 종이 나오고, 그 종의 울림소리를 왕까지 듣는 걸로 이야기가 진행되거든요.] [조사자 1: 종이 나와서 쫙 퍼지는 게 뭔가 사람들이 그걸 다 인정하고 퍼진 거 같은. 중국 이야기 들어와서 그렇게 변형되었을 그런 가능성이 있고. 곽거 이야기는 그 옛날에 문헌 이야기에서 인용하는, 대표적인 설화예요. 고생 많았습니다.] [조사자 2: 감사합니다.]

왕개미를 구한 동조지

● 구연정보

조사일시 : 2019. 03. 08(금) 오전
조사장소 : 서울시 노원구 공릉동
제 보 자 : 심죽령 [중국, 여, 1988년생, 결혼이주 4년차]
조 사 자 : 신동흔, 오정미, 엄희수

● 구연상황

제보자와는 두 번째로 만난 조사팀은 본격적으로 설화를 구연하기에 앞서 안부를 물으며 이야기를 나누었다. 제보자는 신동흔 조사자와 사제관계였던지라 다소 긴장을 했다. 조사자들은 부담을 갖지 말고 편하게 하라고 했다. 제보자는 이야기 앞부분에 배경과 등장인물을 먼저 소개한 뒤, 차분한 목소리로 구연을 했다.

● 줄거리

항저우 부양의 전당강에 관련된 설화다. 동조지라는 사람이 배를 타고 전당강을 지나가는데, 강 위에 떠 있는 갈대에 개미 한 마리가 우왕좌왕하고 있었다. 동조지가 개미를 구해 부두에 놓아주었다. 그날 밤 동조지의 꿈에 검은 옷을 입은 100명의 사람들이 나타났다. 그중 맨 앞에 있는 사람이 동조지에게 자신의 목숨을 살려주었으니 다음에 도움을 청하면 은혜를 갚겠다고 했다. 몇 년 후, 동조지가 백성을 돕다가 관청의 감옥에 잡혀갔다. 동조지가 지나가던 개미에게 도움을 청했는데 며칠이 지나도 아무런 일이 일어나지 않았다. 그러던 어느 날 밤 동조지의 꿈에 개미 왕이 나타나서 빨리 일어나라고 했다. 감옥의 벽을 보니 수천 마리의 개미들이 구멍을 뚫어 놓은 상태였다. 동조지는 개미들에게 절을 하고 감옥을 빠져나갔다.

첫 번째 이야기는 그, 석향로하고 같이 항저우에서 일어난 이야기예요. 등장인물은, 지역명은 부양. 부양이라는 지역 나오고요. 등

장인물은 동조지, 개미이고요. 그리고 전당강이라는, 항저우에 있는 강물 이름이에요. 이렇게 나올 거예요. [조사자 2: 동조지는 뭐예요?] 동조지 사람 이름이에요. 부양 지역 이름. 어, 이제 시작할게요.

옛날에는 이제 부양에서 동조지라는 사람이 있는데, 어느 날 그가 이제 배를 타고 전당강을 지나갔을 때, 갑자기 강물에 갈대? 갈대 하나 떠 있는 것을 봤어요. 그 갈대 위에 개미 한 마리가 있었는데, 개미가 급하게 이쪽저쪽 기어 다니고 있어요. 여기 이렇게 왔다갔다 기어 다니고 있어요. 잘못하면 강물에 빠져 죽을 수도 있는 상황이라서 동조지가 마음씨가 착해서, 이제 그 개미를 구하려고 어, 갈대 가까이로 배를 몰고 갔습니다.

근데 같은 배를 탄 사람들이 개미를 보고 아 이거, 사람들 물릴 수 있는 독충이라고 해서

"너가 감히 이 개미를 배를 타게 하면 우리가 다 그를 밟아 죽일 거야."

그래서 동조지가 할 수 없이 이 갈대를 배에 묶어서 부두에 끌고 갔어요. 네네. 그래서 부두에 도착하자마자 개미를, 부두에 도착해서 재빨리 도망갔어요.

그래서 그날 밤에 동조지가 이상한 꿈이 하나 꿨어요. 그 검은 옷을 입은 100명의 개미, 100명의 사람들이 나타났어요. 그중에서 맨 앞에 서 있는 사람들이, 맨 앞에 서 있는 사람이 그중에 왕이에요. 그 왕이 동조지한테,

"당신은 나의 목숨을 구했으니까. 제가 오늘 부주의로 강에 빠져 죽을 뻔했는데 당신이 저를 구해주셨으니까 앞으로 필요하신 일이 있으시면 언제든지 알려주시면 제가 최대한 도와드리겠습니다."

이렇게 이상한 꿈을 꿨는데, 그냥 동조지가 이게 황당한 꿈이라고 생각해서 아랑곳하지 않았습니다. 그래서 몇 년 뒤에 동조지가 백성을 권리를 보호하다가 관청에 미움을 샀어요. 감옥에 갇히게 되었는데, 이런, 이제 어쩔 수 없는 상황에서 동조지가 감옥에서 다시 황당한 꿈이 생각났어요. 그래서 강물에서 이제 기어 다니는 개미 몇 마리를 잡아서 개미한테 나는 부양에 사는 동조지라고 알려주고,

“지금 감옥에 갇혀있으니까 어서 가서 너희들 왕한테 나를 구할 수 있는 방법 좀 생각해 달라.”

고 이렇게 얘기했어요 개미한테.

근데 이렇게 3일을 지나, 개미가 잠시 멍하다가 이제, 멍하다가, 멍하다가 급히 기어갔어요. 기어나갔어요. 근데 이렇게 3일이 지난 다음에 아무 일도 일어나지 않았어요. 아무 소식도 없고. 그래서 동조지가 약간 실망했어요. 그래서 심지어 자기가

‘너무 지루해서 어떻게 개미까지 말을 걸 수 있느냐.’

이렇게 생각, 자기 행위를 너무 황당하다고 생각했어요.

그 사흘 지난 뒤에 어느 늦은 밤에, 번개하고 천둥이 계속 울리고. 그 잠결에 동조지가 또 그 개미궁, 어, 또 그 검정 옷을 입은 개미왕의 꿈을 꿨어요. 개미왕은 동조지에게

“어서 일어나세요.”

그래서 동조지가 깨서 사방을 둘러봤는데 갑자기 감옥 벽에 한 구석에 벽이 무너져 구멍 하나가 생겼어요. 그래서 거기서 수천 마리의 개미가 구멍으로 기어, 왔다갔다 기어 다니고 있어요. 그래서 동조지가 이제 개미왕이 자신을 구하러 오는 것을, 탈출구를 만든 것을 알게 되었어요. 그래서 이제 동조지가 개미들한테 너무 감사해서 절을 하고 탈옥을 했습니다. [조사자 2: 탈출.] 탈출. 네, 감옥에서 탈출을 했습니다. 어, 그래서 이 이야기를 이렇게 끝났어요. (일동 박수)

[조사자 1: 탈출해서 나중에 잘 됐겠죠?] 네.

[조사자 1: 개미 이야기는 신기하네요. 〈남가태수전〉에 보면 개미 나라로 들어가는데 그쵸? 〈남가태수전〉. 중국 소설. 〈남가일몽〉. 〈남가태수전〉에 보면 개미 나라로 들어가서 거기서 이렇게 그런 하는 게 나오는데. 개미 상징이 재미있네요.]

[조사자 1: 전당강이 어디쯤에 있는 거예요?] 그 항저우에 있는. [조사자 1: 항저우. 항주. 응 맞아. 항주는 〈옥루몽〉 배경이 항주, 소주인데. 전당호에서 물놀이하는 게. 호수도 있어요? 거기 호수?] 호수 ‘서호’ 있어요. [조사자 1: 서호. 응, 근데 거기서 전당강에서 이렇게 배 띄우기 시합하는 내용이 나와가지고. 너무 긴장하지 말고. 편하게.] (일동 웃음)

가난한 수재와 개미

● 구연정보

조사일시 : 2019. 03. 08(금) 오전

조사장소 : 서울시 노원구 공릉동

제 보 자 : 심죽령 [중국, 여, 1988년생, 결혼이주 4년차]

조 사 자 : 신동흔, 오정미, 엄희수

● 구연상황

제보자가 〈왕개미를 구한 동조지〉 이야기를 마치고 조사자들이 제보자의 긴장을 풀어준 뒤 두 번째 이야기를 부탁하자 제보자가 이번에도 개미에 관한 이야기라고 소개하며 구연을 시작했다. 제보자가 긴장을 많이 해서 중간중간 호흡을 가다듬어가며 이야기를 이어나갔다.

● 줄거리

옛날에 가난한 수재가 과거를 치러 시내에 갔다가 가장 싼 여관에 묵었다. 수재가 방에서 책을 보고 있는데, 밖에 비가 내리고 천둥이 치기 시작했다. 그러자 미처 비를 피하지 못한 개미들이 살려달라고 소리쳤다. 수재는 나뭇가지를 꺾어 개미들을 구해주었고, 개미들은 고맙다고 했다. 다음날, 과거 시험장에서 수재는 완벽한 글을 썼지만 마지막 글자 하나를 잘못 썼다. 그런데 개미들이 시험지 위에 올라가 글자의 한 획을 더해 주었다. 이를 본 시험관은 수재를 찾아가 어떻게 된 일이냐고 물었다. 수재는 개미를 구해준 일을 이야기했고, 시험관은 마음씨 착한 수재에게 장원을 주어야겠다고 생각해서 점수를 잘 주었다.

여기서는 두 번째 이야기도 개미에 관한 이야기인데요. 여기서는 음, 가난한 수재. 수재, 과거 시험 치러 간 수재. [조사자 1: 선비.] [조사자 2: 수재?] 아 수재. [조사자 1: 공부하는 선비를 수재라고 했어요.]

[조사자 2: 아.] 가난한 수재하고 개미하고. 네.

옛날에 어떤 가난한 수재가 과거 치러 이제 시내에 나왔습니다. 돈이 없어서 가장 싼 여관에 묵었습니다. 그날 저녁에 그가 책을 보고 있을 때 갑자기 날씨가 변해서 번개하고 천둥을 치기 시작하고, 비가 엄청 내리기 시작했습니다. 그 얼마 지나지 않아서 문밖에서 물이 가득 찼습니다. 얼마 지나지 않아 그 한 무리의 작은 개미들이 자기 동굴에 들어갈 시간이 없어서 물에 잠겨 발버둥 치면서

"살려 주세요! 살려 주세요!"

하고 있습니다.

그래서 가난한 수재를 물에 잠긴 개미들이 보고 너무 불쌍하다고 생각해서 어, 급하게 나뭇가지를 하나 꺾어서 그 물 안에 뻗었습니다.

"불쌍한 녀석들아. 빨리 이거 타고 올라와라."

그래서 개미들이 나뭇가지를 타고 줄줄이 줄을 지어서 올라가서 모두 구출되었습니다. 그래서 개미들이 수재에게,

"너무 고맙습니다. 당신이 저희 은인입니다."

그래서 다음날 수재가 시험 치러 가는데 글을 매우 완벽하게 썼지만 글자 하나가 틀렸습니다. 그래서 시험지에 이제 천(天)자를 써야 되는데, 하늘 천 자를 써야 되는데, 대(大) 자를 썼습니다. 네. 그래서 시험관이 수재의 시험지를 보면서 한숨을 쉬면서

"너무 안타깝다. 이 글자 하나 때문에 너는 이제 장원을 할 수가 없구나."

이렇게 얘기했어요.

근데 이제 안타깝다고 생각해서 시험관이 다시 또 잠시 지났다가 다시 시험지를 들고 보니까, 이상하게 시험지에 있는 그 오자가 없어졌습니다. 시험관이 다시 눈을 비벼서, 이상하게 생각해서 다시 봤더니 어 이게 한 무리의 작은 개미가 이 대(大) 자, 그 위에 가로를 채웠습니다. 그래서 마치 천(天) 자로 보였습니다. 그래서 시험관이 놀란 마음으로 이제 가난한 수재한테 찾아갔습니다. 수재에게, 수재가 자신이 개미를 어떻게 구했는지 그 경과를 얘기했습니다. 그래서

시험관이 생각했어요.

'이 수재가 능력이 있을 뿐만 아니라 마음씨까지 착해서 이런 사람이야말로 장원을 시켜줘야겠다.'

고 해서, 그래서 수재에게

"개미를, 너는 대신 한 글자를 고쳐줬으니, 니가 잘못 쓴 것으로 간주하지 않고 그냥 내가 만점을 주겠다."고.

이런 이야기였습니다.

[조사자 1: 개미들이 다 이렇게 세상사 이치를 다.] (웃음) [조사자 3: 어떻게 틀린 걸 알고 딱 거기에.] [조사자 1: 그 쓴 글자가 하늘 천(天) 자잖아. 이게 하늘의 뜻이다. 이렇게 의미가 연결될 거 같아요. 개미들, 천둥 번개 치고 하면 개미들한테는, 사람들은 딱 숨으면 되지만 개미들한테는 천지개벽이죠. 비가 쏟아지면은 그걸 피하는 게. 아유 우리 집에도 마당에 개미가 사는데 돌 같은 거, 큰 돌 같은 거 들면은 나는 무심코 들었는데 그 밑에는 막 개미들은 하늘이 무너지는 것처럼 수백 마리가 거기다 쌓아 놓은 양식 옮기느라고 난리법석이에요. "에유, 그래 그냥 살아라. 앞으로 그냥 덮어줘야겠는데." 그래요, 개미, 미물을 도와주는 게 진짜 도와주는 거지.] [조사자 2: 맞아요. 이 두 번째 개미 이야기가 첫 번째 개미 이야기보다 훨씬 더 좋았던 거 같아요.]

산을 옮긴 위공

● 구연정보

조사일시 : 2018. 04. 16(월) 오전
조사장소 : 충청남도 천안시 동남구 문화동
제 보 자 : 유연 [중국, 여, 1981년생, 결혼이주 4년차]
조 사 자 : 오정미, 한상효, 엄희수

● 구연상황

제보자가 〈견우와 직녀〉 이야기를 마친 후, 조사자가 글을 읽지 말고 편하게 구술해 달라고 하였다. 그러자 제보자가 좀 더 편안한 모습으로 준비해 온 이야기를 시작했다.

● 줄거리

옛날에 위공이라는 할아버지가 살고 있었다. 그의 집 앞에는 태항산과 왕우산이라는 아주 아주 높은 산이 있어 어디를 나가기가 불편했다. 그래서 위공은 가족들과 함께 산을 옮기기로 결심했다. 주변 사람들은 그를 비웃었지만, 그는 계속 산을 옮겼다. 그가 옮기는 산의 흙이 바다를 채우자, 산신과 해신이 불안해하며 하늘님에게 말했다. 그러자 하늘님은 두 명의 신을 불러 산을 다른 곳으로 옮겨주었다.

아주 옛날에, 어떤 할아버지가 있었어요. 이름은 위공이라고 했는데요. 위공 집에, 집 앞에는 엄청 큰 산은 두, 두 개 있었어요. 하나는 태항이라고 하고, 하나는 왕우라고 합니다. 어, 그 두, 두 개 산은 딱 위공 집 앞에 막았어요. 위공은 어디 나가면은, 어, 먼 길을 돌아가야 되니까 엄청 불편했어요. 어느날에, 위공 갑자기, 가족들한테 말했어요.

“우리는 같이 노력하구, 우리 집 앞에 막는 두 산을 좀 옮기자.”

라고 했는데요,

“우리 다들 어떻게 생각하냐?”

고 물어봤어요.

아들하구 손자분이 다 좋다고 찬성했어요. 그래서, 어, 근데 위공 와이프는 고개를 저었어요.

“이거는 불가능 일이라고 생각하고 당신은 정말 돌 하나라도 옮기는 힘도 없는데 어떻게 그렇게 큰 산을 옮기냐. 음, 그 옮길 수 있었더라도 이거 파내는 흙, 흙하고 돌은 어디에 옮겨야 되나.”

고민했어요. 위공하고 애들은 그, 이 말을 들어서

“괜찮다. 음, 이거 무슨 어려운 일이냐? 옮기는 돌하구 흙은 다 바다에, 바다에 버리면 되지 않을까?”

그래서 다음날에 아들, 손자분들이 다같이 어, 동의를 했구 맬대를 맸구 산을 파기 시작했어요. 위공 이후 사람도 응, 흥미진진하게 위공을 도와줬어요. 산, 산을 옮기는 일을 도와줬어요. 이 때 어떤 어, 선생님, 어떤 할아버지가 갑자기 비웃었어요.

“위공아, 너 너무 어리석다. 너 이렇게 나이도 많고 늙었는데 무슨 산을 옮기냐? 산을 너 죽을 때까지 산을 옮길 수 없다. 이렇게 큰 산을 옮길 수 없다.”

위공은 그 말을 듣고 웃었어요.

“지소야, 너는 정말, 어, 생각 잘못했어. 나는 늙었지만 나는 아들도 있고, 아들은 아들을 낳고, 아들은 아들 낳고 계속하면 되지 않을까. 우리 산을 조금씩 조금씩 옮기면은 어느날에 반드시 옮길 수 있다.”

그 후에 어, 그 후에 해신하구 산신은 위공, 산을 옮기는 일을 알게 되었어요. 위공 가족분, 옮, 계속 산을 움직이는 일을 할까 봐. 산을 진짜 다 움직일까 봐. 해를 가득 채울까 봐 너무 무서워서, 그 하늘님한테 말했어요.

“음, 위공은 정말 변함없는 마음을 가지고 있는데 우리는 도와줘야 되지 않을까?”

그래서 하느님은 신을 두 명, 어, 데리고 와서 그, 태항산하고, 태항산하고 왕우산을 맺구, 가져갔어요. 다른 데로 가져갔어요. 위공집 앞에는 막지 않구. 그 후에는 어떤 어려운 일이 있으면은, 다, 뭐, 어려운 일이 있어도 계속, 계속하는 사람 그 정신을 '우공이산(愚公移山)'이라고 말합니다.

세상을 주유한 제공스님

● **구연정보**

조사일시 : 2016. 11. 17(목) 오후
조사장소 : 강원도 횡성군 횡성읍 읍하리
제 보 자 : 반소홍 [중국, 여, 1977년생, 결혼이주 8년차]
조 사 자 : 박현숙, 김현희

● **구연상황**

제보자가 〈견우와 직녀〉 구연을 마친 뒤, 한국과 중국의 유사한 이야기에 관한 대화가 이어졌다. 제보자는 한국과 중국이 한 나라였다가 나라가 갈라지면서 이야기가 조금씩 변한 것 같다고 자신의 생각을 말했다. 조사자가 제보자에게 중국에 효자 이야기가 많은지 묻자 잘 기억나지 않는다면서 잠시 생각하다가 '제공'이라는 이름을 가진 스님이 있었다면서 구연을 시작했다.

● **줄거리**

제공스님은 유복한 집에서 태어났다. 돌잡이 때는 스님들이 가지고 다니는 구슬을 잡았고, 성장하여 혼인날에는 혼인을 거부하며 도망쳤다. 제공스님은 중국 전역을 돌아다니면서 가난한 사람을 도왔고, 나쁜 사람에게는 도술로 벌을 주었다.

'제공'라는 스님이 있었어요. [조사자: 어떤 스님이요?] 제공. 이름은 제공. [조사자: 아, 제공이라는 스님이 있었다구요.] 네네. 그런 거, 우리 어렸을 때도 텔레비도 보고 책도 있었어요.

그 뭐지? 태어나자마자 (움켜쥐는 손동작을 하면서) 이렇게 돌, 돌잡이라고 하나요? 그때 뭐 잡잖아요. 잡으면은 나중에 뭐, 뭐가 된다고 뭐 이래 하는데. 태어나자마자 그 집도 돈도 많거든요. 근데 책도 있고 여러 가지도 다 있고 다 안 잡았어요. 그다음에 이렇게 부처

님들 이렇게 달리는 그런 구슬 그거 잡았더라구요. 그냥 자기의 운명은 그냥 스님이라고 이렇게 하나 봐요.

그래서 나중에 커서도 되게 착하고 많은 사람들 도와주고 뭐 그랬는데. 예, 멋있게 생겼어요. 나중에 이렇게 혼인 되는 날, 혼인 되는 날 갑자기 이렇게 도망가는 거예요. 결혼하기 싫다구. 그래서 도망가가지고. 그다음에 옛날에 이렇게 혼인하는 날 이렇게 도망가면은 와이프가 조금 그렇잖아요. 미쳐버리고.

그 본인이 그다음에는 계속 이렇게 여기저기 다니면서, 그 '제공'이라는 말은 그 '제'는 중국말로 그 뭐지? '어떤 사람한테 지도해준다.' 이렇게 그런 뜻, 뜻이 있거든요. 그 어려운 사람 있으면 다 가서 도와주고 이렇게, 이런 사람인데.

[조사자: 베푼다는 뜻으로?] 네네. 베풀고, 도와주고, 뭐 이렇게 해요.

게다가 또 이렇게 약간 스님인데 우리 평범한 사람들은 이렇게 마술 같은 거 모르잖아요. 마법. 마법이라고 해야 되는데. 본인이 너무 이래 착하기 때문에 하늘에서 자기한테 이렇게 내려주는 그런 능력, 특별한 능력이 있어요.

이렇게 아주 못된 사람들은 이렇게 벌 줄 때도 아주 특이하게 이렇게 우스꽝스럽게 이렇게 하고 재밌어요. 우리 어렸을 때 항상 그 이야기 보거든요. 그 옛날에 항상 그런 양반 있잖아요. 막 돈도 많고, 뭐 사람들 막 부려먹고, [조사자: 욕심 많고.] 욕심 많고 뭐 그런 사람은, 항상 그런 사람은 벌주고. 가다가 갑자기 넘어지고 막 이렇게. 집에 가면 갑자기 돈이 다 없어지고 막 이렇게. 그다음에 그 돈을 다 가난한 사람들한테 이렇게 그냥, 그냥 생기는 거. 그 뭐지? 돈 있는 사람들 집에서 있는 돈을. [조사자: 가지고 와서 이렇게 없는 사람들 도와줘요?] 네. 막 이렇게. 이런 이야기도 있어요.

[조사자: 그게 제공스님이라고 하는 분의 이야기예요?] 네네. [조사자: 이분이 그럼 실제 살아있는, 살아있었던 사람?] 살아있었던 사람이에요. [조사자: 실존 인물이죠?] 근데 약간 전설적으로 이렇게.

[조사자: 그럼 이게 어떤 특별한 지방이나 지역에서 알려져 있는 사람이 아니라 중국 전역에 많이 알려져 있는 스님인 거죠?] 네네네. 맞아요.

견우와 직녀 [1]

● **구연정보**

조사일시 : 2016. 11. 17(목) 오후

조사장소 : 강원도 횡성군 횡성읍 읍하리

제 보 자 : 반소홍 [중국, 여, 1977년생, 결혼이주 8년차]

조 사 자 : 박현숙, 김현희

● **구연상황**

제보자가 〈남녀 인연을 맺어주는 신 유에라오〉 구연을 마친 뒤, 조사자가 중국에도 〈견우와 직녀〉 설화가 있는지 물으면서 한국 설화를 간략하게 들려주었다. 제보자는 내용이 약간 다르다면서 구연을 시작했다.

● **줄거리**

하늘의 선녀가 착하고 성실한 견우에게 반해 인간세상으로 내려와 결혼했다. 그런데 하늘에서 선녀가 내려간 것을 알고는 다시 하늘로 데려간 뒤, 일 년에 한 번 7월 7일에만 견우와 만나게 했다. 이후 칠월칠석에 냇가에서 물을 떠오는 풍습이 지금까지 전해지고 있다. 칠월칠석에 떠 온 물은 병에 오래 담아 둬도 곰팡이가 피거나 썩지 않는다.

견우는 원래 이게 뭐지, 농사만 짓는 사람이었잖아요. 이렇게 농사만 짓고 그 뭐지? 성실하고 착하고 이렇게 부지런하고 이런 사람인데 결혼하지는 못한 거예요. 근데 하늘에서 어떤 선녀가 이 남자한테 이렇게 반해가지고 이렇게 인간으로 이렇게 내려 와가지고 결혼하고 그랬는데 어떻게 한다? 나중에 하늘에 그 신이 그 선녀를 관리하는 신이 알고, 알았기 때문에 뭐 다시 만나지 못하게 해가지고. 그다음에 억지로 하늘에 다시 이렇게 끌고 갔거든요.

그다음에는 매년에 매년 7월 7일 날 음력. 그 이렇게 한 번을 만날 수 있게 이렇게 약속 해가지고 그다음에 7월 7일 날 되면은 그 뭐 견우하고 선녀 이렇게 하늘에서 (손으로 다리 모양을 만들면서) 이렇게 은하, [조사자: 은하수?] 어, 은하, 은하 통해서 거기 다리 하나 있어요. 거기 이렇게 만나게 되고. 그래서 지금도 있는 거 뭐냐면 7월 7일 날 우리 많은 사람들이 선녀가 인간에 온다는 이게 이야기 있어요.

지금 아직까지도 있어요. 7월 7일 날 되면은 많은 사람들이 강가에, 개울가 같은 거 이렇게 가서 물 떠 와요. 거기 가서 수영도 하고 마시고 그다음에 또 떠 와요. 약수처럼 이렇게 가져 와 가지구. 평소에 우리 담아놓잖아요. 물을 이렇게 병에다 담아 놓으면 곰팡이 피고 썩은 냄새 나잖아요. 근데 7월 7일 날 그날 가져오는 물은 안 썩어요. 예. 안 썩어요. 진짜 곰팡이 안 피고 그러는데 그래서 근데 너무 맑다고 그래서 그 물로 이렇게 뭐지 약재 같은 것도 만들고 막 이렇게 하고. 지금도 아직 있어요. 이런 전설이.

견우와 직녀 [2]

● 구연정보

조사일시 : 2017. 09. 21(수) 오전

조사장소 : 서울시 마포구 신수동

제 보 자 : 리칭후아(이청화) [중국, 여, 1976년생, 결혼이주 17년차]

조 사 자 : 김정은, 황승업

● 구연상황

제보자가 〈달의 여인이 된 상아〉 이야기에 이어서 별에 대한 이야기로 유명한 견우와 직녀를 구연했다.

● 줄거리

견우는 형하고 우애가 깊었다. 형수가 가난한 살림 때문에 견우가 미워져서 견우를 죽이려고 도시락에 독을 넣었다, 소가 그릇을 쳐서 견우가 못 먹고 옆에 있던 개가 먹어서 죽었다. 견우는 소를 데리고 나왔는데, 소가 선녀들이 목욕하는 곳을 알려주며 옷을 하나 훔치라고 했다. 덕분에 견우는 직녀하고 살게 되었다. 하늘에서 베를 짜던 직녀가 없어지자 화가 난 서왕모(西王母)가 그녀를 찾았다. 소가 광주리로 변해서 직녀와 견우를 태우고 달아날 수 있게 했으나, 서왕모가 은비녀로 광주리를 그어 둘을 떨어뜨렸다. 직녀는 베틀을 던지고 견우는 소코뚜레를 던졌는데 이들이 직녀성과 견우성이 되었다. 칠월칠석에 까마귀가 다리를 놓아줘서 만난다는 이야기도 있고, 별이 되었다는 데서 끝나는 이야기도 있다.

사실은 이제 〈견우직녀〉는 사실 한국에서도 많이 알려져 있는 이야기지만 중국에서도 4대 고전 중에 하나니까 안 할 수는 없구요. 우리가 이제 〈견우직녀〉 이야기를 봤을 때 중국의 발전을 볼 수 있는 이야기거든요. 하늘의 별을 봤을 때 천문학이잖아요. 직녀성 견우

성을 사람들이 보면서 이제 전설이 나온 거겠죠.

견우라는 사람은 우(牛)가 소죠. 소를 끌고 다니는 이런 남자애인데 사실은 어렸을 때는 좀 부유했나 보죠. 그래도 좀 잘 살았던 형아와 부모님이 계셨을 때는. 부모님이 돌아가셨으니까 이제 소 정도 끌고 집이면 잘 살았다고 봐야죠.

근데 이제 부모님이 돌아가셨어요. 형아 하고 둘이 살고 있고 점점 못살아졌겠죠. 그래서 애는 소 끌고 풀을 먹이고 늘 그런 일을 했었고 형이 이제 결혼을 하니까 형수랑 살잖아요. 그때만 해도 없는 살림에 형수가 얼마나 시동생이 미웠겠어요. 없으면 더 좋았겠죠. 입이 하나라도 없어지는 게 삶이 더 편하잖아요.

그러다 보니까 형수가 애를 좀 죽이려는 마음이 컸던 것 같아요. 그래서 하루는 애가 소를 몰고 여느 때와 다름없이 풀을 먹이려고 갔어요. 갔는데 형수가 그날따라 도시락을 딱 싸주면서 가서,

"맛있게 먹어라."

그런 거예요. 그래서 갔어요. 이제 가서 점심이 딱 돼서 도시락을 펼쳤는데 애가 갑자기 소가 도시락을 '으!'하면서 발로 쳐버리는 바람에 땅에 뚝 떨어지고 옆의 개가 그걸 먹은 거예요. 개가 거품을 막 물다 죽은 거죠. 그래갖고 견우가 알았어요.

'아 형수가 나를 죽이려고 했었구나, 독약을 넣어서 죽이려고 했구나!'

너무너무 슬프잖아요. 형제애는 굉장히 강했고 형제애는 굉장히 좋았던 것 같아요.

그래서 집으로 왔어요. 그런데 형아가 어딘가 출장을 갔다가 돌아왔는데 형아한테 형수는 처음에 보고 죽이려 한 애가 살아 돌아왔으니까 놀랐죠.

"어, 왔냐?"고.

하는데, 왠지 너무 의아해하는 눈길이, 이제 형아가 며칠 뒤에 와서, (동생이) 형아한테 몰래 조용히 얘기를 했어요.

"형아 이런 일이 있다."고.

"나는 이제 혼자살고 싶다."고.

"나는 다 필요 없다."고.

"소만 나 달라."고.

어릴 때부터 친구하고 살았으니까. 그래서

"좋다, 그러면 이 소는 너가 가져가라."

형수는 좋겠죠 뭐, 시동생이 이제 간다니까,

"그래 잘 가라."고.

갔어요. 그래서 이제 견우는 이제 소를 끌고 혼자 딱 가는 거죠.

그래서 집이라고 뭐 있겠어요. 별을 보면서 들판이 집이고 별을 보면서 살았는데 그게 소가 사실 그냥 소가 아니었던 거예요. 이 소가 하늘에서 내려오는 원래는 약간 신 같은 그런 소였었어요. 그래서 소가 하루는 말을 하는 거예요.

"견우야!"

하니까 깜짝 놀라서,

'누가 날 부르지?'

하고 딱 봤더니 소가 부르는 거예요.

"견우야 너 있잖아. 이제 칠월 칠일 그때 가면 너 칠월 칠일에 너 있잖아, 호숫가 저 산을 넘고 어디 넘으면 호수가 있는데, 너 거기가면 이제 하늘에서 선녀들이 내려와서 목욕을 한다."

는 거예요.

"그중에서 선녀, 직녀 아주 예쁜 선녀, 설명해주는 그 옷을 숨기라."

는 거예요. 그래서 그게 ,

"제일 막내선녀의 옷인데 너는 무조건, 그 빨간 옷을 숨겨라!"

해서 갔어요. 진짜로 딱 아름다운 선녀들이 목욕을 하고 있는 거예요. 그래서 그중에서 진짜 잠자리 날개 같은 진짜 예쁜 눈에 띄는 옷을 딱 훔쳤어요. 그게 하늘을 날 수 있는 옷인데 목욕을 딱 하고 다른 선녀들은 다 갔는데 이 선녀만 못 갔잖아요.

그래서 그 선녀가 막 울려고 할 때 견우가,

"내가 그랬다."

라고 그랬어요.

그래서 이 옷을 직녀에게 절대 주지 말라고 했으니 어딘가에 숨겨놨겠죠. 집의 깊고 깊은데다 숨겨두고 직녀가 그다음 아들딸 낳고 견우랑 하루하루 하루하루 살아가고 있는데 사실은 알잖아요.

이제 직녀가 하늘에 선녀고 여기에서 옷 만드는 애라고도 안 했구요, 얘도 이제 시황후 그 집의 딸이었는데 선녀잖아요. 그래서 얘가 노한 거예요. 왕모(西王母)께서 노하셔서 찾다 찾다,

"견우라는 얘랑 살고 있다. 잡아와라!"

그렇게 나온 거예요. 여러 가지 설이 많잖아요. 그래서 막 하늘에서 병사들과 장군들이 내려와서 직녀를 데려가는 거예요. 그래서 너무 급하잖아요. 급하니까 소가 '좌악' 변한 거예요. 변해서 얘가 탈 수 있는 광주리 같은 걸로 변해서,

"빨리 내 등에 타!"

라고 한 거예요.

그래서 애 둘을 데리고 그 위에 타고 서왕모가 딱 보니까 거의 따라잡을 것 같으니 머리에서 사실은 여기에서 은비녀를 땋고 머리에 꼽고 있던 걸 쫙 뽑아서 쫙 그었어요. 어떻게 됐겠어요? 더 이상 올 수가 없잖아요. 쫙 갈라지는 거예요.

그래서 얘가 어떻게 직녀는 급히급히 옷을 짜다보면 탁탁 베틀 같은 게 있잖아요. 이거를 '탁' 던졌어요. 그리고 그다음에 견우는 소를 끌 때 코에 걸고 그런 거(소 코뚜레) 있잖아요? 이게 그거를 딱 던졌어요.

그래서 뭐 오늘날 칠월 칠일에 만나게 하는 거 여러 가지 설인데 그때 그 이야기 한 단락은 요렇게 끝나는.

그래서 직녀성과 이건 천문학적으로 직녀성과 견우성을 놓고 봤을 때 약간 보면 그 별 외에 그 소 뉴커우타우 그런 것 같은 모양이고 하나는 베틀 같은 그 모양이 있는 거라. 그리고 그 까마귀는 한국에 보면 그 설이 있더라고요. 까마귀가 불쌍하게 해서 까마귀가 다리를 놨다. 이런 얘기도 있고.

[조사자 1: 중국에도 있어요?] 저는 그때 이제 한국 이야기와 믹스돼서 들었던 게 물론 까마귀도 있대요.

그런 다른 설도 있어요. 실제로 하북성이나 그쪽. 하북성이나 하남성 산서성 그쪽을 보면 싼시성(산서성) 쉬안(서안)에 보면 진짜 견우와 직녀 돌비석이 있거든요. 그리고 요쪽에서 이 이야기가 하북성쪽에서 최초로 유래된 거로 알고 있어요. 이제 발원지가 그쪽으로 해서 쭉 이어서 전국으로 왔겠죠. 그러니까 중국에서 보면 이거를 보면 뭐냐 하면 중국의 원래 수도가 청나라 때 보면 북경이지만 사실은 그게 아니잖아요. 장안 그걸 보면 창안 뭐 이쪽에 보면 소주나 항주 이쪽이 수당시대 이쪽이잖아요 근거지가.

그러니까 그쪽에 사실은 되게 많이 당나라 때 신도 되게 많이 발전하고 천문학도 분명 발전을 했을 거예요. 그러다보니 훨씬 더 하늘에 관찰을 하다 보니 이 전설이 그쪽에서 발원이 돼서 나오지 않았을까. 가까운 쪽에서. 좀 더 나오지 않았을까. 그쪽 지역이 황하 이쪽이 이제 사람들이 잘 살아요. 이쪽에 중국이 원래는 황하 유역이잖아요. 한족이 주로 많이 사는 요쪽이잖아요. 그 주변들은 다 소수민족들이고. 동북은 사실은 말갈, 만족으로 되어있고. 그래서 그쪽에서 쫙 나오면서 중국으로 계속 오늘날까지 되어있지 않았을까 생각이 들어요.

[조사자 2: 광주리를 타고 올라가다가 어떻게 되었나요?] 더이상 못 만났죠. 그래서 그 이야기는 그렇게 끝났는데 후속으로 사람들이 너무 애매하잖아요. 이거는 뭐냐면 직녀성과 그래서 직녀성이 이랬대, 그래서 견우성이 이랬대, 사람들은 그걸 원하지 않잖아. 우리는 견우와 직녀가 어떻게 되었는지 관심이 있잖아.

그래서 너무 보니까 안타까운 게 얘네가 너무 절절한 거예요. 만나지도 못하고 그래서 칠월 칠일 날에 딱 만나라 해서 후속으로 나온 게 까마귀들이 이제 강이 있으니까 만나지를 못나니까 까마귀 떼들이 다리를 놓아줘서 그 다리 위에서 얘들이 만나는 게 칠월 칠일 딱 하룬 거예요. 그래서 칠석. 중국의 연인들은 한국의 밸런타인데이 2월 14일, 3월 14일이잖아요. 칠월 칠일이 연인들의 날 굉장히 의미 있는 거예요.

[조사자 1: 그러면 그 자녀 이야기는 없고요?] 자녀 이야기는 없더라

고요, 견우직녀 이야기만 들었고 자녀 이야기는 없고. 자녀는 아마 견우랑 후에 잘 살았겠죠 뭐. 그 자녀 이야기는 없고 견우와 직녀 이야기로 그렇게 직녀성과 견우성을 놓고 하다 보니까 사람들이 너무 애매하니까 그 뒤로 만났다. 이렇게 끝나 버린 거죠.

견우와 직녀 [3]

● **구연정보**

조사일시 : 2017. 10. 14(土) 오후
조사장소 : 경기도 안산시 단원구 원곡동 세계문화체험관
제 보 자 : 티엔옌 [중국, 여, 1979년생, 이주노동 4년차]
조 사 자 : 김정은, 강새미

● **구연상황**

중국의 〈견우와 직녀〉 이야기가 한국에서 전해지는 이야기와 비슷하다며 구연을 시작했다. 아이들에게 〈견우와 직녀〉 이야기를 해주면서 멀리 떨어져 있어도 사랑한다면 거리는 문제가 안 된다는 말을 해준다고 했다. 중국에는 이와 관련된 시도 있다고 했다. 딸이 옆에서 엄마 이야기를 들으며 놀았다.

● **줄거리**

칠선녀들이 호수에서 목욕을 했다. 목욕하는 것을 보던 견우가 선녀의 옷을 훔쳤고, 하늘로 올라가지 못하게 된 직녀는 견우와 살게 되어 아이 셋을 낳았다. 선녀가 항상 하늘을 쳐다보자, 견우가 마음이 아파서 옷을 내주었다. 그러자 선녀는 아이와 남편을 놓고 하늘나라로 올라갔다. 하늘로 올라간 선녀가 남편과 아이들을 데려올 수 있냐고 하자, 선녀의 엄마가 사람은 우리와 다르다면서 아이들만 데리고 오게 했다. 남편은 칠월칠석에 까치와 까마귀가 다리를 만들어 주면 1년에 한 번씩 만나게 되었다.

그거는 우리 그 '뉴랑'라고, '뉴랑 쫑위'라고. '쫑위'는 그거 천국에서 이거 선녀예요. [조사자: 선녀. 천국에서, 하늘나라 선녀.]

하늘나라 내리는 그날은 이거 호수에서 일곱 명. 모두 일곱 명이에요. 우리는 칠선녀라고 하는데 이거 샤워, 목욕했어요. 거의 비슷해요. 직우(견우)는 옆에 이거 봤어요. 그래서 그 한 선녀 그 옷을 이

거 훔쳤어요. 훔쳐서 숨었어요. 그래서 밤에 이거 금방 해가 뜰 때는 선녀 천국에, [조사자: 올라가야 되는데.] 네 올라가야 돼. 근데 다 올라 갔어요.

어떤 선녀가 옷을 못 찾았어요. 어쩔 수, 못 가요. 그때는 뉴랑(우랑)가 나타나서 그거(선녀) 데리고 집에 갔어요. 데리고 집에 가서 몇 년 동안 계속 살더니 애기도 낳고, 아마 첫째? 둘째. 둘째까지, 셋째까지 다 낳았어요. 근데 그 선녀 항상 이거 하늘나라 쳐다봐요. 그거 옆에 남편도 보고. 마음이 좀 아플 것 같아서.

내 때문에 이거 못 가는 거예요. 그래서 어떨 때에, 어느 날 그 옷이 꺼냈어요. 그래서 얘한테 줬어요. 근데 그 옷이, 옷을 입다가 하자마자 하늘에 올라갔어요. [조사자: 네, 올라가버렸죠, 아예. 얘는 그럼 어떻게 했을까요?] 애들이 뭐 못 데리고 갔어요. 못 데리고 가서 그래 남편 이거,

'아 이거 어떡해요.'

그래서 이거 계속 기다리고 있는데. 선녀 이거 하늘나라 들어가서 엄마, 어머니 있는 거 우리는 왕문양야라고 하는데 그거 얘기 했는데,

"우리 아이들이 너무 보고 싶다."고.

"우리 아이들도 있고 남편도 있고. 혹시 둘이 데리고 올 수 있냐?"고.

그래서 이거 청구했는데. 그래서 까치, 까치 그날 뭐죠? 8월 8일. [조사자: 우리는 7월 7일인데. 음력으로 칠월 칠석.] 잠깐만, 아 7월 7일 맞아요. '치시'라고 중국말 '치시'라고. 그날은 까치가 다리로 하늘에서 이거 다리로 만들었어요.

이 둘이를 만나기로 했는데, 근데 그때는 아마 그 어머니가 이거 다시 생각하더니,

"이거 안 된다. 이거 우리 다라여(달라요). 이거 신이에요. 이거 사람이 안 돼요. 같이 살 수가."

[조사자: 같이 살 수가 없어.] 그래서 그때는 그냥 애기만 데리고 천국 갔어. 그거 남편은 계속 이거 육지에 남아 있었고. 근데 그것도

너무 가슴이 아파서, 그래서,

"일 년에 한 번만 만나라."고.

했는데, 그래서 그때는 해마다 7월 7일에 까치를 다리를 만들어 둘이 부부 만나기로, 만날 수 있게 해줬어요.

중국에서 이거 사랑하는 여자, 남자아이가 멀리 떨어지는 거는 또 이렇게 연결해주는 거예요. [조사자: 네 재밌네요. 비슷한 얘기가 되게 많이.] 어 거의 많이 똑같아요.

견우와 직녀 [4]

● **구연정보**

조사일시 : 2018. 04. 16(월) 오전
조사장소 : 충청남도 천안시 동남구 문화동
제 보 자 : 유연 [중국, 여, 1981년생, 결혼이주 4년차]
조 사 자 : 오정미, 한상효, 엄희수

● **구연상황**

제보자가 〈결혼하게 된 사연〉을 간단히 이야기하고 나서, 제보자가 준비해온 이야기를 시작해줄 것을 조사자가 부탁했다. 그러자 바로 〈견우와 직녀〉 이야기를 시작했다.

● **줄거리**

옛날에 견우라는 농부가 살고 있었다. 어느 날 소가 견우에게 선녀들이 목욕하러 내려온다는 사실을 알려주었다. 견우는 목욕하는 한 선녀의 옷을 훔쳤고, 하늘로 돌아가지 못한 직녀는 견우와 사랑에 빠졌다. 둘은 결혼하여 함께 살았는데, 이 사실을 알게 된 서왕모가 화가 나서 둘을 이별하게 했다. 둘의 이별을 슬퍼한 까치들이 매년 7월 7일에 다리를 만들어 견우와 직녀를 만나게 했다.

우리, 학생분 얘기하는 견우직녀 신화 있어요. 아주 옛날에, 음, 되게 열심히 그 밭을 갈고 있는, 밭. [조사자 1: 밭.] 네, 맞아요. 밭을. 견우라는 그 사람이 있었어요. 그 사람 소하고 같이 살아있는 사람이에요.

그 소는 타고난 충기가 있어요. 어느 날에 직녀하고 선녀들이 같이 하늘에서 내려 와가지고 그 강에서 목욕하고, 놀고 있었어요. 그

늙은 소는 견우한테

“너는 빨리 한 번 가보라.”고.

“그 선녀들이 날이 밝기 전에 만약에 하늘에 돌아가지 못하면은 인간에서, 세상에서 살아야 된다.”고.

견우는 강변에서 그 일곱 명 선녀들이 보고 있었어요. 그중에 제일 젊은 선녀를 제일 예쁘다고 첫눈에 반했어요. 음, 소의 말이 갑자기 생각났어요. 그래서 그, 견우는 조용히 제일 막내 선녀 옷 챙기구, 숨겼어요.

선, 선녀들이 목욕 다 끝나구 하늘에서 돌아, 가기 준비 다 했는데 막내 선녀는 자기 옷 못 찾았어요. 음, 어쩔 수 없이 남았어요. 견우는 음, 막내 직녀하고 만나는 기회를 만들었어요. 그 후에는 서로, 얘기 잘 통하구, 음, 어려운 점, 어 사랑에 빠졌어요. 음, 어, 직녀는 그 견우의 와이프를 되었어요. 결혼 후에는 음, 남자는 밭을 갈구, 여자는 방직하구 음, 아들 하나 딸 하나 낳았어요. 행복하게 어, 아기자기하게 어, 살았어, 살고 있어요.

음, 근데, 하느님이 이 일을 알게 되었어요. 음, 왕모냥, [조사자 1: 서왕모?] 네. 명령해서 음, 직녀를 하늘에 데리고 와, 와서 심문을 했어요. 어, 근데 그 소는 음, 직, 견우하구 직녀를 헤어지는 거 볼 수 없었어요. 참을 수 없었어요. 그래서 자기 쇠뿔을 자, 자르구 배를 만들었어요. 어, 견우, 견우는 어, 아들 딸 데리구 음, 쫓아갔어요. 음, 거의 다 따라, 따라잡는 정도로 가는데 왕모냥냥 갑자기 머리 위에 금 만드는 장식품 빼 버리구 하늘에서 파도가, 불뚝거리는 파도가 그 은화를 만들었어요. 음, 견우는 거기 강을 넘어갈 수 없었어요. 어, 그냥 서로 바라보고, 울고 속상했어요.

음, 서로 아름다운 애정, 사랑을 까치를 그 감동시켰어요. 어, 수많은 까치를 날라 와서 몸으로 천하를 뛰어넘는 다리를 세웠어요. 그, 견우하구 직녀를 거기 다리 위에 만날 수 있게 만들었어요. 음, 하느님이 어쩔 수 없이 직녀하구 견우를 매년 7월 7일에 오작교에서 한 번만 만날 수 있게 해줬어요. 음, 그래서 그 후에 7월 7일에 견우하고 직녀는 만나는 날이라고 합니다.

[조사자 1: 선생님 궁금한 게, 이거는 어디서, 출처가 어디세요, 선생님? 인터넷?] 네. [조사자 1: 그리구 이 이야기 어렸을 때 많이 들어본 이야기세요?] 네. 만화도 나오고, 테레비전도 나오고. [조사자 1: 네, 근데 이름이 견우하고 직녀였어요? 선생님?] 네. [조사자 1: 궁금해서.] 아, 이름 여러 가지 있어요. '뉘우랑 쯜뉘(牛郎织女)niurangzhinu'. '견우와 직녀'하구. 뭐, 또 뭐가 있지? '치치(七七)qiqi' 뭐 칠칠. [조사자 1: 칠칠?] 네.

견우(우랑)와 직녀 [5]

● 구연정보

조사일시 : 2018. 12. 11(화) 오후

조사장소 : 서울시 광진구 화양동

제 보 자 : 조림 [중국, 여, 1992년생, 유학 3년차]

조 사 자 : 신동흔, 오정미, 박현숙, 엄희수

● 구연상황

제보자와 조사팀은 건국대학교 내의 연구실에서 만났다. 조사자가 제보자 정보에 대한 기본적인 정보를 확인한 뒤 제보자가 이야기 구연을 시작했다. 처음 시작한 이야기가 견우직녀에 대한 내용이었다.

● 줄거리

직녀는 옥황상제의 손녀인데 예쁘고 정숙하며 부지런했다. 직녀가 천을 짰는데 직녀보다 더 잘 짜는 선녀는 없었다. 하계에는 우랑이라고 부르는 젊은 남자가 있었다. 너무 가난한 우랑은 결혼할 엄두를 못 내고 있었는데 집에서 기르던 말하는 황소가 중매를 서 준다고 했다. 황소는 선녀의 옷을 얻을 방법을 알려줬고 우랑은 그대로 해서 선녀의 옷을 얻어 함께 결혼을 하게 되었다. 직녀가 어디 있는지 알게 된 옥황상제는 당장 직녀를 잡아들였고, 우랑은 아이들을 데리고 직녀를 찾아 나섰다. 우랑은 은하수를 없애면 직녀를 볼 수 있다는 말에 바가지로 은하수를 다 퍼버렸고 아래 세상에 홍수가 났다. 옥황상제는 결국 우랑과 직녀가 1년에 한 번 만날 수 있게 해줬다. 이후 이들은 칠월칠석날마다 만나게 되었다.

제가 준비한 첫 번째 이야기는 우랑직녀인데 처음에 제가 한국에서 들었을 때는 우랑직녀가 아니라 견우직녀라고 제가 들었었어요. 그래서 며칠 전에 수업 때 아니, 이번 학기 수업에서 오정미 교수

님 수업에서 우랑이라고 제가 처음 들었던 것 같아요. 옛날에는 그냥 견우직녀라서요.

우랑직녀 이야기는 직녀는 옥황상제의 손녀인데 굉장히 예쁘고 정숙하면서도 부지런한 그런 여자라고 했는데 매일 하는 일은 그냥 직기 앞에서 천을 짜는 일밖에 없었는데 그 직녀가 짠 비단은 노을에 물든 구름과 같아서 천궁에서 직녀보다 더 잘 짤 수 있는 그런 선녀? 선녀는 없어요. 더 잘 짤 수는 없다고 할 만큼 '운금천의'라고 불렀다고 합니다. 그리고 [조사자 2: 뭉금천?] 운금천의. 구름이랑 운(雲)에 비단 금(錦), 천 옷이라는 의(衣)자 있고.

은하의 맞은 편 대하은에는 그게 하계라는 땅나라인데 사람들이 사는 세상인데 거기 삶터에는 우랑이라고 부르는 젊은 사나이가 있었는데. 여기서 버전이 많이 나오고 있는데 그 버전 중에 하나가 혼자만 살고 있다고 나오는 버전이 있고 형인지 누나인지 그렇게 살고 있는데 그 형제가 이미 가족을 이룬 상황에서 소 한 마리를 주고는 내쫓았다고도 하고 있어요. 그래서 두 가지 버전이 나오고 그 뒤에는 그냥 황소의 도움으로 하루하루 겨우 살아가는데 황소가 말할 수 있는 황소라고 나오고 있어요.

그래서 착한 우랑이,

"이제 어린 나이도 아닌데, 장가를 갈 때가 된 것 같은데요."

이렇게 얘기를 해서 우랑은,

"난 지금 혼자 먹고 살기도 힘든 상황인데 그렇게 할 형편은 아니다."

이렇게 얘기를 했는데 황소가 중매를 서겠다고 했어요. 그래서,

"내일 정오 시간에는 하늘나라 칠선녀가 은하수 있는 데가 천궁이랑 땅 나라 중간에 계선인데 은하수에 내려와서 미역을 감을 것인데 거기서 흰색 옷을 입은 처녀가 제일 잘생겼다고 하는데 그 처녀의 옷을 감추라."고.

했어요.

그래서 이튿날 과연 정오 시간에 은하수에 뛰어들어서 목욕을 하는데 칠선녀가 있었어요. 그래서 그중에서 흰색 옷을 찾아 숨겼는

데 목욕을 다한 선녀들이 나와서 옷을 찾고 있는데 직녀의 옷만 없었어요. 그때는 그래서 다른 선녀들이 옷을 입고서 다시 천궁으로 돌아갔는데 직녀만 땅 위에서 울고 있었는데. 목동 그 근처 숲인지 돌 뒤에 숨었다가 그렇게 나타나서 그 사이에는 버전도 많고 해서 자세하게 전해진 버전은 구체적으로 그냥 두 사람이 만나서 결혼을 했대요.

그래서 결혼을 하고 우랑은 소로 밭을 갈면서 그러니까 직녀는 전통적인 중국의 농업사회 생활을. 남자는 밭을 갈고 여자는 집에서 직기 앞에서 천을 짜는 것인데 그런 일반적인 서민들의 생활을 하면서.

옥황상제가 이걸 알고 나서 분노를 해서 사실 전해 들어서 천둥을 보내서 직녀를 잡아오게 했다고 합니다. 그래서 우랑은 집에 없었고 직녀가 그때 잡혀가서 애만 남았는데 우랑은 애기를 데리고 직녀를 찾아 나섰다고 합니다. 그래서 찾고 나섰는데 그러니까 직녀가 잡혀가고 나서 굉장히 화나는 것보다 슬퍼서 울기만 하고 나중에 밥도 안 먹고 금식을 했는데 옥황상제가 그 모습이 너무 안쓰러워서, 안쓰러운 듯 내버려 두었다고 했는데.

그러니까 찾다가 은하수를 건너서 하계에서 나와 가지고 천궁에 도착했는데 은하수 근처에서 직녀를 봐서 애기들이

"어, 엄마다!"

이렇게 얘기를 했는데. 그러니까 그때는 은하수가 갑자기 풍랑이 일어나면서 갑자기 아예 건너갈 수 없게 됐다고 합니다. 그래서 우랑은 그때 슬퍼서 다시, 여러 번 그렇게 갔다고 하기도 하고 뭐 한 번만 갔는데 은하수가 아예 안 보였다고 그런 버전도 있는데 소가 갑자기 그때 나이도 든 황소로서는 이제는 죽을 때가 됐는데 우랑보고,

"자기 껍질을 벗겨서."

그러니까,

"내가 죽고 나면 내 껍질을 벗겨서 몸에 두르면 은하수를 넘어서 천궁에 갈 수 있다."고.

이렇게 얘기를 했는데 말을 다 하고 난 황소가 갑자기 땅 위로

쓰러지면서 우랑은 그 가죽을 벗겼다고 합니다. 그래서 가죽을 벗기고 나서 몸에 둘렀는데 애기들과 같이 갑자기 떠지면서 은하수를 건너간 거예요. 그러니까 건너가고 나서 그때 '서왕모'•라는 하늘나라 옥황상제보다 약간 [조사자 1: 아랫사람?] 네 약간 아랫사람들이 또 풍랑을 일으키면서 떼어놨다고 하는데 우랑이 그때 바가지를 하나 가지고 왔다고 하는데 갑자기 아들이,

"아빠 그럼 이걸로 은하수의 물을 떠다가 하계로 버리면 은하수의 물이 다 없어지면 건너갈 수 있을 거라."고.

해서 그렇게 하계에 물을 뿌렸는데 하계에서 홍수가 막 범람을 하면서 옥황상제가 더 이상 땅 아래 사람들이 이렇게 홍수 때문에 살 수 없는 걸 보고 있을 수만은 없어서. 그래서 불쌍하게 여겨서 일년에 한 번씩만 만나게 하는데, 그때는 그 은하수 위로는 그러니까 많이 전해온 버전은 까치들이 은하수 사이를 두고 은하수 위로는 까치 한 마리 한 마리씩 이어져서 다리가 됐는데 그 다리를 건너가는 게 아니고 다리 중간에서 견우와 직녀가 만나게 되면서 1년에 한 번씩 만나고. 그건 7월 7일인데, 음력으로 7월 7일인데 그날은 중국의 발렌타인데이라고 그렇게 전해졌다고 합니다.

[조사자 2: 새들은 다 까치? 까치라고?] 네, 까치라고 까치도 있고 다른 버전으로는 또 너무. [조사자 2: 한국에서는 까치랑 까마귀가 같이 놨다고 하는데.] 아 까치가 저도 여러 개 번역을 찾아가지고, 까마귀도 있고 까치도 있고 까마귀가 까치인지 저도 찾아봤는데 번역이 너무 다르게 나와서. 그러니까 소가죽만 아니고 바가지도 아니고 그 두레박 같은 거 그런 나무 그걸 들고 갔다고 그걸 타고 올라갔다는 버전도 있어요. [조사자 1: 어 맞아.] 그래서 까치라고 나중에 블로그에서 제가 찾아서 신빙성은 그래도 괜찮을 것 같아서. (웃음)

[조사자 1: 근데 궁금한 게 어렸을 때 이 우랑직녀를 많이 중국 살 때 이야기를 듣고 했었어? 아니면 이 조사를 위해서.] 그때 이야기를 들은

• 중국 신화에 나오는 신녀의 이름. 곤륜산 꼭대기에 황금과 대리석으로 된 궁전에 산다고 전해진다.

적도 있었는데 또 실제로 조사를 해 보면 중국에서 제일 잘 쓰는 그런 바이두란 데서도 기본적으로 어떻고, 어떻고 중간은 여러 가지 버전이 있고 결말은 이렇다 이런 형식으로만 나와서 실제로 중간에 어휘랑, 우렁각시도, 우렁각시가 우렁이 그게 우렁이 처녀 우렁이 아가씨. 그래서 우렁인지 우렁이인지 저도 여러 번 찾아봤고 해서.

[조사자 1: 소껍질 이거 소가 내 껍질 벗고 이거 입고 가 하는 이 이야기가 대중적인 거예요 중국에서? 여러 가지 버전이 있잖아요? 그런데 이 소가 '내 껍질 입고가' 하는 이 버전이 어때 중국에서?] 지역마다 조금씩 다를 것 같긴 한데 그래도 두레로 [조사자 1: 두레박.] 네 두레박으로 제가 기억하고 있는데 실제로 버전이 지역마다 약간 달라서 [조사자 3: 그럼 이 자료는 어디서 찾아서 오신 거예요?] 제가 민간설화이야기라고 도서관 [조사자 3: 책? 책에서?] 네. 책이 있는데 그러니까 도서관에 책을 봤는데 조사 사진도 있었는데 초반부터 어렸을 때 들었던 이야기랑 너무 많이 달라서 [조사자 1: 아 진짜?] 네. [조사자 1: 본인이 어렸을 때 들었던 이야기를 해주면 돼요. 꼭 그 책대로 안 해줘도 돼요.] 그 부분을 고쳐버렸어요. [조사자 1: 아 그랬어?]

[조사자 2: 하여튼 견우라는 이름은 중국에서는 안 쓰는 이름이에요?] 제가 찾아봤는데 못 찾았어요. 그래서 우랑이라고. [조사자 2: 소 우(牛)자를 써서 우랑이라고.] 소라는 우(牛)랑. 랑은 그냥 남자라는 랑(郞) 자를 그렇게 [조사자 2: 직녀는 직녀라고 하고?] 네 직녀는 그냥 직녀인데 처음에 저도 우랑은 저도 후에야 교수님 수업에서 처음 들었어요. 견우는 혹시, 견우가 혹시 우랑이랑 약간 비슷한가? 혹시 소를 모는 그런. [조사자 2: 소를 끄는 사람.] 아! 소를 끄는 사람.

우렁이 각시 [1]

● 구연정보

조사일시 : 2016. 11. 13(일) 오전
조사장소 : 강원도 춘천시 사북면 고탄리 마을회관
제 보 자 : 장웨이 [중국, 여, 1979년생, 결혼이주 9년차]
조 사 자 : 박현숙, 김현희

● 구연상황

제보자를 마을회관에서 만나서 인사를 나누고 조사 취지를 설명했다. 조사자가 이야기 구술을 요청하자, 한국에 온 지 오래되어 이야기를 다 잊었다면서 걱정했다. 어릴 때 아버지가 제보자에게 하루 하나씩 동화책을 읽어주었는데 주로 다른 나라 동화들이 많았다고 했다. 동화책 내용은 기억나지 않고 아버지의 모습만 어렴풋이 기억난다면서 구연을 시작했다. 제보자는 구연을 마친 뒤, 중국과 한국의 〈우렁각시〉 이야기가 내용이 똑같다고 했다.

● 줄거리

어느 마을에 착한 남자가 있었는데 혼자 살기 외로워서 소원을 빌었다. 어느 날 남자가 집에 돌아오니 집안이 깨끗하고 음식이 있었다. 남자가 이상하게 여겨 외출 후 집에 일찍 돌아왔고, 집에 있던 우렁이 각시를 발견하고는 사랑에 빠졌다.

남자가 되게 착하고 시골, 주변 사람들 많이 도와주는 되게 착한 사람으로 되게 좀 알려져 있는데, 그 혼자 살다 보니까 외롭고 좀 소원을 빌은, 그런, 정확히 모르지만은 소원을 빌은가 봐요. 그래서 그 우렁이 선녀라고 해야 되나?

[조사자: 처녀. 우렁이 각시?] 네. 집에 와서 남자 하기 좀 어려운 일. 뭐 요리를 만드는 거 아니면 집에 청소하는 거. 그거 낮에 와서

잠깐 도와주고 남자가 밖에 오기 전에 또 사라지고.

며칠 그렇게 하다 보니까 남자가 이상한 거죠. 이러지 않았는데 갑자기 오기 전에 맛있는 것도, 맛있는 반찬도 있고 집이 깨끗하고 그러는데. 그래서 낮에 나갔더니, 나갔다가 평소보다 좀 일찍 들어 왔어요. 그랬더니 걸린 거죠. 만났어. 집에서 만났어요. 그래서 두 사람 사랑에 이렇게 빠지고, 이렇게 뒤에 이야기는 이제 더 이상 끝이죠. 아이한테 읽어주는 동화인데, 그냥 사랑에 빠졌다고 그렇게 끝이죠.

[조사자: 동화에서는 그렇게 끝났었어요?] 네. 그래서 그때 많이 어렸지만은 상상을 많이 했죠.

'두 사람 나중에 어떻게 살까.'

뭐 그런 거 되게 많이. (웃음)

[조사자: 어떤 상상 하셨어요?] 그냥 뭐 두 사람 서로 여자가 집안 일 되게 열심히 하고. 뭐 옷을 만들어주고. 맛있는 반찬하고. 남자는 밖에서 일을 열심히 하고. 그런 상상을 많이 했죠. 어릴 때는 그런 상상밖에 못하죠.(웃음) 왕자와 공주처럼 이렇게. [조사자: 맞아.]

우렁이 각시 [2]

● 구연정보

조사일시 : 2018. 12. 11(화) 오후
조사장소 : 서울시 광진구 화양동
제 보 자 : 조림 [중국, 여, 1992년생, 유학 3년차]
조 사 자 : 신동흔, 오정미, 박현숙, 엄희수

● 구연상황

제보자가 〈바다를 돌로 메우는 새 정위〉 이야기를 마친 뒤 준비해온 다음 이야기를 구연해 주었다.

● 줄거리

가난한 남자가 밭에서 큰 우렁이를 발견하여 집으로 가져와 키웠다. 그 후로 남자가 일을 하고 다녀오면 한 상 가득 밥상이 차려 있었다. 남자가 누가 음식을 하는 건지 궁금해서 숨어서 훔쳐보니 우렁이 안에서 예쁜 여자가 나오는 것이었다. 남자는 우렁이 각시를 붙잡고 이야기를 나누었다.

아 그리고 우렁이 이야기인데 그게 우렁이 이야기는 바다가 아니고 그 밭에서 우렁이 하나 주워가지고 그게 우렁이인지 뭐 아니면 달팽이인지 [조사자 2: 우렁각시 이야기인 거죠?] 네, 한국이랑 혹시 버전이 똑같 [조사자 2: 아니 그래도 해주세요.] [조사자 1: 아는 대로.] 네.

이제 가난하게 사는 젊은 남자가 있었는데 남자가 그 남자가 그 밭에서 일을 하다가 그 밭이 약간 물에 잠겨있는 밭인데 그 사이에서 굉장히 큰 우렁이를 찾아서 그걸 발견하고 너무 신기해서 집안에 물 항아리 거기에 넣었는데 거기 넣고 기르려고 했어요.

그래서 그 이튿날부터 해가 뜨기 전에 나가서 일을 하고 해가 뜨면 들어와서 밥을 먹고 일하러 나갔는데 그럴 때마다 밥이랑 맛있는 요리랑 굉장히 많이 차려져 있고, 요리에는 뭐 물고기도 있고 뭐 고기도 있고 여러 가지가 있고 한데 누구인지는 전혀 몰라서 몇 번씩 그렇게 해가 뜨기 전에 들어가서 다시 봤다고 하는데 다 놓쳤다고 합니다.

다 놓쳤는데 겨우 그날은 약간 굴뚝에서 연기가 안 나는 걸 보고.

'오늘은 볼 수 있겠다.'

생각해서 울타리 뒤에서 봤는데 그 우렁이 안에서 굉장히 예쁜 여자가 나와서 밥 준비를 하려고 부엌에 간 거예요. 그래서 그렇게 밥을 준비하는데 약간 버전을 보면 한국이랑 똑같은 것 같아요. 거기서 물에서 나온 거는 거기 포인트가 하나 있는 건데 옷에는 물이 전혀 안 묻었다고 해요.

그래서 뛰어들어가서,

"누구냐?"고.

물었는데 그때 도망가려고 했는데 우렁이 있는 그 우렁이는 비어있고 우렁이로 가는 앞을 가로막고 있어서 결국 자신의 신세 이야기를 했다고 합니다. 그게 끝이에요. (웃음)

근데 다른 버전은 근데 거기서 서로 반해서 애기를 낳았다고 그것도 약간 신선이랑 사람이랑 그렇게 여자가 신선이고 남자는 그냥 혼자서 일을 하고 그렇게.

백족의 두 형제 이야기

● **구연정보**

조사일시 : 2019. 03. 08(금) 오전
조사장소 : 서울시 노원구 공릉동
제 보 자 : 심죽령 [중국, 여, 1988년생, 결혼이주 4년차]
조 사 자 : 신동흔, 오정미, 엄희수

● **구연상황**

제보자가 〈약초를 캐는 노파와 지모초〉 이야기를 마치고서 잠깐 휴식시간을 가진 뒤 다시 준비해 온 이야기를 이어갔다. 소수민족 중 백족의 이야기라고 하자 조사자들이 그에 대해 질문을 했고, 제보자는 노트북으로 백족이 사는 위치나 사진들을 검색하여 보여주었다. 구연 중 영지버섯을 임지버섯이라고 잘못 말했으나, 구연 후 조사자들의 질문을 통해 영지버섯이라고 정정했다.

● **줄거리**

욕심 많은 형과 착한 동생이 있었다. 부모가 동생에게 모든 재산을 물려주자 질투가 난 형은 동생을 절벽에서 밀고 재산을 차지했다. 나무에 걸려 살아난 동생은 산신령의 도움으로 늑대, 호랑이, 독수리의 말을 엿들었다. 동생은 늑대의 말대로 석류나무의 영지버섯을 따서 한 여자의 어머니 병을 고쳐주었다. 그리고 호랑이의 말대로 석류나무 가지로 구렁이를 물리쳐 야광구슬을 얻었다. 그리고 독수리의 말대로 서쪽 황궁의 임금에게 찾아가 야광구슬을 주고 많은 황금을 얻었다. 동생은 자신이 도와준 여자와 결혼을 하고 잘 살았다. 하루는 거지가 찾아왔는데 알고보니 형이었다. 동생은 자신이 살아난 이야기를 형에게 들려주었고, 형은 동생과 똑같이 따라했다. 산신령에게 사연을 이야기하고 나서 동물들의 말을 엿듣고 있는데, 동물들이 배가 고프다고 했다. 그러자 산신령은 저기에 인간이 있으니 먹으라고 했고, 결국 형은 동물들에게 잡아먹혔다.

이번에는 소수민족 이야기. [조사자 1, 2: 소수민족? 오.] (웃음) 중국에 56개 민족 있잖아요. 그중에서 백족. 백족 이야기를. [조사자 1: 중국어로는 바이족?] 바이주(白族). 색깔 그 백, 백색. 백족이라고. [조사자 2: 흰 백(白)자. 네, 해주세요.]

[조사자 1: 백족이 어디 쪽에 주로 살아요?] 한 번 찾아볼 게요. (제보자가 노트북으로 검색함.) 운남(雲南). 운남, 호남(湖南)성. [조사자 1: 아, 운남성과 호남성. 남부 지방에.] 네. 구이족, 운남 근처에. (사진을 보여주며) 이렇게 옷을 입고. [조사자 3: 아, 따리(大里) 쪽에 있구나. 윈난(雲南), 다리.] 아, 따리 아세요? [조사자 3: 아, 들어봤어요. 김선자 선생님 수업 들을 때 들었는데.] 운남성에서 소수민족들이 많이 살아요. [조사자 3: 나시족도 있고, 맞아요.] [조사자 1: 바이족은 나도 들어본 적 있어.] 특이한 풍습들도 많이 있어요.

[조사자 1: 백족의 어떤 이야기?] 두 형제 이야기. 제가 말하다 조사들이 많이 틀려요. 이게 잘, 좀 헷갈려서. [조사자 2: 괜찮아요.] 이해 잘 되시는지 모르겠어요. [조사자 2: 아니에요. 다 이해되고 있어요 선생님.] '이, 가, 는, 은' 이거 진짜 어려운 거 같아요. (웃음)

여기서는 두 형제 등장할 거고, 독수리, 호랑이, 늑대. 이것도 긴 이야기예요. 그리고 산신. 이번에는 하신 아니고 산신이 등장할 거고. 시작할게요. 옛날에는 마을에서 두 형제가 살고 있는데, 형이 게으르고 교활하고 좋은 거 있으면 자기가 항상 차지하려고 합니다. 그 반면에 동생이 마음씨 착하고, 아, 형이 부모님 학대까지 합니다. 때리고 학대까지 합니다. 반면에 동생은 착하고 부모님 항상 잘 챙겨드리고, 모든 것을 자기 말고 형 생각도 많이 합니다. 배려도 많이 하고.

그래서 아버지 어머님 돌아가시기 전에 동생을 너무 사랑해서 자신의 돈과 집과 밭을, 다 이제 동생에게 주었습니다. 형이 너무 질투가 나서, 재산을 혼자 차지하려고, 차지하려고 마음속에 동생을 죽이려고 계획을 하고 있습니다. 그래서 어느 날, 형이 동생을 불렀습니다. 같이 나무를 베러 가자고, 산에 올라가자고 동생한테 얘기했습니다. 둘이 같이 산에 올라가는데, 가파른 절벽 근처에 형은 동생을 밀어, 밀어 떨어뜨렸습니다. 동생이 생각지도 못하고, 끽 소리도 못한 채 곧장 떨어지고, 곧장 떨어졌습니다. 형이 너무 기뻐서 집에 돌아와서, 동생이 갖고 있는 집과 밭과 돈 모두 차지했습니다.

하지만 동생은 죽지 않았습니다. 동생은 절벽 가운데에서 소나무가 있었는데, 떨어졌다가 걸렸습니다. 이제 산에, 밤이 깊어지자 산에서 여기 저기 산짐승, 울부짖는 소리가 여기저기서 들립니다. 동생이 자신을 죽이려고 하는 형이 이 산짐승만도 못하다는 생각에 너무 슬퍼하여서, 너무 슬퍼하여 엉엉 울기 시작했습니다. 그래서 이때, 산신이 갑자기 입을 열어서 말을 했습니다.

"이 밤중에 누가 울고 있니?"

그래서 동생은 산신에게 자신의 슬픈 이야기를 말을 했어요. 그래서 산신이 잠시 생각에 잠겨서 동생에게 말을 했습니다.

"너는 이제부터 소리를 내지 말고 가만히 있어. 이따가 니가 듣는 것을 모두 마음속에 새겨두어라."

동생은 좋다고 생각하여 그냥 옆에서 가만히 조용히 기다리고 있습니다. 이제 산골짜기에 큰 바람이 불자 하늘에 검은 그림자가 하나 나타났습니다. 늑대 한 마리가 나타나는, 찾아오는 것입니다. 음, 산신이 늑대를 보며 늑대에게 말했습니다.

"너는 어디에서 왔니?"

늑대가 대답했습니다.

"나는 동쪽 언덕에서 왔습니다."

그래서 산신이

"동쪽 언덕에 무슨 일이 있냐?"

물어봤습니다. 늑대가 대답했습니다.

"동쪽 언덕에 가난한 모녀가 살고 있는데, 엄마가 아파서 종일 누워만 계시고 딸이 매일 걱정하고 있습니다. 하지만 그들은 자신의 마당에 있는 석류나무에 그 사이에 임지버섯(영지버섯) 하나 있는 것을, 임지버섯 하나 있는데 그 임지버섯 탕을 끓여서 엄마의 병을 치료할 수 있다는 것을 모릅니다."

그래서 산신이 말했어요.

"그럼 너가 알면서 왜 알려주지 않아요?"

그 늑대가,

"안타깝게도 저는 늑대뿐입니다. 만약에 나는 총각 될 수만 있다면 가서 그 엄마의 병을 고치고 딸과 결혼하여 행복하게 살겠습니다."

[조사자 2: 총각이 될 수만 있다면?] 네, 늑대가 자신은 늑대일 뿐이니까 총각? 총각만 될 수만 있다면 집에 가서 병을 치료하고, 엄마의 병을 치료하고 딸과 행복하게 살 것입니다. 결혼하여. 네. 그래서 산신이

"쉬."

하고 말했습니다.

"더 이상 말하지 마라. 다른 사람한테 들리지 않게 조심하라. 이제 밤이 늦어서 어서 들어가서 쉬라."

이렇게 얘기했습니다. 늑대가 산신에게 작별인사를 하고 다시 하늘로 날아갔습니다. 바람이 계속 불고 있습니다. 이때는 하늘에 호랑이 한 마리가 내려왔습니다. 날아왔습니다. 산신 똑같이 호랑이에게

"너는 어디에서 왔냐?"

물어봤는데 호랑이가

"전 남쪽 큰 산에 왔다."

고 대답했습니다. 그래서 산신이

"그럼 남쪽 큰 산에 무슨 일이 있어요?"

호랑이가

"있어요, 있어요. 그 산 동굴 안에 큰 구렁이 한 마리가 살고 있는데 그 구렁이 입 안에 야광 구슬 하나 있어요. 그 야광 구슬 하나 때문에 온 동굴을 다 밝게 비춥니다."

그래서 산신이

"그 야광 구슬이 진귀한 보물인데 어떻게 가져올 수 있는 방법이 없구나."

호랑이는 한숨 쉬면서

"안타깝게도 저는 호랑이일 뿐입니다. 만약에 나는 사람이면 임지가 자란, 임지버섯."

[조사자 2: 임지, 아까도 말했던? 임지버섯?] 그, 가난한 모녀 집에 있는 석류나무에.

"만약에, 나는 사람이면, 임지버섯이 자란 석류나무의 가지로 구렁이 입 속의 보물을 빼앗아갈 겁니다. 그 구렁이는 석류 냄새를 제일 싫어, 무서워합니다."

산신도

"쉿."

하고,

"더 이상 말하지 말아요. 이제 비밀을 지킵시다. 날이 늦었으니 어서 들어가서 자거라."

호랑이도 절을 하고 날아갔습니다. 이제 바람이 더 세지고, 독수리 한 마리가 날아왔습니다. 산신 또 독수리한테

"너는 어디에서 왔냐?"

물어봤는데 독수리가

"저는 서쪽 황궁에서 날아왔습니다."

산신이

"서쪽 황궁에서는 무슨 일이 있나?"

물어봤는데, 독수리가

"있어요. 임금님이 새로운 큰 궁전 하나 지었는데, 야광구슬이 하나, 옥상 지붕에 야광구슬이 하나 필요했는데 여기 저기 찾아다녔는데 구할 수가 없더라. 임금님이 방을 붙여서, 방을 붙여서 열 대 마차의 황금으로 야광구슬을 바꾸겠다고 합니다."

그 산신이 말했습니다.

"그러면 독수리 너가 어떻게 할 생각이에요?"

잠시만요. (제보가자 잠시 고민하며) 독수리가 말했습니다. (제보자가 잠시 고민한다) 음, 독수리가 또 안타깝게

"나는 독수리일 뿐입니다. 나는 사람이면 그 남쪽 큰 산에 있는, 남쪽 동굴에 있는 구렁이 안에 그 야광구슬을 가져와서 황제한테, 임금님한테 줄 겁니다. 그러면 마차, 10대 마차의 황금을 평생 풍요롭게 살, 10대 마차의 황금으로 평생 풍요롭게 살 수 있겠다."

라고 얘기했습니다. 산신이 역시

"더 이상 말하지 마라. 들어가서 쉬어라."

독수리도 절을 하고, 인사를 하고 날아갔습니다. 그래서 산신과 산짐승들 이야기하는 것, 대화하는 것을 동생이 옆에 똑똑히 다 듣고 있습니다. 이때는 점점 해도 뜨기 시작하고, 바람도 멈췄습니다. 산신이 이제 동생에게 고개를 돌려

"이제 너는 어떻게 해야 할지 알겠지? 어서 가서 니가 할 일을 하라."

말하고 산신이 바람을 내쉬며 동생을 하늘 위로 날려 보냈습니다. (전화벨이 울려 잠시 멈춤.) 하늘 위로 날려 보냈습니다. 산신이 이제 마지막 한 마디를 했습니다.

"기억해둬라. 모든 것은 인과응보가 있는 법이다."

그래서 동생은 산신이 불어준 바람 때문에 절벽 근처에 그 언덕에 떨어졌습니다. 이 언덕이 바로 가난한 모녀의 집 마당입니다.

아침에 마당에 나온 딸이 떨어진 동생을 발견했습니다. 어서 일으켜 세워 물도 갖다 주었습니다. 물을 마시고 동생은 마당을 둘러보고 정말로 마당에 큰 석류나무 하나 있습니다. 석류나무 사이에 큰 영지버섯이 자라고 있는데 동생이 서둘러 나무에 올라가 그 영지를 따서, 영지버섯을 따서 딸한테 얼른 끓여서 엄마한테 주라고, 엄마에게 마시게 하고, 엄마에게, 탕을 끓여서 엄마에게 마시게 하라고 했습니다. 엄마는 그 탕을 마시고 나서 그 약을, 임지버섯을 마시고 나서, 병이 싹 좋아졌습니다. 엄마는 동생 보고 너무 기뻐하여 말했습니다.

"이 착한 총각은 산신님이 보내주신 사위겠구나."

딸도 이 동생이 남아주기를 바라고 있습니다. 하지만 동생은 아직 할 일이 남아있기 때문에 이 여자에게

"내가 돌아오기를 기다려주세요."

동생은 이제 석류나무에 올라가서 나무 가지를 하나 꺾어서 단숨에 남쪽 산에 있는 동굴로 달려갔습니다. 이 먼 곳에서부터 동굴에서 날아오는 악취를 맡을 수 있습니다. 이 동굴에서, 이 동굴에 아

무도 감히 들어가지 못했습니다. 하지만 용감한 동생이 동굴 안에 뛰어들어 커다란 구렁이를 발견했습니다. 동생이 당황하지 않고 석류가지를 들고 구렁이 앞에서 흔들자 석류 냄새가 나서 구렁이는 재빨리 도망가서 야광구슬도 뱉어냈습니다.

동생이 야광구슬을 주머니에 넣고 산 아래로 달려서 쉴 새 없이 달려 황궁으로 들어갔습니다. 황제는 가난한 동생을 보고

"너는 누구니? 감히 함부로 황궁으로 쳐들어와?"

총각이 아무 말 하지 않고 주머니에서 야광구슬을 꺼내자 모든 사람들이 이 밝은 빛 때문에 휘청거리며 눈 뜰 수가 없습니다. 이제 동생은 임금님한테, 임금님께 원하는 게 이거냐고 물어봤습니다. 황제는 야광구슬을 보고 매우 기뻐하여 사람들에게, 하인들에게 어서 이 새 궁전 지붕에 올리라고 명령했습니다. 그리고 구슬에게 마차 10대의 금을 주었습니다. 그리고 동생에게 황궁에 남아있으면 벼슬도 하사하겠다고 말을 했습니다. 하지만 동생은 거절했습니다.

임금님이 거만하게 물어봤어요.

"어디 황궁보다 더 좋은 데가 있겠느냐?"

동생은

"저를 기다리는 사람이 있는 곳입니다."

라고 대답했습니다.

그러자 동생은 황금을 가득 실은 마차를 타고 다시 동쪽 언덕 위에 사는 모녀 집에 돌아왔습니다. 그 엄마는 자신의 딸과 동생을 위하여 결혼식을 올렸고, 가족들이 행복하게 살고 있습니다.

하지만 어느 날, 집 앞에서 거지가 구걸하러 왔습니다. 거지가 너무 안쓰러워보여서 동생은 급히 밥을 가져다주었습니다. 거지는 밥을 먹으면서 동생은 자세히 쳐다보니까 자기 형이었습니다. 자기 형이었는데, 형은 게으름을 피우며 가진 돈을 다 써버리고, 이제 구걸로 살 수밖에 없습니다.

동생이 이제 떨어져 죽지 않고 오히려 이쁜 아내까지 행복하게 사는 걸 보면 형이 질투가 나지만, 겉으로 내색하지 않고 눈물을 흘리면서 동생에게 자신을 용서해 달라고 빌었습니다. 동생은 형을 미

워하지 않고 자기가 절벽 위에서 경험했던 일을 다 형에게 알려주었습니다. 그리고 형이 앞으로 잘 살 수 있도록 자신이 가진 금을 반으로 나누어주었습니다.

하지만 형이 감사할 줄 모르고 마음속에 속셈이 따로 있었습니다. 밤에 형도 똑같이 절벽 근처로 와서 이제 줄을 타고 기어 내려왔습니다. 내려가서 그 큰 소나무를 찾았습니다. 거기 앉아서 엉엉 우는 척 하기, 울기 시작했습니다. 역시 기다렸던 산신이 나타났습니다.

"누가 이렇게 떠드느냐?"

그래서 형이 자신이 어떻게 동생한테 속아서 동생에게 어떻게 밀려 절벽 아래에 떨어지는 것을 거짓말을 지어 산신에게 말했습니다. 산신이 잠시 생각에 잠기다가, 형에게 기다리라고 똑같이 말을 하고, 형이 이 때 참지 못해 활짝 웃었습니다.

기다리라고 하자 형이 활짝 웃었습니다. 잠시 후에 거센 바람이 불자 산 위에 독수리, 호랑이, 늑대가 날아오고, 같이 날아왔습니다. 이들이, 이들은 산신보고 배를 만지면서,

"아, 배고프다. 배고프다."

했습니다. 산신이

"너희들 뭐 먹고 싶은데?"

라고 물어봤는데, 독수리가

"산토끼, 쥐도 맛있는데 매일 먹어서 질렸습니다."

호랑이도

"사람 고기 가장 맛있어요. 좋은 사람 고기는 맛이 시고, 나쁜 사람 고기는 맛이 달아요."

라고 말했습니다.

산짐승들이 이렇게 말하면서 침을 계속 흘리고 있습니다. 그래서 산신이 이 때 소나무를 가리키며,

"좋아요. 저기 맛있는 한 명, 너희들 좋아하는 한 명, 그런 사람 한 명 있어요."

산짐승들이 나쁜 마음씨의 형을 보고 모두 달려들었습니다. 이야기는 여기까지예요.

[조사자 2: 인과응보, 아까 얘기 보니까.] [조사자 1: 인과응보. 동생이 재산 나눠줬는데도 오히려.]

여우 퇴치하고 소심해진 강아지

● 구연정보

조사일시 : 2016. 12. 19(월) 오전
조사장소 : 서울특별시 광진구 화양동
제 보 자 : 윤군 [중국, 여, 1981년생, 결혼이주 8년차]
윤가사 [중국, 남, 1952년생, 기타(한국 방문)]
조 사 자 : 박현숙, 김현희

● 구연상황

부녀관계인 두 제보자가 앞서 중국에서 살생을 금기시하는 동물에 대한 속신을 설명한 뒤 윤가사 제보자가 금기 동물 중 여우도 있다면서 여우와 관련된 경험담을 딸에게 들려주었고 윤군 제보자가 이를 조사자에게 통역해 주었다. 경험담 구연이 끝난 뒤 조사자가 윤군 제보자에게 여우가 사람으로 변신하기도 하는지 묻자 그렇다고 하면서 여우 이야기가 지닌 특성을 설명했다. 제보자를 소개한 송영림 선생이 청자로 참여했다.

● 줄거리

아버지가 스무 살에 과수원 지키는 일을 했다. 그런데 어느 날 강아지가 안절부절 못 하면서 아버지 머리 근처에서 아버지를 지켰다. 사람들이 불길하다고 하여 아버지는 다른 방에서 잠을 잤다. 섣달그믐에 강아지가 미친 듯이 산에 올라가더니 다쳐서 내려왔다. 사람들이 찾아보니 산속에 검정 여우가 죽어있었다. 그 뒤 여우를 죽인 다음 내장을 빼고 말려 가죽을 걸어두었는데 용감했던 강아지가 겁이 많아졌고 사람 없이는 돌아다니지도 못했다. 아버지는 강아지가 여우에게 홀려서 그렇게 되었다고 생각했다. 중국에는 여우가 남자를 구해주고 결혼하는 이야기가 많은데 여우와 인간 사이에서 아기를 낳는 경우는 없다. 십 년 혹은 이십 년에 한 번씩 하늘에서 여우를 죽이는 번개가 친다. 여우가 번개를 피하려면 산이나 땅속으로 도망가야 한다.

아까 세 가지 동물 있잖아요. 두 번째는 여우잖아요. 여우. 아, 거미줄, 뱀, 족제비. 여우까지 네 번째예요. 여우까지 이야기했어요.

아빠는 스물 때 인상이 깊은 거 같아요. 그때는 아빠 어떤 일이었냐면 숲속에서 어떤 과목원을 했어요. 과목? 과목원? [조사자: 과수원?] 과수원. 과수원 지키는 일을 했어요, 그때 아빠는. 그때는 설날 전후였는데, 항상 키우는 강아지가 한 며칠 동안 안절부절하는 거예요. 그래서 밤에 잠도 안 자고.

그래서 아빠 자는데도 강아지는 아빠는 머리는 계속 머리 근처에 있으려고 아마 주인을 지키는 거죠. 그래서는 아빠가 다른 사람한테 이야기하다가 아마 그 집이 뭔가 있는 거 같아요. 그래서,

"잠깐 저기서 자지 않고 다른 방에서 자라."

그래서 아빠는 믿었어요. 그래서는 설날 전날 진짜 뭐가 있는 거 같아요, 강아지가.

그래서 설날 전에 미친 듯이 산에 올라가다가 싸우다가 다쳐서 왔어요. 그래서 사람들이 열심히 찾아보더니 여우가 한 마리 생겼어요. 검정색 여우가 있어요. 여우가 결국에 죽였어요. [조사자: 강아지를?] 아니요. 강아지가 여우를 죽였어요. 강아지가 이긴 거죠. 강아지 이겼는데, 주인을 지킨 거예요.

그런데 여우가 죽어서 사람들도 옛날에 족제비 똑같이 배를 잘라서 내장 다 빼고 말렸는데 모피로 보호하려고 죽이는데도 그 후에는 그 강아지가 감이는 없어졌어요. 무슨 뜻이냐면 강아지가 이제는 옆에 사람 없이 돌아다니지는 않는 거예요, 무서워서. 여기도 짖고 저기도 짖고. 옛날에 용감한 개로 이제는 좀 소심하고 그런 개로 변했어요. [조사자: 겁을 많이 먹었구나, 여우 때문에.] 여우 때문에 많이 먹었어요. 아마, 그런데 여우가 이미 죽었는데.

(윤가사 제보자가 중국어로 보충 설명을 하고 윤군 제보자가 듣고 대화를 나눔.)

조선족 사람들은 개고기 먹잖아요. 만주사람들은 개는 안 먹어요. 개는 제일 좋아한다고 그래서요. 만족이 마지막 청나라 민족, 마

지막 청나라 민족이 말 타는 민족이라서 개를 제일 좋아하는데 그래서는 개고기 안 먹어요.

똑같이 중국 휘? 회 민족도 돼지고기 안 먹는 민족이에요. 돼지고기 더럽다고 안 먹는 민족이 좀 있어요. 혹시 알고 계시나요? 이슬람은 종교는 믿는 민족. [청자: 그거는 알지. 근데 더럽다고 안 먹는 거였어? 이슬람은?] 글쎄요. 제 친구는 회 민족인 사람인 한 명 있었는데, 물어봤더니 왜 안 먹었냐면 돼지가 뭐지? 남녀관계 이런 거 뭐라 하나? 그런 거 좀 혼란스러워요. 자식들과도 같이 하고, 뭐 이런 거 좀 혼란스러워하니까 그거 때문에 더럽다고. 그러나 잘 모르겠어요. 돼지 관계 이런 거 좀 혼란스러운지 잘 모르겠어요.

(윤가사 제보자가 중국어로 보충 설명을 하고 윤군 제보자가 듣고 대화를 나눔.)

그래서 아빠도 아까 개가 왜 무서워하는 이유가 열심히 생각해봤는데, 아마 그 여우가 뭐지 신 귀신 그런 능통 좀 있는 거 같아요. 옆에도 무덤이 많아요. 과수원이 옆에는 무덤 좀 많은 지역이라서요. 옛날에는 다 화장 아니잖아요. 다 무덤, 사람의 무덤이니까, 그래서 무덤 좀 많은 거 같아요.

[조사자: 그럼 여우가 사람으로 변신하기도 해요? 이야기 속에서?] 이야기는 좀 하죠. [조사자: 여우로 변신해서. 그렇게 변신해서 어떻게 했다 하는 이야기 혹시 들어본 적 있어요?] 저는 많이 들어본 적 있죠. [조사자: 어떤 이야기 들어보셨어요?]

여우가 좋은 여우가 있고 나쁜 여우가 있어요. 그래서는 자기 구하는 사람 꼭 보호해야 되니까, 그런 이야기 좀 있죠. 그런데 여우는 보통 남자를 구하죠. 남자를 구해서 마지막에 둘이 결혼하는 이야기 좀 있구요. 결혼하면서.

그런데 마지막에는 항상 여우가 도망가야 돼요. 죽거나 도망가야 돼요. 왜냐하면 십 년? 이십 년? 하늘에서 내려오는 번개가 좀 있어요. 여우 죽이는 번개 있어요. 여우 죽이는 번개. 그런 이야기 좀 많이 있어요. 여우가 이 번개를 피하려면 산에서 도망가거나 땅속에서 도망가야 돼요.

그런데 여우가 사람이 같이 결혼하면은 애기 낳는 이야기 없어요. [조사자: 애는 없어요?] 네. 애 없어요.

마법을 할 줄 아는 사슴

● **구연정보**

조사일시 : 2016. 11. 13(일) 오전

조사장소 : 강원도 춘천시 사북면 고탄리 마을회관

제 보 자 : 장웨이 [중국, 여, 1979년생, 결혼이주 9년차]

조 사 자 : 박현숙, 김현희

● **구연상황**

제보자가 〈우렁이 각시〉 구연을 마친 뒤 조사자가 제보자에게 한국에 와서 들었던 이야기 중에 중국과 같은 이야기가 있는지 물었다. 제보자는 〈견우와 직녀〉 이야기가 똑같다면서 간략하게 내용을 언급했다. 반고 이야기에 대해 묻자 자세히는 모르겠다면서 간략하게만 언급했다. 조사자가 제보자의 구연을 유도하기 위하여 중국 설화와 풍습에 관해 질의응답을 했고, 그 과정에서 제보자가 기억이 난 듯 구연을 시작했다. 어릴 때 TV 방송으로도 봤고, 동화책으로도 많이 제작된 이야기라고 했다.

● **줄거리**

옛날에 마법을 사용하는 사슴이 물에 빠진 남자를 구해주면서 자신이 구해준 사실을 주변에 알리지 말라고 부탁했다. 남자는 약속을 어기고 소문을 내어 임금에게까지 그 사실이 전해졌다. 임금이 사슴을 만나고 싶어서 남자를 불렀다. 남자가 물에 빠진 척했지만 사슴은 남자가 자신의 존재를 말한 사실을 알고서 나타나지 않았다. 남자는 물에 빠져 죽었고, 임금은 사슴을 만나지 못했다.

사슴이 그 그냥 사슴 아니라 좀 뭐라고 해야 하나 좀 어떻게 말해야 되나 마법, 마법을 좀 어떻게 할 수 있는 사슴인데, 어느 날 어디 지나가다가 물에 빠져, 빠져 있는 남자를 봤어요. 그래서 그 남자

를 구해줬어요.

구했는데 그 남자가 아주 불쌍해서 그 남자가, 그 남자한테 좀 도와줄 수 있는, 그 돈 같은 거 줬는데 그리고 주면서 남자한테,

"내가 너를 구해주는 게 누구한테 알려주지 말라."고.

그 부탁을 했어요.

그래, 그랬는데 그 남자가 그 후에 사람 만날 때마다 그 얘기를 계속 얘기한 거예요. 사슴이 나를 구해주고 돈도 주고 그런 이야기 계속 얘기해요. [조사자: 하지 말라 그랬는데.] 네. 하지 말라 그랬는데 얘기했어요.

근데 이 이야기 나중에 임금님한테 들린 거죠. 그래서 임금님이 하도 궁금해서, 그리고 이 사슴이 그냥 사슴 아닌 것 같아서 꼭 한 번 찾아봐야 된다고 생각을 했죠. 그래서 이 남자를 불렀어요.

근데, 그래서 남자가, 남자가 또 물에 빠진 척 하는 거죠. 그 임금님 돈을 준다고 그런 조건에서 물에 빠진 척을 했다가 사슴 또 나타나는 거예요. 그랬더니 나타나자마자 옆에 숨어있는 그 사람들 다 나와서 사슴을 잡았어요.

잡았는데, 그래서 그 사슴 그때 이 남자가 빠진 척 하는 거 알게 되고 뒤에 이야기 제가 어떤지 기억이 안 나요. 잠시만요.

(구연을 멈추었다가 구연을 이어가며) 남자가 사슴이 또 나를 구해주겠다고 생각을 했는데 사슴이 이게 당했다는 사실을 알게 된 다음에 남자를 구해주지 않았어요. 그래서 남자가 계속 물에 빠지고 나중에 죽어 버렸죠. 그리고 임금님도 이 사슴 통해서 오래오래 살고 싶다는 그런 욕망이, 그리고 뭐, 돈도 많이 생긴다는 욕망이 다 깨져버리고 네. 그냥. 그거 더 이상 끝이에요.

근데 제 기억, 어릴 때 이게 TV에서 방송에서도 많이 봤고 동화책에서도 많이 나오는 이야기예요.

새의 말을 듣는 사냥꾼 헤리포

● 구연정보

조사일시 : 2019. 02. 18(월) 오전
조사장소 : 서울시 노원구 공릉동
제 보 자 : 심죽령 [중국, 여, 1988년생, 결혼이주 4년차]
조 사 자 : 오정미, 강새미

● 구연상황

조사자들이 제보자를 만난 뒤 제보자가 첫 번째로 들려준 이야기다. 중국 내몽고에 전해지는 이야기라며 이야기를 시작했다. 구연이 끝나고 조사자가 마을에 남아있다는 돌에 대해 물었으나 제보자도 사진은 못 봤다고 했다.

● 줄거리

마을 사람들을 돕는 사냥꾼 헤리포가 있었다. 어느 날 헤리포가 독수리에게 물려가는 흰 뱀을 구했는데, 그 뱀은 용왕의 딸이었다. 뱀이 헤리포에게 보물을 주려고 했지만 헤리포가 거절하자 뱀은 용왕 뱀이 물고 있는 보석을 받아가라고 알려주었다. 그 보석은 동물들의 말을 알아듣게 만드는 보석이었다. 그 덕에 헤리포는 동물들의 말을 알아들어 더 많은 사냥을 해서 마을 사람들을 도왔다. 그런데 그 보석에는 한 가지 금기가 있었다. 보석으로 들은 동물의 말을 다른 사람에게 발설하면 그 자리에서 돌이 되는 것이었다. 헤리포는 금기를 어기지 않고 잘 지내다가, 홍수가 와서 마을이 물에 다 잠긴다는 동물의 말을 듣고 금기를 깨고 말았다. 홍수가 오니까 마을을 떠나라는 헤리포의 말을 마을 사람들이 믿지 못하자, 헤리포가 돌의 비밀을 이야기하며 금기를 어긴 것이었다. 결국 헤리포는 사람들을 구하고 자기는 돌이 되었다.

헤리포는 사냥꾼이에요. 헤리포는 사람 도와주는 거 좋아하고, 그리고 사냥하고 나서 항상 시골에 와서 자기가 사냥감을 시골 사람한테 주고 자기한테 아주 조금만 몫만 남겨요. 그래서 사람들이 모두 헤리포 존경하고 사랑합니다.

그런데 어느 날 헤리포가 산에 들어가서 사냥하러 가는데 갑자기 하늘에서,

"살려 달라."고.

소리가 들리는 거예요. 그래서 고개를 들어보니까 독수리가 작은 흰 뱀을 잡고 있어요. 그 흰 뱀이,

"살려 달라."고.

하는 거예요. 그래서 헤리포가 급히 활을 독수리한테 쏴서 독수리가 다쳐서 흰 뱀을 놓고 도망가는 거예요. 헤리포는 어린 흰 뱀한테,

"가련한 작은 뱀아, 어서 집으로 들어가라."

근데 흰 뱀이 헤리포가 자신을 구해줬으니까 너무 감격하여 헤리포한테,

"사실은 저는 용왕의 딸이에요. 저희 아버지께서는 보물창고가 있는데 보물창고에는 보물들이 많아요. 그래서 원하시는 거 아무거나 가져가셔도 되니까 저랑 따라가시죠."

근데 헤리포가 보물에 대해 관심이 전혀 없어요. 그래서 흰 뱀도 얘기했어요.

"만약에 좋아하는 보물이 없으면 저희 아버지께서 입에 물고 있는 보석이 있어요. 보석 머금고 있으면 동물의 말을 알아들을 수 있다."고.

"만약에 그거 원하시면 그거 드릴 수도 있다."고.

그래서 헤리포는 보석에 대한 관심이 없지만, 근데 사냥꾼으로서 만약에 동물의 말을 알아들을 수 있으면 그게 매우 유용하다고 생각해서 흰 뱀 따라서 용궁으로 갔어요. 갔는데 용왕도 헤리포가 자신의 딸을 구해줬으니까 너무 감격해서 보물창고까지 안내해줬어요.

"마음에 드는 거 아무거나 골라가라."

헤리포가 용왕에게,

"사실은 정말로 저한테 주고 싶으시다면 혹시 입에 머금고 있는 보석을 저한테 주시면 됩니다."

그래서 용왕이 잠시 생각하다가 그 보석을 뱉어내서 헤리포한테 주었습니다. 아 근데 그 흰 뱀은 헤리포한테,

"이 보석 가지고 동물의 말을 알아들을 수 있지만 절대로 비밀을 유지해야 해요. 다른 사람한테 비밀을 얘기하면 헤리포씨가 돌이 될 수 있다."고.

"영원히 살 수 없다."고.

그렇게 얘기했어요. 그래서 헤리포가 흰 뱀을 감사하고 나서 마을로 다시 돌아갑니다. 이 보석 덕분에 헤리포가 더 많은 사냥감을, 동물의 말을 알아들을 수 있으니까 더 많은 사냥감을 가져와서 마을 사람들한테 나눠줬어요. 근데 어느 날 갑자기 깊은 산속에서 사냥하러 갔을 때 갑자기 한 무리의 새들이 하는 말을 들었어요. 자세히 들어보니까 오늘 밤에 이 마을에서 큰 산이 무너지고 홍수가 날 것이라는 얘기를 들었어요. 그래서 헤리포는 소식에 깜짝 놀랐어요. 그래서 급하게 달려가서 고향 사람들에게,

"우리 지금 빨리 이사 가야 됩니다. 이 마을에서 더 이상 살 수 없습니다."

그런데 마을사람들이,

"우리 지금 잘 살고 있는데 왜 이사 가야 되냐?"

물어봤는데 헤리포가 눈물을 흘리면서,

"나 좀 믿어주세요. 어서 옮기세요. 더 늦으면 안 됩니다."

라고 말했어요. 근데 한 노인이 헤리포에게 말했어요.

"우리는 당신을 사랑하고 당신 믿지만, 우리 여러 세대 계속 여기서 살아왔기 때문에 이사 가는 거 그렇게 쉽게 되는 일이 아니에요. 저희한테 이유를 알려줘야지 우리가 이사 갈 건지 말건지를 결정할 수 있다."고.

이제 시간도 얼마 안 남았고 헤리포도 이사 가는 이유 말하지 않으면 아무도 이사 가지 않을 거라는 것을 깨달았어요. 그래서 헤리포가 눈물 흘리면서 왜 이사 가야 되는지, 그리고 그 보석 어떻게 얻었는지 자신은 동물의 말을 어떻게 알아들었는지에 대해서 일일이 마을 사람한테 말했어요. 오늘 밤에 어떤 일이 일어날 건지.

말 끝나자마자 자신은 돌로 변했어요. 마을 사람들이 돌이 된 헤리포를 보며 너무 후회하고 슬퍼합니다. 헤리포에 이름 외치면서 눈물 흘리면서 다 도망갔습니다. 마을사람 도망가고 나서 마을에서 갑자기 먹구름이 몰려오고, 큰 바람이 불고, 큰 산이 무너져 홍수도 쏟아져 온 마을이 다 침수시켰어요.

그래서 헤리포 덕분에 사람들이 다 안전한 곳으로 이동했고. 마을에서 돌이 된 헤리포만 남아있어요. 지금도 그 돌이 있다고, 찾을 수 있다고 그런 이야기가 있어요.

사람 얼굴을 가진 뱀 미녀사

● **구연정보**

조사일시 : 2016. 11. 17(목) 오후
조사장소 : 강원도 횡성군 횡성읍 읍하리
제 보 자 : 반소홍 [중국, 여, 1977년생, 결혼이주 8년차]
조 사 자 : 박현숙, 김현희

● **구연상황**

제보자가 중국 작가 루쉰과 관련된 이야기를 마친 뒤 조사자가 다른 이야기에 대해서 묻자 뱀과 관련된 이야기가 있다면서 구연을 시작했다.

● **줄거리**

옛날에 한 선비가 밤에 과거 준비를 하고 있었다. 미녀사 담벽 위에서 선비를 불렀다. 선비가 뒤돌아서 미녀사를 보고 말았다. 선비가 스승에게 말하자 스승이 방비책을 알려주었다. 미녀사가 다시 찾아와 선비의 이름을 부르자 선비가 방비책으로 미녀사를 쫓아냈다.

'미녀사(美女蛇)', '미녀사'. 이렇게 얼굴은 사람이거든요. 근데 꼬리는 뱀 꼬리예요. 그런 전설이 있어요. 이게 루신 어렸을 때 그런 이야기 들었어요.

옛날에 이렇게 선비, 선비라는 사람 어떤 사람인지 아세요? [조사자: 네. 어떤 사람이에요?] 그 책, 공부하고 나중에 시험보고 붙으면은 이렇게 뭐지? 임금님 밑에서 일할 수 있는 거 있잖아요. 그 신이라고. [조사자: 신하? 신하.] 네. 신하라고 얘기하는데.

거기에 계속 공부하고 있는데 밤에 공부하다가 자기를 이름을 부르는 거 들었어요. 나가보니까 거기 담벽 위에 거기에는 아주 예쁘게 생기는 여자가 있어요. 그리고 (고개를 뒤로 돌리면서) 이렇게 뒤돌아보면은, 그 뒤돌아보면은 그다음에 그 뭐지? (고개를 갸웃거리며) 그 어떤, 어떤 이게 그니까 뒤돌아보지 말라고 해야 되거든요. 이렇게 뒤돌아봤어요. 그 여자 봤어요.

그다음에는 그 선생님한테 얘기했는데,

"제가 자기 이름 부르는데 모르는 여자, 아주 예쁜 여자, 아가씨가 거기 있다."고.

그래서 빨리 집에 가서 그 뭐지? 백숙이라고 하나요? 곤충 이름을? 백숙? [조사자: 어떻게 생겼죠?] 다리가 엄청 많이 생긴, 아 지네? 지네. 지네. 그 뭐지?

"지네 하나, 독지네 하나 잡아가지고 침대에 거기 뭐지 베개 옆에 놓고 밤에도 그런 소리 들리면은 그 뭐지, 지네 좀 풀어라."

이렇게 하라고 하더라고요.

그다음에 또 이렇게 진짜 밤에 또 그 여자를 부른, 그 이렇게 목소리 들렸어요. 그래서 한 번 이렇게 그 박스가 열었더니 지네가 이렇게 사라졌어요. 딱 열었더니 사라졌어요. 그다음에는 그 뭐지? 나중에 알고 보니까 그 미인사, 그 뭐지? 지네 겁나가지고 이렇게 도망갔다고 하드래요. 그래서 그런 이야기도 있어요.

[조사자: 그러면 중국에서 뱀을 쫓을 때 지네를 쓰거나 그래요?] 예예. 그렇게 그런 이야기 있어요. 분명히 뱀은 크잖아요. 근데 지네는 작으면서도 이렇게, [조사자: 독이 있어서 그런가?] 예예. 모르겠네요.

금색조

● **구연정보**

조사일시 : 2016. 11. 17(목) 오후

조사장소 : 강원도 횡성군 횡성읍 읍하리

제 보 자 : 반소홍 [중국, 여, 1977년생, 결혼이주 8년차]

조 사 자 : 박현숙, 김현희

● **구연상황**

제보자가 〈사람 얼굴을 가진 뱀 미녀사〉 구연을 마친 뒤 조사자가 금기와 관련된 다른 이야기가 있는지 묻자 잘 모르겠다고 했다. 조사자가 칠색조나 새와 관련된 이야기는 없는지 묻자, 칠색조는 아니고 금색조에 대한 이야기가 있다면서 구연을 시작했다.

● **줄거리**

옛날에 하늘이 가난한 부부에게 금색조를 보내주었다. 부부는 돈이 떨어질 때가 되면 금알을 낳는 금색조 덕분에 부자가 되었다. 그런데 부부가 금알을 많이 가지려고 금색조 배를 갈랐다. 부부는 금알을 하나도 얻지 못했다.

두 부부가 되게 가난하게 살고 있는데, 가난하게 살고 있는데 너무 안돼가지구 하늘에서 이렇게 어느 날 갑자기 이렇게 새가, 새가 한 마리 구했어요. 구했는데 알고 보니까 그 새가 금알, 금알 낳을 수 있는 거예요. 알. 이게 낳을 수 있는 거니까 그 이후로부터 이렇게 알 팔아가지고 부자 되잖아요.

그다음에 이렇게 근데 그 주인이 욕심 부려가지고 맨날 놔 둬, 그러니까 뭐 돈 떨어질 때 되면은 하나 낳잖아요. 돈 떨어질 때 되면은 하나 낳고 뭐 그러니까.

"그 이렇게 잡아, 잡았으면, 그 새를 잡았으면은 알 안에 많은 거 한꺼번에 꺼내면 안 되냐?"고.

이렇게 잡아 죽였어요. 그 죽였더니 안에 하나도 없는 거예요. 안에. 뭐 그런 거 있어요. 그런 이야기.

[조사자: 그게 새?] 네네. 그것도 새이고.

요괴 화피에게 훼손된 남편의 심장을 되살린 아내

● 구연정보

조사일시 : 2018. 12. 11(화) 오후
조사장소 : 서울시 광진구 화양동
제 보 자 : 조림 [중국, 여, 1992년생, 유학 3년차]
조 사 자 : 신동흔, 오정미, 박현숙, 엄희수

● 구연상황

제보자가 〈우렁이 각시〉 구연을 마무리 지은 뒤 더러운 이야기가 하나 있다며 자발적으로 새로운 이야기 구술을 시작했다.

● 줄거리

옛날에 한 예쁜 여인이 왕생이라는 서생에게 도움을 청하며 달려왔다. 왕생은 여인을 돕기 위해 집으로 데리고 왔고, 아내에게도 그 여인을 돕도록 했다. 며칠 후, 거리에서 만나 도인이 왕생에게 총채 모양의 불진을 주며 집안에 데리고 온 여인이 귀신이라는 사실을 알려 줬다. 그러나 왕생은 믿지 않았고, 결국 왕생은 여인의 모습을 한 귀신에게 심장을 먹혔다. 왕생의 아내가 그 도인에게 찾아가 살려달라고 애원하자 도인은 다른 미치광이 도인을 알려주었다. 매를 맞고 가래침을 핥아먹는 등 험하고 더러운 과업을 다 행한 아내는 망가진 남편의 심장을 회복시켜서 결국 왕생을 다시 살려냈다.

굉장히 더러운 이야기 하나 있는데 [조사자 3: 더러운 이야기?] [조사자 1: 그런 이야기 좋아요.] 네? [조사자 2: 그런 얘기 좋아요. 그런 거 해봐요. 괜찮아.] 이게 제일 길었던 것 같은데 [조사자 3: 응, 더러운 이야기가?] [조사자 2: 우렁각시 아니고?] 네. [조사자 3: 더러운 이야기가 제일 길다고.] 저도 할지 말지 되게 고민을 했는데. [조사자 2: 이런 거 좋아해요. (웃음)] 그래서 어제 준비를 하면서 막. (웃음)

[조사자 2: 제목이 뭐예요 먼저?] 화피예요. 화피. [조사자 3: 아 귀신!] 화피 불 화(火)랑 피(皮)는 사람의 피부 껍질이랑 피예요. 준비하면서 그러니까 저희는 거의 영화로 [조사자 3: 그래요 영화로 만들었단 얘기.] 네. 그게 주연 배우가 그 황제의 딸들에 나오는 배우 [조사자 3: 황제의 딸들에 누가 나왔을까?] 그 중이라는 배우. [조사자 2: 말해도 모르지.] [조사자 3: 아니 그게 아니라 혹시 한국배우인가 해서.]

이게 〈요재지이(聊齋志異)〉[●]라고 포송령이 쓴 그런 귀신 이야기집 같은데 나온 건데 [조사자 3: 요괴 이야기 뭐 이런 건가보다.] 네, 〈요재지이〉 전체가 약간 그런 이상하고 더럽고. [조사자 3: 천녀유혼 이런 것처럼?] 천녀유혼은 그래도 깨끗한 이야기예요. [조사자 2: 그게 요새지?] 〈요재지이〉 [조사자 1: 요재지이.] [조사자 2: 아 요재지이.] 저도 약간 준비를 하면서 울먹울먹 했어요. [조사자 2: 근데 이거 준비하기 전에는 몰랐고? 알았죠 그래도 영화도 보고.] 알았는데 그 정도로 그렇게 이야기가. [조사자 2: 아, 원래 이야기가 더 그런 거예요.] 저도 할지말지 되게 고민을 많이 했어요. 더러운 이야기라서 이거 좀 예의적이지 않은 거 같아서.

이게 이제 드라마가 아니라 '화피'는 영화 버전이 나왔는데 2부가 화피예요. 3부는 그냥 화피 이어서 다시 허구한 이야기인데 그때는 약간 '화목란(花木蘭)'[●●]이라고 [조사자 3: 응 화목란.] 그 모티프를 딴 것 같은데 그건 [조사자 3: 3부가?] 네? [조사자 3: 3부가 화목란 이야기인 것 같다고?] 네, 여자가 약간 화목란 이미지인 것 같아요. 여장군 이미지여서 [조사자 2: 자 시작부터.] 화피는 이야기는 영화랑 다르게 영화는 왕생 태헌부에 있는 왕생이라는 서생이 살고 있다. 이건

● 청나라 초기에 나온 소설집으로 괴이(怪異)한 내용이 담겨있다. 요재(聊齋)는 저자 포송령의 서재 이름으로 〈요재지이(聊齋志異)〉는 요재가 기록한 기이한 이야기라는 뜻이다. 모든 작품이 신선·여우·유령·귀신·도깨비나 이상한 인간 등에 관한 이야기이며, 민간에서 취재한 것들이다. 특히 요괴와 인간이 우정을 나누는 이야기가 많다.

●● 화목란은 민가 〈목란사〉의 주인공이다. 〈목란사〉는 아버지를 대신해 전쟁터에 나간 화목란의 이야기로, 지극한 효성과 가족애 그리고 나라를 위해 목숨을 바칠 수 있다는 애국심을 보여주는 민가이다. 월트 디즈니의 애니메이션 <뮬란>의 모티브이기도 하다.

이야기 버전이고 그러니까 영화 버전은 왕생이 장군이다. 굉장히 잘 나가는 장군이다. 이렇게 나오고 있어요.

이야기 버전으로 이야기 드리면 태헌부에 왕생이라는 서생이 살고 있었는데 어느 날 아침에 길거리에서 보따리를 안고 급하게 뛰어가는 젊은 여자를 봤는데 여자는 약간 15살에서 16살쯤으로 되어 보이고 굉장히 예쁜 여자라서 물어보게 됐는데 여자는 진짜 급하고 약간 울상인 얼굴로 하소연한 것처럼 얘기를 했는데,

"부모님이 돈에 눈이 멀어서 저를 큰 부잣집에 첩으로 팔았는데 제 미모에 대해 굉장한 질투심을 가지고 있는 정실부인? 첫째 부인이 매일같이 저를 괴롭히고 있어서 저는 참다못해서 뛰쳐나왔어요."

이렇게,

"집에서 도망 나왔다."

고 합니다. 왕생이 그걸 보면서,

"그럼 어디로 가겠냐."

고 했는데 그때는 부잣집은 약간 좀 많이 그렇게 좀 드라마적으로 각색된 걸 보면 어디로 가든 거의 다 찾을 수 있어서, 이야기는 그냥 왕생이 그래서,

"어디로 갈 거냐?"

고 물어봤는데 잘은 모르겠는데 일단은 그 집에서 벗어나서 일단은 먼저 벗어나야 된다고 생각해서,

"도망 다니고 있어요."

했는데 왕생은

"괜찮다면 먼저 저희 집에서 머물고 가는 게 어떠냐?"

해서 처녀가 그래서

"절대 다른 사람에게 제가 머물렀다고 얘기는 하지 말아주세요."

하고 부탁을 하고 나서 따라갔는데 그 집에 밀실에 숨었다고 해요.

그러니까 밀실이면 좀 약간 비밀 방 같은 약간 뭐 궤짝의 뒤쪽이나 궤짝 근처에 어느 부분 터치하면 갑자기 열리는 밀실이면 약간 그런 경우가 많았어요. 밀실은 약간 비밀의 방 누구도 모르는 그런 공간인데 왕생이 부인한테만 그 얘기를 했어요.

부인은 약간 이상해서 부인은 약간,

'길 가는 여자를 함부로 도와주는 건 좀 이상하다.'

이렇게 생각했는데,

"절대 다른 사람한테 얘기를 하면 안 된다."

고 했어요.

그래서 같이 살다가 왕생이 시장에서 돌고 있는데 길거리에서 돌고 있는데 도사나 도인 그런 사람이 갑자기 나타나서,

"서생이 왜 얼굴에 이렇게 여기에 지쳐서 이렇게 기운을 못 차리고 있는 거냐?"

고 물었는데,

"기운을 차리고 있고 전혀 그렇지 않다."

고 반박을 했는데,

"전혀 그렇지 않다. 혹시 요즘 집에 새로 들어간 사람이 있냐?"

고 물어봤는데

"없다."

고 했어요.

"그럴 수 없다."

고 했는데 길가는 여자를 그렇게 인식을 못 하고 있는 것 같아요. 그래서 도사가

"집에 누가 새로 들어온 사람이 정말 없냐?"

고 했는데 그냥

"며칠 전에 도망 다니는 여자를 받아서 도와주고 있다."

했는데

"그 여자가 바로 귀신이다."

했어요. 그래서

"절대 그럴 수 없다."

고 했는데, 그러니까 자기가 가지고 있는 그런 물건이 있어요.

그 물건이, 한국에서 블로그를 봤는데 그걸 자루라고 하는데, 파리 때리는 파리채처럼 뭐 그것도 있고 해서 또 하나는 약간 여우 꼬리처럼 그게 있는데 [조사자 3: 그거 중국에서 원래 갖고 다니는 사용하

는 그거 아니에요?] [조사자 2: 총채 같다. 총채.] 아니에요. 한국에서 불진(佛塵)이라고 쓰고 있어요. [조사자 3: 불진?] 제가 저장했어요. 어제 찾고 나서. 사전에는 없었어요, 이거. [조사자 2: 그런 단어는 없는데?] 불진인데 한국어로 어떻게 하는지는 이거 블로그 주인도 잘 모르는 것 같아요. 이미지만 거기서 했는데 그 이미지가 약간 영화에서 나오는 약간 좀 여우 꼬리 같았어요.

[조사자 3: 총채 같은데 그냥 먼지털이개 같은데?] [조사자 4: 이렇게 나오는.] (휴대폰으로 검색한 사진을 보여주며) 아니 비슷한 건데. [조사자 4: 이게 불진이래요. 이름이.] [조사자 1: 불진?] 네 그런데 그게 굉장히 여우 꼬리랑 닮은 것 같아요. [조사자 1: 불진이라는 게 뭔지?] 근데 불진이랑 그거 닭털이랑 뭐 어떻게 (사진을 보며) [조사자 1: 여우꼬리처럼 생겼네.]

근데 영화에서 각색한 건, [조사자 2: 짐승의 털로 만든 일종의 총채이다.] 먼지를 털 때 쓰는 건데, 그건 영화에서는 그걸 유리병에 담아서 그것도 구미호의 꼬리를 잘라낸 건데 귀신을 만나면 그게 막 움직이거나 안에서 빛이 난다고 그렇게 나와 있어요. 거의 다 비슷한 거 있어요.

그래서,

“불진을 가지고 집에 가 보라.”

고 했거든요. 그래서 그 불진을 받고 나서 서생은 그때 겁을 먹고 아내보고 가보라고 했어요.

그래서 아내가 그걸 그냥 밀실까지 했는데 주위에 이야기를 전개를 하는 걸 보면 그냥 집에 보통 안방에서 살고 있다고 얘기를 하는데 그 자기 서생이랑 그 왕생이랑 쓰고 있는 방에 그 방문 앞에 그걸 걸어놨다고 해요.

근데 걸어놨는데 그 어느 날 그 처녀가 들어오면서 그 방에 문 앞으로 왔는데 아내보고 가보라고 했거든요 무서워서. 그래서 아내가 가보면서 문틈 사이로 그 여자가 막 욕설을 퍼부으면서 그 순간 약간 본체, 원래의 모습이 드러나면서. 화나서 이도 약간 귀신 이빨처럼 긴, 그런 흉악한 모습으로 나타나서 약간 귀신이 사람을 물 것

같은 싹싹한 소리를 내면서,

"내가 이걸 보고 겁날 줄 알았냐."고.

그 이렇게 파리채 부치는 걸 보면서

"내가 이걸 보고 겁날 줄 알았냐."고.

그러면서 뒤돌아서 다시 갔다고 해요. [조사자 1: 집 바깥으로?] 아니요. 다른 방으로. 다른 방에서 살고 있어요.

그러니까 부부가 자는 방 앞에 걸어놨는데 그래서 이상하긴 했는데,

"내가 이걸 무서워할 줄 아냐."고.

그렇게 했을 때 이미 도사의 물건이라는 걸 알고 있었어요.

"뭐 이걸로 내가 이미 먹은 다른 사람의 심장을 뱉어낼 줄 알았냐?"

고 했대요.

실제로 그렇게 여자의 모습을 드러내고 있는 건 약간 좀 기생하는 식으로 그러니까 기생충 같은 그런 기생 생명체, 그렇게 기생해서 살아야 하는 건데 어떤 사람의 심장을 먹고 그렇게 됐다고 해요.

그래서 그 부인이 진씨였는데 하녀도 같이 촛불을 들고 그걸 보고 놀라서 다 달아나 버렸다고 하는데 이튿날 부인이 그 순간 약간 간 것 같은데 다시 돌아왔다고 했는데 그날 밤에 난리가 나서 남편의 심장을 또 파내서 먹고는 도망쳤다고 했는데 하녀가 후에 왔어요.

마지막에 하녀가 왔는데 그 촛불 밝히는 순간에 남편이 이미 심장이 약간 파헤쳐져 있고 땅에 누워있고 그리고 피범벅이었어요. 그러니까 부인이 동생을 시켜서 청진이라는 곳에 가서 밤의 일을 알리라고 했는데 그 청진에 도사가 살고 있었어요. 그 도사가,

"내가 가엾게 여겨서 널 봐 준건데 감히 이렇게 또 죄 없는 사람을 잡아먹는구나."

해서 왕생의 집으로 간 거예요.

그래서 그 도사가 그 도사는 그 모습을 보고 나서 도사는 또 그런 물건이 있었어요. 귀신을 찾으면 알리는 그런 물건이 있었는데 그걸 보면서,

"분명히 이 집 안에 있다."

이렇게 얘기를 한 거예요.

"절대 그럴 수 없는데, 여기는 어제 남편의 심장을 먹고 도망을 갔다"고.

이렇게 얘기하니까

"절대 그럴 수 없다고 이게 거리가 얼마면 반응이 일어나고 있다."

고 해서 혹시,

"다른 사람 들어온 사람이 없느냐?"

고 했는데

"없다."

고 했어요. 남원이라고 남쪽에 있는 뜨락이 있는데

"거기에 누가 살고 있냐?"

라고 했는데 그러니까 두 가지 버전이 나왔는데 하나는 동생은 그냥 형 집안에 남쪽에 있는 뜨락이다. 하나는 동생이 형의 집안에서 살고있는 집이다. 이렇게 나와 있어요.

그래서 나와서

"제 방이에요."

아니면 뭐

"오늘 아침에 잠깐 물어보고 오겠다."

고 해서 집에 사람들은 뭐,

"동생이 아침에 나간 사이에 어떤 노파가 시녀로 일하겠다고 들어왔다."

고 했어요. 그래서

"그 시녀가 귀신이다."

했는데 노파가 그때 집 안에 있는 기름인지 어느 곳에 숨어 있다가 갑자기 놀라서 뛰어가는데 마당으로 지나가면서 도사가 갖고 온 나무 검으로 그 노파를 후려친 거예요.

후려치고 나서 그 도사 검에 맞아가지고 검을 못 이기는데 그 나무 검이 일반적인 검이 아닌 것 같아요. 그래서 가죽 벗겨지고 가죽 벗겨지고 나서 그러니까 연기 같은 게 이렇게 나오는데 그게 반응이 있는 그 유리병이라고 하고 있고 아니면 뭐 갖고 온 조롱박을 꺼내서 거기에 빨아들였는데 조롱박이 그걸 빨아들일 수 있다고 해요.

그 빨고 나서 인피는 그냥 옛날에는 그림을 이렇게 돌돌 말아서 메고 다닌 것처럼 사람 가죽은 그걸 말아서 가져갔는데 부인 진씨가 진씨 부인이 굉장히 슬퍼하면서 남편을 살려달라고 했는데 도사가,

"내 도술은 이 정도밖에 안 돼서 도와주는 건 힘들고. 대신 저잣거리에 미친 광인이 있는데 굉장히 더럽고 콧물이 석 자고 그러니까 분뇨, 똥오줌 위에서 살고 있는데 그 사람한테 가서 도움을 받으라."

고 했는데,

"무릎을 꿇고, 그 대신 그 사람이 욕설을 하든 과한 행동을 해도 전부 다 반응을 하지 말아야 된다."

고 했거든요.

그래서 부인이 무릎을 꿇고 가서 말했는데 광인이 약간 박장대소하면서,

"천하에 남자가 많은데 왜 하필이면 왜 하필 그 남자여야만 했냐, 남편 돼 줄 수 있는 사람이 많은데."

그래도 부인이 고집스럽게 애원을 하다가 광인은 그러니까,

"내가 죽은 사람을 다시 살려낼 수 있다니 내가 염라대왕이라도 되냐."

고 해서 그러니까 지팡이로 부인을 함부로 마구 내려쳤는데, 부인은 그냥 그 지팡이로 전부 다 맞았어요.

전부 다 받아주고 나서 사람들이 굉장히 많이 모인 데서도 모든 걸 내려놓고 맞기만 하다가 갑자기 그 광인이 가래침을 뱉어서 그 한 움큼 이렇게 손에 들어가지고 땅에 버리면서 그걸. [조사자 3: 먹으라고?] 어우 네. 그게 콧물도 있고 굉장히 더러운 건데 그걸,

"전부 다 깨끗하게 먹으면 돌아가라."고.

얘기를 했는데 부인은 굉장히 올라왔는데 그걸 다 먹었다고 하는데 그걸 사람들이 전부 보는 저잣거리에서 먹고 나서 집으로 돌아왔는데 굴욕을 당하고 사람들이 보는 앞에서 당했는데 남편의 시신을 수습해주는 사람이 없었거든요.

귀신이 그렇게 만들어 놓은 거라서 굉장히 흉한 모습이었는데 다가갈 엄두도 나는 사람이 없었고 부인이 혼자 서럽게 그렇게 남편의 뭐 장이랑 내장을 추스르고 있는데 갑자기 목으로 뭔가가 올라오는 거예요. 그러니까 갑자기 가슴으로부터 이렇게 올라오는데 그게 입을 벌려져서 튀어나와서 입을 벌려졌는데 그게 튀어나오면서 그걸 삼키면서 약간 가슴이 아팠긴 한데 그 가슴 부위에 하필이면 거기서 튀어나왔는데 그게 남편의 심장이었어요. 빨아먹은 그 오물이 체내에 들어가서 남편의 심장이 된 것 같아요. 그래서 그걸 그게 튀어나오는 순간에 남편의 심장 자리에 가서 자리를 잡은 거예요.

그렇게 자리를 잡고 나서. [조사자 3: 살았네.] 부인이 갑자기 그 피부를 이렇게 꽉 잡아주면서 그걸 메워줬는데 처음으로 이렇게 감싸, 그러니까 다시 메워줬다고 하는데 그때부터 남편이 약간 몸에 온기가 다시 찾아왔다고 하고 이불로 덮어 줬는데 밤에 약간 남편의 숨소리가 다시 붙여지면서 다음날 아침에는 아예 그냥 싹 털어버리고 [조사자 2: 살아났구나.] 네, 살아났고 가슴에는 그냥 동전만한 그런 딱지가 붙어져 있는데 그 딱지가 나중에 뭐 다시 새로운 피부가 겹쳐가면서 옛날처럼 잘 살았다고 합니다.

버전이 이게 다른 중간에 이게 버전이 여러 가지가 있는데 그 도인보다 도인인 척 떠돌아다니는? 그 도인은 거의 남자인데 영화 같은 경우에는 여자가 그런 거지처럼? 그런 노숙자처럼 나와서 그렇게 이런 일 다른 나라에서 가는 동네마다 귀신이 자꾸 이렇게 하고 있다는데 영화에서는 부인이 밖에 나가면서 갑자기 누군가가, 영화 버전은 굉장히 흥행했는데 영화 버전은 그냥 남편이 장군이어서 부인이 내조하는 사람인데 남편이 거느린 장병들 사이에 그 점을 굉장히 잘 보는 사람이 있었는데 그 사람이 하필이면 그날 자기한테 올 거라고 맞추지 못했어요. 그래서 심장을 파내서 먹게 됐는데 그렇게 우연하게 길에서 그런 사람을 그 여자는 노숙자를 만났는데 집에는 여기가 와 있다고 해서 들어가는데 그건 여자가 껍질을 벗긴 그 귀신을 봤다고 하는데.

그러니까 이게 버전이 약간 다른 거긴 한데 저는 원래 이야기에서 제일 이상한 건 순서가 약간 바뀐 거 같아요. 그 순서에는 약간 도인을 보고 나서 이상한 물건을 줬다 하기도 하고 그냥 집에 가서 보기도 하는데 그때가 방이 바뀌어진 거예요. 처음에는 밀실에 들어가 그냥 숨어 살라고 하는데 도사를 보고 나서 자기 서재에 가서 보는데 서재 문이 안쪽에서 잠겨있다고 해서 담장을 뛰어서 넘어갔는데 서재 문 앞쪽까지 가서 문틈 사이로 그 예쁜 처녀가 자기 가슴을 벗겨서 색을 칠하고 있다고 해서 그게 무서워서 다시 저잣거리로 가서 도사를 찾으면서 불진을 받았다고 그러니까 이야기 버전이 이런데.

이야기 버전이 그런데 그 영화 버전은 그냥 그 노숙자 같은 여자가 집에 찾아오면서 그런 귀신한테는 몸에 상처가 있다고 해서 탈의를 시키고 나서 몸을 다 구석구석 살펴봤는데 못 찾았는데 그게 있었던 곳은 머리카락 두피 사이에 있어서 못 찾았다고 그렇게 나오고 있어요. 그래서 준비를 하면서.

[조사자 1: 아니 더러운 이야기는 아닌 거 같아 아름다운 이야기.] 아니 뭐 근데 콧물이랑 그걸 다 손에 뱉고. [조사자 1: 사실은 그만큼 간절했다는 이야기겠죠. 남편보다 아내가 훨 낫네.] [조사자 2: 그렇죠.]

[조사자 3: 그런데 그 왜 사람 심장을 빼먹는 그 여자 귀신이 중국에서 유명한 귀신이에요? 아니면 이 이야기에서만 나오는?] 그 〈요재지이〉에 나오는 귀신이에요. 그 〈요재지이〉 자체가 포송령이라는 사람이 쓴 그런 [조사자 3: 그리고 귀신의 징표는 몸에 그림 같은 게 있는 거예요?] 그건 제가 영화에서 그렇게 있다고 해가지고 근데 실제로 영화에 그게 굉장히.

그러니까 미국의 영화도 많이 찍었던 여자배우가 찍은 건데 영화에서 실제로 여자를 탈의시켰어요. 그러니까 탈의시켰는데 등을 찍었는데 머리에 그 다는 천 조각 같은 게 굉장히 길어서 몸이 이러면 중간에 몸이 이러면 중간으로 이렇게 막아서 중요한 부위를 전부 다 막아버렸어요. 그래서 여자 노숙자만 옆쪽에서 물에 매여 있는 그 장식품을 이렇게 들어서 보는 걸로 되어있는데 그 모습을 처음으로 본 아내한테 일부러 보인 거예요. 그러니까 일부러 보이는데 갑자기 그때부터 굉장히 무서운 모습을 드러내주면서,

"나에 관한 이야기 들었지?"

하면서 갑자기 머리 사이로 이렇게 하면서 그러니까 들었는데 뭐 이렇게 벗겨지는 거예요. [조사자 2: 그건 이제 영화적 표현인 거지.] 네 영화에서 표현은 약간 비슷하다고 할 수 있는 거 아닐까요?

저는 이 이야기를 정리하면서 그러니까 지렁이 같은 그런 벌레로 지렁이 엄청 많은 지렁이들이 모여서 사람 모습으로. 움직이면서도 그 사람 모습을 이루고 있는데 그 사람 모습은 사람을 한 사람씩 잡아먹을 때마다 그 피부가 좋아진다고 해서 그 칠하기만 해서 피부가 좋아진 건 아니고 심장 먹으면서. 근데 그 영화 버전은 심장을 썰어서 [조사자 2: 더 자극적으로 만든 거지.] 근데 그 실제로 그 이야기가 번역한 것보다 원본도 굉장히.

[조사자 1: 요재지이는 예전에 조금 봤었는데 거기 여우 이야기도 굉장히 많이 나오고.] [조사자 3: 천녀유혼도 거기 실려 있다는데요?] 천녀유혼은 진짜 깨끗한데 이건 진짜 [조사자 3: 그러니까 어쨌거나 귀신, 예쁜 귀신.] [조사자 1: 요즘에 주호민 작가가 하는 빙탕후루? 그 웹툰에 보면 중국 귀신도 굉장히 많이 나와요. 네이버 웹툰에 그거 중국 이야기인데 네이버 웹툰에 빙탕후루라고 중국의 수많은 요괴들이 계속 나오는 웹툰이 있어요.]

그런데 나중에 그 껍질을 벗겼는데 그게 지렁이 모양의 사람인데 그러면서 아내한테 이야기하는 거예요. 그 모습에 아내가 너무 충격받아서 입을 막고 뒤로 막 휘청했는데 그전에도 그전에 각색한 부분은,

"맛있는 과자가 있는데 같이 좀 드실래요?"

했는데 그 함 속에 사람의 심장을 썰어놓고.

[조사자 3: 영화를 너무 인상 깊게 보셨나 보다.] 아 그런데 저 갑자기 생각났는데 보련등이 약간 자명고 같았어요. 자명고가 원래 이제 뭐 [조사자 3: 저절로 이제 적군이 오면 알려주는 북? 그런 거?] 네.

보련등을 되찾은 여신의 아들

● 구연정보

조사일시 : 2018. 12. 11(화) 오후
조사장소 : 서울시 광진구 화양동
제 보 자 : 조림 [중국, 여, 1992년생, 유학 3년차]
조 사 자 : 신동흔, 오정미, 박현숙, 엄희수

● 구연상황

제보자가 〈백사전〉 이야기를 마친 뒤 쉼없이 바로 이어서 구술했다. 조사팀이 앞의 이야기의 일부인지 새로운 이야기가 시작된 것인지 잠시 혼동했다. 제보자가 빠르게 말을 하다보니, 몇몇 어휘는 정확하게 전사하기 어려웠다.

● 줄거리

신의 존재인 하늘의 여인이 서생과 사랑에 빠져 결혼을 하고 아이까지 낳았다. 여신의 오빠가 인간과 결혼하여 하늘의 규칙을 어긴 여신의 죄를 하늘에 고했다. 결국, 여신은 오빠에게 잡혀가고 여신의 보련등도 오빠에게 빼앗겼다. 그러나 후에 여신의 아이가 성장하여 엄마를 구하고 보련등도 되찾았다.

'보련등'이라고 이야기가 나오고 있는데 저는 처음에는 보련등이라고 이어진 줄 알았어요. 보련등은 그게 약간 등불 모양의 이런 물건인데. 그러니까 옛날에 한 서생이 있는데. [조사자 2: 이건 또 다른 이야기예요? 지금 다른 얘기로 간 거예요?] 그게 아니고 보련등은 약간. [조사자 3: 이어진 거 같기도 하고 이제 다른.] 네. 근데 실제로는 아닌 거 같아요.

[조사자 1: 백사전 이야기는 그게 보면 문명적 고등종교하고 옛날에 민간신앙하고 그게 서로 갈등하는 그런 류의 이야기가 담긴 이야기인 거 같

아요. 뱀이나 용 같은 경우는 민간에서 내려오던 건데, 그런데 불교나 도교가 같은 것들이 법해 같은 경우는 이제 고등종교.] 법해는 불교일 것 같아요. [조사자 1: 불교 또는 뭐 도교 이런 쪽. 법자도 법 법(法)자에 바다 해(海)] 네, 바다 해. [조사자 1: 그래가지고 민간신앙과의 갈등 같은 것들이 그 안에 담겨있는 것 같은. 우리나라에도 보면 삼국유사 같은 데 보면 도승들이 용이나 민간 신들을 이렇게 공격해서 다스린 이야기가 많거든요. 그러니까 이게 문명적으로 좀 통하는 거 같아요.] 네.

[조사자 1: 하여튼 이야기.] [조사자 3: 보련등.] [조사자 1: 보련?] 보련등 같은 등불인데. [조사자 2: 보련등.] 등불은 밝히지 않으면 그냥 평범한 물건 같기도 한데, 보련등 같은 경우는 이것도 보통 신이 여자예요.

여자가 땅나라의 일반적인 서민들 속에 남자한테 반해서 이렇게 이야기를 하다가. 그렇게 약간 이야기를 나누는 식으로 터치를 하다가 나중에 인연이 이어져서 결혼을 하고 애도 낳았다. 이럴 때 보통 애기를 갖는다든가 애가 태어나고 나서 그게 신한테 들켜서 그걸 알게 된 신은 또 나쁜 신이에요. 사람과 결혼하는 그런 신은 좋은 신이고 그런 상황에서 천궁의 옥황상제가 제일 자리가 높다고 하면 거기 일러바쳐가지고,

"나중에 올라오지 않으면 인간세상의 사람들을 괴롭히겠다. 아니면 남편의 애를 괴롭히겠다."

이런 모티프motif가 굉장히 많은 것 같아요. 보련등도 이런 거예요. 그러니까 보련등은 옛날에 전부 서생이에요. 서생은 근데 이름은 뭐 유새 있고, 류새도 있고 쇄는 그 황제가 쓰는 도장 같은? [조사자 1: 도장.] 네, 그 새(璽)예요. 옥새(玉璽). 네, 그 새예요.

그리고 서생이 잠깐 과거시험을 보러 가는데 화산에 들러서 구경을 하게 됩니다. 그리고 과거시험을 보면 상경해서 그게 지금이 베이징인데 그쪽에 가서 시험을 보는데, 그 화산은 화산에는 신묘가 있는데 그 사원같이 신묘가 있는데 그러니까 사원이면 보통 불교 유교 이런 건데 이건 약간 불교가 아니라 그냥 신묘인데 여러 신선들을 모셔놓고 이렇게 하는 건데 그 '삼성모'라는 삼은 그냥 세 번째

삼(三). 숫자 3이고 성은 성모 마리아 성(聖) 모는 엄마라는 모(母)자인데, 선녀이고 결혼은 안한 그런 선녀라고 합니다. 그래서 선녀가 왕모인데 여기서 왕모가 거의 뭐 서왕모라고 많이 나오고 있습니다.

서왕모의 명으로 가서 화산의 **에 가서 인간세상의 사람들을 뭐 도와주는, 직접적이 아니라 약간 좀 재난 같은 게 나면 그거 뭐 없앤다던가 이렇게 하고 있는데, 그렇게 혼자 살고 있어서 거의 다 고독함을 느끼는데. 근데 선녀상이 있어요. 삼성모가 자기 모양과 똑같게 만든 그런 상이 있는데 그 상을 보는 서생이 반하게 되면서 그 붓을 들고 그 치마가 치맛자락? 거기에 정시를 담아서 쓴 거예요. 서생이니까 그러니까 글공부를 굉장히 잘 해서 그렇게 쓰는데 여기서 두 가지 버전이 또 나오고 있어요.

그러니까 한 가지 버전은 삼성모가 화가 난 버전이 있고, 두 번째 버전은 삼성모는 거기에 감동을 받아서 신에서, 석상에 앉아있지 않고 그 옆쪽에 있는 일반적인 여자로 변해서 옆에서 나타나면서 그렇게,

'내가 천벌을 어기겠다.'

이런 걸 알면서도,

'사귀어야겠다. 놓치지 않겠다.'

이렇게 해서 결혼을 하고 나서 그냥 일반적인 민간인으로 살게 되었는데 남편이 계속 과거시험을 준비하고. 솔직히 제가 보면서 좀 안 맞는 게 과거시험을 보러 가는 길이면 결혼을 하고 나서 바로 가야 하는데 뒤에 나와서 전개하는 걸 보면 계속 또 준비하는 걸로 나오고 있어서. [조사자 1: 과거는 뭐, 단번에 안 붙을 수도 있으니까.] (웃음)

아하, 그래서 뭐 과거시험 날짜가 될 때는 성모가 이미 애기를 갖고 있다, 그쯤에서 애기가 태어났다, 이런데. 그렇게 해서 애기가 다시 태어나게 되는데 그때가 서왕모는 약간 옥황상제가 남자의 최고라면 서왕모는 여자 신에서 최고인 것 같아요. 그러니까 그렇게 생일날에, 반도가 이제 복숭아인데 이렇게 생기고 납작한 복숭아. 그 반도 일을 그걸 했는데 선녀만 안 온 거예요.

삼성모만 안 나와서, 오빠는 '이랑신'이라고 나오는데 그 개를

한 마리 기르고 있었어요. 그러니까 작은 그런 개가 아니고 약간 대형견스러운 그런. 그러니까 효청견이라고도 하고 허청견이라고 뭐 두 가지가 있는데 그걸 발견하고 나서 그 삼성모가 결혼한 사실을 알게 됐어요. 그리고 삼성모는 실제로 이랑신의 여동생인데 오빠는 나쁜 오빠가 굉장히 원래 나쁜 신이고 해서, 그래서 그 사실을 옥황상제한테 알렸는데 그걸로 해서 천벌을 받게 된 건데.

그러니까 그때가 얘기부터 두 가지 버전이 또 나오고 있는데 첫 번째는 그냥 애기가 태어나니까 태어나고 나서,

"내가 바로 자진을 해서 탑 아래 제가 있겠다."고.

"그 탑 아래 쌓여있겠다."고.

가서 나온 이야기고 두 번째 버전은 애가 나올까 봐 먼저 가는데 그 탑 아래 가서 먼저 쌓이는데 애기를 낳고 나서 그 시녀가 있어요. 그 시녀가 일반적인 시녀도 있고 뭐 '하정거'가 그 시녀로 되고 있다 이렇게 나오는데.

첫 번째 버전은 남편이 과거시험을 보고 돌아와서 바로 애기가 태어나서 남편한테 넘기고 나중에 남편한테,

"애기가 크면 약간 엄마가 어떤 꼴 당하고 있다. 엄마가 어떤 고생하고 있다 이렇게 얘기를 해달라."

고 하는 버전이 있고.

탑에 가서 애기를 낳고는 시녀나 하정거를 시켜서,

"남편한테 애기를 보내 달라."

이렇게 하는 버전도 있었어요.

그래서 애가, 애가 진향인데 진은 그 무겁다 진 자, 향은 그냥 향이라는 향(香)이고 진은 뭐 무거울 진(鎭)? 그런 거 같아요.

그 애기가 8살 되는 해에 글공부도 해서 아버지는 선비여서 그 삼촌 이랑신을 절대로 이길 수 없는 상황이어서 아빠보다는 조금 센 편인 거 같아요. 그래서 엄마를 구해내겠다. [조사자 2: 딸이에요?] 아니요 남자. [조사자 2: 아들이에요?] 네, 향자라니까 되게 좀 여성스러운가? [조사자 2: 그래서.] 아 깜빡했어요, 그건.

그래서 남자아이가 8살에 이랑신한테 찾아갔어요. 삼촌한테 사

정하면 물론 안 될 거라는 걸 알면서도 한번 해보는 그런 마음으로 했는데 그때는 절대 이길 수 없는 이유가 있었어요. 그 버전이 너무 다르게 나와서 그때는 또 한 가지 버전이 있는데 약간 여동생이 임신하고 있는데 그때 뭐 보련등을 가지고 있었대요. 보련등을 일단 뭐 나쁜 수재 같은 걸 전부 해결할 수 있다, 나쁜 일체를 해결할 수 있다. 누군가 뭐 그러니까 소유주한테 나쁜 생각을 하고 나쁜 행동을 하거나 그렇게 오는 거면 거의 다 경보장치처럼. 그렇게 그게 빛을 발산하는 빛의 뭐 잘 안 되는 경우도 있고 해서 그래서 이랑신이 동생이 잠들고 있는 사이에서 유새랑 살고 있는 집에서 가만히 훔쳐왔다고도 있고, 자기가 기르고 있는 개를 시켜서 훔쳐왔다고도 해서.

그래서 동생이 탑에 쌓이면 그게 자기가 소유하고 있잖아요. 그러니까 소유하는 사람이 제일 센 거예요. [조사자 1: 아 보련등을?] 네. 그래서 찾아가면 물론 보련등이 알릴 수 있어서 삼촌한테 사정했는데 안돼서 너무 슬프게 울고 있는 거예요. 그래서 너무 슬프게 울고 있는 데서도 두 가지 버전이 나오는데 한 가지 버전은 그 울음소리에 놀란 신이 있는데 그 신이 그것을 보고 되게 가엾게 느껴져서,

"뭐 내가 가르치겠다."

예를 들면 뭐 훅 하면 나비가 나오고 그런 무예 신적인 무술 같은 걸 가르쳐서 8살부터 몇 살까지 3년 연습했다 뭐 몇 년 연습을 했다 해서 엄마한테 엄마를 구하러 가는데. 그것으로 구하러 가는 길에는 신이 뭐 자신 쪽으로 나와서 도와준다거나 아니면 뭐 진향이 누구한테 숲속의 어떤 선(仙)인이 있는데 그런 사람한테 가서 뭐 배웠다. 이렇게 두 가지 버전 해서 삼촌과 싸우러 가는데 그때는 거의 뭐 11살 때가 됐다. 아니면 8살 버전도 있긴 한데.

그래서 삼촌이랑 싸웠는데 보련등이 있어서 엄마도 잘 알고 있어요. 그래서,

'쉽게는 삼촌을 이길 수 없다. 뭐 질 것 같기도 하다. 삼촌한테 얘가 크게 다칠 수도 있다.'

이걸 다 생각하고 있는데 삼촌한테 가서 싸우는 순간에 너무 소란스러워서 하늘땅이든 그 근처에 있는 신들이 전부 다 놀라서,

‘애기가 효자구나.’

해서 애기를 도와서 이랑신 그 삼촌을, 그 삼촌을 뭐 이기도록 도와주고 나서 보련등을 빼앗아서 엄마를 구하고 다시 집으로 돌아와서 세 사람이 행복하게 살고 있다. 이렇게 나오고 있다고 합니다.

[조사자 3: 그럼 이게 어떤 효도와 관련된 어떤 무슨 특별한 날이랑 연결되지는 않아요?] 없는 것 같아요. 아니면 뭐 전해진 따로 어느 지역이든가 그럴 수도 있는데 그런데 보련등 같은 경우는 애니메이션이 제일 먼저 나왔어요. 보련등은 그래도 애기들한테 들려주는 그런 이야기 [조사자 2: 아 약간 엄마 찾아 삼만리처럼 엄마를 지켜주고 그런 식으로 애니메이션 화 됐나봐요, 그쵸?] 네. [조사자 2: 엄마를 위해서 복수해주고.]

그런데 아까 갑자기 생각이 난 한국 이야기가 있었는데 까먹었어요.

[조사자 1: 보련등의 보는 보배 보(寶)자.] 네. 련은 연꽃 련(蓮)자. 보련등이 약간 좀 연꽃처럼 생겼고 중간에 빛이 나는 거래요. 그런데 보련등은 실제로 이랑신은 나쁜 신이 아니라 서유기에서는 좋은 신으로 그렇게 나오고 있어요.

양산백과 축영대

● **구연정보**

조사일시 : 2017. 09. 21(수) 오전
조사장소 : 서울시 마포구 신수동
제 보 자 : 리칭후아(이청화) [중국, 여, 1976년생, 결혼이주 17년차]
조 사 자 : 김정은, 황승업

● **구연상황**

제보자가 중국의 4대 고전을 차례대로 이야기하겠다고 하며 〈남편을 따라서 죽은 맹강녀〉 이야기에 이어서 구연했다.

● **줄거리**

양산백과 축영대는 중국의 봉건사회 시절 학업을 계속 하기 위해 남장을 한 축영대와 선비 양산백의 비극적인 사랑이야기다. 부잣집 아가씨였던 축영대는 자신이 남자란 것을 계속해 암시하지만 양산백은 이를 눈치 채지 못했다. 몇 년 후 집으로부터 편지가 오자 축영대는 양산백에게 칠월칠석에 자신에게 찾아오라 말하고 떠났다. 양산백은 축영대가 여자인 것을 알게 되고 그녀를 찾아갔지만 그녀는 집안에서 정한 약혼자로 인해 괴로워하고 있었다. 양산백은 결국 슬퍼하다 죽고 말았다. 축영대가 결혼하는 날 축영대가 양산백의 비석을 지나가는데 어디선가 나비 한 마리가 날아오고 양산백의 무덤이 갈라졌다. 양산백의 무덤에 축영대가 끌려 들어갔고, 이후 무덤에서 나비 두 마리가 날아갔다.

량샨보(양산백) 쯔잉타(축영대). 우리 또 유럽 쪽에 있으면 로미오 줄리엣 있다면 중국엔 양산백과 축영대가 맞설 수 있죠. 양산백과 축영대. 경극도 나오고 춤도 나오고 많이 나오잖아요. 이거. 진짜 유명한 중국의. 아마 중국에 사는 사람들은 다 알 거예요. 중국의 4대

는 거의 다 알죠. 책에서도 나오고. 동화에서도 많이 나오고.

근데 축영대라는 여자잖아요. 여잔데 얘는 잘사는 집안의 딸이었어요. 어렸을 때부터 남자 못지않게 공부도 많이 했고 그리고 부모님 사랑을 많이 받았고. 이런 여자였는데 그 시대만 해도 중국의 오랜 봉건 옛날이라고 했기 때 잘 사는 사람들이 먼당호 뚜이마가 뭐냐면 끼리끼리 맞는 사람들끼리 만나야 하잖아요. 그런 시대에 살았고 남존여비 남자는 그런 게 강했죠. 그때는 이미 부계, 씨족 공동체라는 부씨쓰다이(부계)기 때문에 남자는 이제 공부를 많이 하고 여자는 바느질 하고 여성상을 굉장히 바랐던 시대였던 거 같아요.

그래서 축영대가 공부를 더 하고 싶었지만 아빠는

"너는 이제 여자로서 공부를 더 이상 안 해도 된다. 집에서 바느질이나 더 하고 시집갈 준비를 해야 한다."

열여섯 살이었으니까. 그죠. 열여섯 청춘 이팔청춘 꽃나이 시집갈 나이죠, 그때만 해도. 그래서 얘는 슬프죠. 공부를 더 많이 하고 싶고 이 마음속에는 열정. 학업에 대한 열정이 막 불붙었는데 아빠의 뜻을 거스를 수는 없고 해서 아주 슬픈 표정으로 올라갔어요.

보면 양산백과 축영대 보면 항주 소수 이쪽이야기 보면 중국의 이야기 스토리를 보면 굉장히 아름다워요. 연애소설이 좀 많이 나와요. 중국에서 비유하면 항주 소주 하면 특히 항주에서 멜로드라마, 멜로 영화를 많이 찍는 이유가 소주는 그 아청다리가 있고 항주는 시호배 사랑이야기를 되게 많이 찍거든요 그리고 사랑이야기 전설도 또 많고. 양산백과 축영대도 마찬가진 거 같아요.

또 얘가 집을 보면 예쁘더라구요. 정원도 예쁘게 하고 집이 2층으로 되어있는데 다락방도 또 있어서 올라가는 거예요. 축영대는,

"알았어요."

하고 이제 그쪽으로 혼자 조용히 창문을 열고 창밖을 보고 있는 거예요.

그래서 이제 아버지의 뜻은 거역할 수는 없지만 그래도 뭔가 내려가지 않는, 받아들일 수가 없는 거예요.

그래서 얘가 고민 고민하다가 '야환'이라고 하는 몸종, 시녀라 그

러죠. 시녀 누구냐면 은심이와 남자처럼 딱 하고 공부를 더하겠다고 맘을 먹고 집을 몰래 나온 거예요. 그죠. 집을 몰래 나와서 길을 가고 가고 가고 가다가, 어느 한 곳에 너무 힘들어서 딱 쉬고 있었어요.

딱 쉬고 있었는데 딱 보니까 중국의 선비를 '쑤셩'이라고 그러거든요. 서생이라 그러죠. 서생이 딱 거기 앉아 보니까 두 남자애가 보니까 예쁘게 생겼겠죠. 너무 힘들어 ,

"오라."고.

"와서 여기 앉아서 쉬라."고.

자기 옆으로 오라는 거예요. 얘가 탄로날까 봐 무섭잖아요. 이제 막 움찔 하고 있는데 원래는 은심이한테 먼저 말했는데 은심이는 놀래갖고 이런 일을 못 당했으니까 놀래갖고,

"시아오지에. 어떻게 하면 좋냐?"고.

시아오오지에는 아가씨라는 뜻이잖아요. 그때만 해도 시아오지에라 그러면 잘 사는 집 규슈를 시아오지에라 하는데 시아오지에 하니까 얘가,

'아이고, 이거 어떡해!'

탄로 나면 안 되잖아요. 그러더니 바로 와갖고 공부를 한 사람이라 머리회전이 빠르잖아요.

"아, 우리 집에 몸종인데 얘가 내 시녀인데 우리 집에 나 말고 난 남자고 우리 집에 아홉 명의 딸들이 있는데 오빠인 내가 가니까 자기들도 더 공부를 하고 싶은데 아빠가 너네는 딸이니까 집에 있어. 오빠만 가야해, 이래서 딸들은 놔두고 나만 왔다. 그래서 얘가 시아오지에라고 갑자기 나왔나 보다."

이렇게 임기응변을 한 거예요. 그랬더니 양산백이가 그런 거예요. 어떻게 그런 생각을 하느냐고 여자와 남자가 딱 같이 남녀평등을 생각하고 있는 거예요, 그때 축영대는 그래서 보니까

'오! 이런 남자가 세상에 다 있네!'

너무 멋있잖아요. 사실은 첫눈에 얘가 반한 것 같아요. 생긴 것도 또 얼마나 그 시대 안 같게 얼굴이 곱상한 게 한때 유행했던 시절이 있었어요, 중국에서. 진짜 요즘의 아이돌 같은 얼굴이. 그래가지

고 얘가,

"어디를 가냐?"고.

물어봤더니 자기는

"항주시에 있는 공부하는 방 거기를 간다."고.

그랬어요. 학교겠죠. 대학공부도 할 수 있는. 거기 서당 그쪽으로 간다고 하니까.

"나도 거기 가는데!"

그랬어요. 그랬더니

"오! 그럼 같이 가자!"

그래서 길도 모르는데 남자랑 같이 간 거예요.

거기 가면 가르치는 선생님이 있고 스승이 있으시고 그 사부님이 계시고 사모님이 계시겠죠. 둘이는 공부도 열심히 하고 나가서 진짜 풀 뜯는 양떼들도 보고 꽃도 보고 나무도 보고 서로 어려운 일 있으면 도와주고 대화도 너무 잘 통하고. 왜냐하면 얘가 바랬던 모습들이 얘가 있잖아요. 그래서 너무 잘 지낸 거예요.

그런데 남자는 형제라 생각하잖아요. 양산백은 축영대는 이미 마음속에 얘를 내 남자라고 막 깊이 사랑에 빠진 거예요. 얘는 남자로서 막 너무 좋아했던 거고 축영대는 또 나이 남자 이성으로 너무 좋았어요.

그런데 집에서 3년이 딱 흐르니까 편지가 온 거예요.

'딸아, 딸아! 너무 보고 싶다. 내가.'

있잖아, 아버지는 너무 딸이 그리운 나머지 쓰러진 거예요. 병이 나서 쓰러진 거예요.

"너 집으로 좀 와라. 그만 공부하고."

얘도 엄마아빠가 그리운 거예요.

'그러면 가야 되겠다.'

그래서 양산백에게 얘기를 했죠.

"가야 되겠다."고.

그래서 양산백이가 이제 뭐 얘가 간다고 그러고 축영대는 양산백이를 맘속으로 굉장히 사모하고 있고 떨어지기가 싫지만 집은 또 가야할 것 같고. 사모님한테 그랬어요.

"사모님 사모님 사실 제가 남자가 아니고 여잔데 난 너무너무 얘를 사랑한다."고.

사모님이 막 웃더니,

"난 너 진작에 여잔 줄 알았어. 그리고 너네 둘이 너무 보기 좋았다."고.

그러는 거예요. 그래서 사모님이 그렇게 얘기 하니까 너무 좋잖아요. 그래서 사모님이

"어떻게 하면 좋겠냐?"고.

그래서 사모님이

"너네 둘이 결혼해가 잘살면 좋을 걸."

그런 식으로 얘기를 해서 사모님도 굉장히 깨어있으신 분이신가봐요. 그래서 축영대가 양산백 보고 7월 7일 날 우리 집으로 오라고 했어요. 그죠. 그래서 양산백이 뭐 '오케이' 했나봐요.

그런데 얘 축영대는 양산백이한테 사실은 굉장히 암시를 하지요. 딱 가기 전에 둘이 산책을 하잖아요. 그래 중국에 보면 '웨이양'이죠. 원앙 그 샤브샤브 보면 웨이양 훠거 딱 이렇게 되어 있잖아요. 그게 뭐냐면 다른 맛 다른 맛. 웬양 하면 남자여자 그거 말하잖아요, 그죠. 견우직녀 하면 남자여자. 그죠. 그리고 펑롱, 롱펑 하면 뭐냐면 롱이면 남자 펑이면 여자를 말하잖아요. 그래서 쌍둥이도 남자여자 쌍둥이면 롱펑태라고 하거든요 중국에서. 용봉.

그래서 얘가 딱 보다가 이제 뱀 같은걸 보면,

"너는 롱을 하고 내가 펑을 하겠다. 하자."

그러면 얘가

"우리는 남자, 남자기 때문에 그러면 안 돼."

또 이러고 또 웨이양을 보면,

"너는 그러면 웨이양 내가 양하면,"

그럼 또,

"안 돼, 우리는 남자야."

이러고.

"너는 견우 해, 내가 직녀하면"

"우리는 남자기 때문에 그럴 수 없어."

이러는 거예요. 그러니까 얘는 속 답답해 미치겠는 거야. (웃음)

'얘는 뭐야, 이거 눈치가 없어.'

속 답답한 거예요. 그래서 아 그러고 나서 돌아와서 사모님한테 그 얘기를 죽 하고는 떠났어요. 양산백이 7월 7일에 오라고 그랬어요. 간 다음에 사모님이 얘를 불렀어요.

"너는 어떻게 그래 눈치가 그래 없냐?"고.

"얘가 너를 너무 좋아해. 걔 사실 여자였다."고.

막 이렇게 얘기를 해줬어요. 사모가 너네 둘이 가서 약혼하고 그런 얘기를 했어요. 그랬더니 양산백이 너무 좋아하니까, 축영대를 만나러 막 가는 거예요. 갔어요.

그런데 축영대가 사실 양산백이한테 얘기를 할 때 사실은 모르겠어요. 알 수도 있고 모를 수도 있는데 이게 뭐냐면 서로 하나는 잘살고 못 살잖아요. [조사자: 양산백은 못 사는 집인 거죠?] 그렇죠. 양산백은 제일 못사는 집이고 잘사는 집이잖아요. 잘살아도 그냥 잘사는 게 아니라 굉장히 잘사는 집이잖아요. 축영대는 굉장히 잘사는 집이죠. 막 집에 정원이 있고 다락이 있으면 굉장히 잘사는 집이잖아요.

그래서 이제 양산백이가 축영대 만나러 갔어요. 그래서 축영대한테 알잖아요. 축영대 보고,

"너는 잘살고 나는 못 사는데."

축영대가

"괜찮다."고.

그런데 부모님은 이미 축영대가 집에 갔을 때 아버지는 아파서 누워계시고 막 그랬어요. 근데 이미 다른 집하고 잘사는 남자하고 이미 약속을 한 거예요.

축영대가 양산백이가 그립죠. 그래서 여자 옷 딱 입고 예쁘게 하고 자기 침실에 가서 창밖을 보는 거예요. 얼굴이 너무너무 속상하고 울고 수심이 가득한 그런 얼굴이잖아요. 그래서 양산백이가 밖에서 탁 올려다보니까 너무너무 맘이 아픈 거예요. 너무 마음이 아파요.

그래서 다행히 그래도 양산백이가 마음이 착하잖아요. 옆에서 이제 크잔이라 해서 중국의 아마 롱문크잔이라 해서, '용문객잔' 약간 중국의 여관주인이 이제 얘를 또 굉장히 불쌍하게 생각했겠죠.

얘는 너무너무 서러워서 사실 죽었거든요 울다가. 울고 속상해서 양산백이가 죽었어요, 사실은. 롱문크잔의 주인이 너무너무 불쌍하잖아요. 그리고 착하고 너무너무 안타깝고, 그래서 그 얘기를 했겠죠. 속상하니까. 그래서 얘 비석을 세워준 거예요. 묘를 만들어 줬어요.

그래서 양산백이는 그렇게 죽고 축영대는 너무너무 슬프잖아요. 그래서 결혼식 날이었어요. 결혼식 날이었는데 이제 막 가는 거예요. 가다가 남자네 집에 가다가 딱 어디를 지났냐면 양산백이 비석을 지나는데 갑자기 있잖아요. 나비 한 마리가 사실 날아왔어요. 축영대한테. 막 날아오는데 그 비석을 지나가고 있다가 갑자기 비석이 묘가 막 갈라지는 거예요. 그래서 급히 축영대가 비석 안으로 뛰어들어갔어요. 양산백 비석으로.

그 뒤로 뭐냐 하면 나비 한 쌍이 막 날아다니는 거예요. 두 마리. 그래서 이게 양산백과 축영대가 아니었을까. 죽어서 만나게 되서 나비로 변해서 이제 서로 사랑을 나누는. 그런 이야기였죠.

그래서 양산백 축영대 비석도 있고 사실 이게 진실한 이야기였을 거예요. 그거를 사람들이 전설적인 이야기로 만들지 않았을까 그런 생각이 들었어요.

백사전

● **구연정보**

조사일시 : 2018. 12. 11(화) 오후

조사장소 : 서울시 광진구 화양동

제 보 자 : 조림 [중국, 여, 1992년생, 유학 3년차]

조 사 자 : 신동흔, 오정미, 박현숙, 엄희수

● **구연상황**

제보자가 〈태양을 쏜 후예〉 이야기를 마친 뒤 나타 태자 이야기를 하다가 〈백사전〉에 관한 이야기를 꺼냈다.

● **줄거리**

옛날에 백사라고 신령한 뱀이 있었는데 언니는 백사이고 동생은 청사였다. 둘은 인간 세상에서 살고 있었는데 백사가 훤칠한 서생을 만나 함께 결혼하여 약방을 하면서 잘 살았다. 어느 날 한 도인이 서생을 만나 혹시 요괴와 함께 있는 것이 아니냐며 웅황주를 주었다. 도인이 준 웅황주 때문에 백사는 자신이 뱀이라는 사실을 남편에게 들켰다. 그러나 동생의 임기응변으로 백사는 위기를 넘겼다. 나중에 백사는 남편과의 사이에서 아이를 낳았으나 도인은 끝까지 백사를 추적해 잡으려 했다. 백사는 자신의 가족에게 피해가 갈까 염려하여 스스로를 봉인했다.

그리고 '백사전'이라는 이야기가 있는데 백은 하얀 백(白)에 사는 뱀이라는 사(蛇)자이고 그리고 이것도 역시 서유기에서 서유기랑 비슷한 모두 사람의 껍데기를 가지고 뭐 일단, 그 뱀한테 상극되는 그런 약이라던가 이런 거 갑자기 죽는다던가 이런 걸 빼면 평소에는 뭐 신력 같은 기능으로 사람 모양을 유지하고 나서 일반적인 그런 서민들 사이에서 서민들 삶을 살고 있다고 하는데. 실제로는 어느 천궁에도 여러 개 부서 같은 게 있는데 거기에 어느 소속이 되어 있는 누가 기르고 있는 뱀이거나 이렇다고 합니다.

그 백사전에는 그러니까 초반부터 제가 두 가지 버전을 봐서, 한 가지는 동굴 속에서 천년 묵었던 뱀이 두 마리가 나오기도 하고 다른 한 가지는 그냥 그 신의 세계에서 살고 있는 뱀이 땅나라로 내려와서 일반적인 삶을 살겠다고 그렇게 잠깐 내려온 그 두 가지 버전이 있는데. 일단 뒷부분은 비슷한 거 같아요. 뒷부분에서 언니는 큰 뱀이고 흰색이고, 동생은 그러니까 청사라고 하는데 뭐 하늘 파란색일 수도 있고 녹색일 수도 있고 그 두 가지가 나오고 있어요. 그래서 비가 내리는 날에는 두 가지 시각으로 그렇게 짜여져 있는 드라마도 있는데 시각이 조금 다르게 있어요. 그 한 가지 시각은 백사를 보고 결혼한 남자 시각으로 나온 적도 있고 아예 그냥 뱀이 있었다, 뭐 3인칭 그런 약간 그런 시점으로 나오는 버전도 있어요.

일단은 뱀이 두 마리가 예쁜 여자 모양으로 인간 세상에 살고 있는데. 뱀은 그 중국 신화에서는 굉장히 나쁜 신이라, 아니 나쁜 신도 아니고 요물이다. 이렇게 이미지가 되어져 있는데 일단 이 뱀은 뭐 일단 착한 뱀이다. 사람들을 도와주는 그런 뱀이다. 사람들이 아프면 약도 주고 뭐 그런 착한 뱀인데 그러니까 비가 내리면서 처마 아래에서 비를 잠깐 피하고 있었는데 그때 서생이 나타났어요. 그 서생은 '허선'이라고 있는데 허선인데 그 선자가 지금 두 가지가 나오고 있어요. 그러니까 신선이라는 선(仙) 하나랑 선전을 한다는 선(宣)자 두 가지가 있는데 그 두 가지는 후에 나온 이야기예요.

서생이 있는데 그 서생은 굉장히 잘생기고, 서생은 거의 다 훤칠한, 너무 훤칠한 정도는 아닌데 키도 괜찮고 일단 절제된, 지금 놓고 보면 그런 젠틀맨gentleman 뭐 그런 모습인데. 그런 모습으로 같이 기다리고 있어서 급하게 집으로 가야 되는데 그래서 우산을 빌려주게 됐다고 합니다. 그 우산도 옛날에는 뭐 비싼 우산도 있고 뭐 그런 우산도 종류가 많은데 그 우산을 그래서 돌려준 것인지 저는 약간 그런 면이 있는 것 같습니다.

"비싼 우산이라서 돌려주겠다."

이렇게 하고 있는데 우산을 빌려 쓰고 나서 뱀 두 마리는 집으로 돌아갔는데 언니는 '백소정'이라고 이름이 있고 동생은 뭐 '소청'이라는데 소자는 중국에서 이름 앞에 붙여 쓰는 이름이에요. 약간 한국처럼 청이 하면 '이'자처럼 그런 건데 청사는 언니한테,

"언니 그 남자가 되게 괜찮은 남자다. 언니 배필로는 딱 좋은 남자인 것 같아요."

그래서 약속 장소를 잡고서 그날, 그러니까 약속 장소에 두 가지 버전이 나오고 있는데. 뭐 바로 만났다는 것도 있고 약속 장소에는 뱀이 안 나오는 게 아니고 허선이 안 나와서 후에 또다시 뭐 후에 두 번, 세 번 가서 여러 번 가서야 만났다. 뭐 이렇게 두 가지로 나오고 있는데 다시 만나게 됐을 때는 동생이 약간 언니를 밀어줘서 결혼까지 가버렸는데. 그 허선은 그러니까 어렸을 때 부모가 전부 다 돌아가고 누나랑 살고 있는데 누나는 이미 결혼을 했고 뭐 그 매형이라는 사람과 같이 보화당이라는 약가게 같은 걸 운영하고 있는데 웬만한 그런 작은 약국이 아니고 큰 그런 병도 볼 수 있고, 그런 약가게라고 합니다.

그래서 약간 신세지는 그런 거기서 일하고 지금 뭐 회계 같은 그런 일을 하면서 그런 일을 하는데. 그러니까 다시 만났을 때는 뭐 언니 그 누나한테 그 시누인 거 같은데 백소정이 시누한테 그때는 시누가 아니고 거기 가보면서

"아 괜찮은 여자다. 요리 솜씨도 좋고 의학에 대해서 너무 잘 알고 있다. 이제 분가해서 너도 두 사람만 살면 약 가게도 하나 정도 운영하고 부족함 없이는 살겠다."

해서 그렇게 결혼을 하고서 분가를 했는데, 허선은 약간 저잣거리 같은 그런 시장에 나가기 좋아했는데 시장에서 그냥 돌고 있었는데 뭐 도인 같은 그런 점쟁이? 그러니까 점쟁이보다 약간 위인 도인이 갑자기 시장에서,

"얼굴을 보니까 요기, 그러니까 요괴의 기에 싸여있는 것 같은데 요즘 혹시 만나거나 따로 뭐 일상생활에서 뭐 그것과 다르게 생겨난 일이 있냐?"고.

물어봤는데 평범하게 결혼을 한 상황에서 서민들은 그런 부분은 절대로 알 수가 없어서,

"전혀 없는 일인데 무슨 말씀을 그렇게 하세요."

하니까,

"아닌데 굉장히 요기에 싸여있다."

는. 사람을 놓고 보면,

"굉장한 병에 그렇게 싸여있다."

그런 걸로 해서 선비가 혹시,

"그럼 집에는 누구누구 있냐."고.

물어봤는데 거기서부터 아 그 도인이 서생인 허선한테 거기서 약간 좀 이상하게 생각되어서 웅황주(雄黃酒)●가 한 가지 버전이고 다른 한 가지는,

"종이 같은, 그런 부적 같은걸 그걸 태워서 어떤 술에 넣어서 아내한테 마시게 해라. 그럼 아내가 원래 모양이 나올 거다."

이렇게 얘기 했다는데 일단 웅황주가. 웅황주는 일단 약간 날짜도 있어야 되는 거 같아요.

그러니까 그렇게 해서 집에 돌아와서 아내를 속이고 마시게 했어요. 두 가지 버전 다 결국에는 속이고 마시게 하는 건데. 마시고 나서 갑자기 백소정은 머리가 아프고 멀미가 나서 급하게 뒷마당으로, 후문으로 빠져나가서 안방인지 뭐 거기 들어가서 쉬고 있는데. 잠깐 뒤에 밥을 먹을 때 그걸 줘서 밥 다 먹고 허선도 좀 약간 마셔서 멀미가 덜 깬 상태여서 멀미가 깨고 나서 같이 밤에 잠을 자는 그 방에 가서 문틈 사이로 그 침대 위에는 아내 백소정이 아니라 흰 뱀이 누워있는 거예요. 그래서 정신 차린 채로가 아니고 뭐 옆쪽으로 이렇게 누워져 있다거나 약간 이렇게 (손을 꼬면서) [조사자 3: 또아리를 트는.] 이런 모양으로 되어 있다고 그 두 가지 버전이 나왔는데 그걸 보고 나서 너무 놀라서 갑자기 쓰러졌다고 합니다.

그래서 동생이 안 마셔서 정신 차리고 있는 상황에서 언니가 그

● 웅황가루와 창포 뿌리를 잘게 썰어 넣은 술.

렇게 된 상황을 보고,

'형부가 이걸 알 수도 있겠다.'

생각하고 그런데 그 부분은 확실하지 않아서 언니한테 잠깐 얘기를 했는데 남편이 깨기 전에 아내가 먼저 깼다고 합니다. 그래서 같이 허선을 살리고 나서 허선한테,

"아 그건 갑자기 산에서 길을 잃고 나온 뱀이다. 그래서 내가 그 뱀을 토막 내고 뒤뜰에 놨다."

이렇게 거짓말을 했는데 허선은 그래도 뭐 아내 분은 신발도 잘 만들고 옷도 잘 만들고 밥도 잘 해서 너무 내조를 잘해서 그렇게 살다가, 어느 날 갑자기 또 그 도인이 나타난 거예요. 그 도인 보고,

"아직도 왜 이렇게 귀신한테 매혹되어 있느냐."

라고 해서. [조사자 2: 도인이 아닐세.]

도인이 그래서 날짜를 잡아주고 나서 그건 약간 너무 귀신절 같은 비슷한 건데 그때는 귀신이 아니고 약간 사람들이 신으로 숭배하는 그런 명절인데 그때 뭐 절간같이 그런 큰 사절 같은 거기에. [조사자 3: 사원?] 네. 사원.

"거기에 나오라."고.

했거든요. 거기 법해를 하는 고승이 있는데, 법해는 약간 뭐 가사 같은 거 빨간 걸 두르는 그런 법정도 있고 그런 사람인데 나쁜 이미지로 그렇게 나오고 있어요. 중국의 그런 신화 이야기에서. 그러니까 거기서 안쪽에 법해가 있는데,

"들어가 보라."고.

해서 법해가 굉장히 세기 때문에 남편은 그냥 남겨둔 거예요. 사원에 그냥 가두어 놓고 못나가게 한 거예요. [조사자 2: 도인이?] 도인 앞에서 문 경비를 서는 정도고 그 법해가 그 안에 그 주인 되는 레벨이 제일 높은 사람이. 법해가 어느 날 나갔는데 남편이 밤새 안 들어와서 그 백소정이랑 동생이 찾다가 그 금선사라고 있기도 하고 그 사원까지 갔는데. 사원에서 싸우다가 그 앞쪽에 '문동'이라고 그냥 청소하고 심부름하는 그런 사람이 있는데 그래서 얘기를 하고 나서 그러니까 백소정 보고 너무 놀라서 뛰어들어가서 법해한테 알린 거

예요.

"스님 뭐 밖에는 누가 와 있는데."

해서 법해가 나온 거예요. 그때는 백소정은 이미 부부 사이 금슬이 굉장히 좋아서 애기를 가지기 전이나 갖고 있다 뭐 이렇게 버전이 나오고 있는데.

"뻔뻔스러운 요괴로서 뱀으로서 어떻게 감히 하늘의 규정을 어기고 이렇게 하고 있냐."

그리고 뱀이라기보다는 안 좋은 이미지가 위주여서 절대 뭐 사람 해치고 있다 이렇게 그렇게만 생각하고 있어서 그 백소정 벌써 그냥 돌아갔는데. 법해가 오는 날에 그 스님들은 사람들 속에 들어가서 약간 그런 **을 하는데 그 사이에 허선이 도망을 나와서 나왔다고 합니다. 그래서 나왔는데 아내랑 계속 그렇게 살다가 법해가 갑자기 나타났다고 하는데 그때가 애기를 금방 출산한 뒤였어요. 애기를 출산하고 아직 뭐 젖도 안 뗀 애기라고 하는데,

"굉장히 어린 애기를 두고 너 이제는 다시 탑에 들어가야 되겠다."

하는 그런.

"절간에서 제일 높은 승려들이 쓰는 그런 그릇 같은 거에 들어가야 되겠다."고.

해서 [조사자 2: 누가?] 그 법해가. 그 법해가 노크knock를 했어요. 노크를 하고 나서 백소정 모든 것을 다 안 거예요. 그래서 애기도 어리고 남편도 있고 시누도 있고 해서,

'괜히 다른 사람에게 피해가 안 갔으면 좋겠다.'

는 생각에서 자진해서 그러니까 법해가 나오니까,

"알겠습니다."

해서,

"그럼 가겠다."고.

그렇게 해서 애기를 두고 애기를 허선 남편에게 넘기고 나서,

"몇 살이 되면 글을 가르치고 뭐 공부를 하면서 나중에 엄마가 어떤 걸 겪고 있다. 어떤 나쁜 일을 당했다 알게 하라."고.

이러고 애기를 하고는 절로 가서 그 그릇 안에 들어갔는데 그 그

릇이 나중에 약간 먼 곳에는 탑 아래에서 탑이 그 그릇을 꽉 깔고 거기 안에 쌓였다고 합니다. [조사자 2: 끝이에요?] 네. [조사자 3: 그 안에 갇혀있는 거네요.] 그냥 갇혀졌어요, 거기. [조사자 2: 갇혀지고 영원히 그냥 그 상태.] 네 그냥 거기서 끝이고.

호랑이 할머니를 물리친 자매

● **구연정보**

조사일시 : 2019. 03. 08(금) 오전
조사장소 : 서울시 노원구 공릉동
제 보 자 : 심죽령 [중국, 여, 1988년생, 결혼이주 4년차]
조 사 자 : 신동흔, 오정미, 엄희수

● **구연상황**

중국의 여러 금기에 대한 이야기를 나눈 뒤, 조사자가 제보자에게 준비한 이야기가 또 있지 않느냐 묻자 중국 푸전성(복건성) 이야기라고 소개하며 구연을 시작했다. 제보자는 중국어로 써 있는 이야기를 보면서 한국어로 이야기를 구연해 나갔다. 제보자가 이야기를 마친 뒤 조사자들이 한국의 〈해님 달님〉과 비교하며 대화를 나누었다.

● **줄거리**

옛날에 홀어머니와 세 남매가 살고 있었다. 하루는 엄마가 외할머니 생신이라 일을 하러 가야 한다며 아이들을 남겨두고 길을 떠났다. 가다가 한 할머니를 만난 엄마는 지금 자기가 어디를 가는 중이며 집에 아이들만 있다고 말했다. 할머니로 변장한 호랑이는 아이들을 찾아가 엄마가 보내서 왔다고 했다. 첫째와 둘째는 의심했지만, 막내는 할머니와 잘 놀다가 밤에 잡아먹혔다. 첫째와 둘째는 이를 눈치채고 핑계를 대고 집 밖 나무로 올라갔다. 그리고 할머니에게 발에 돼지기름을 바르고 올라오라고 했다. 할머니가 힘들어하자 아이들은 바구니를 내려주어 타게 하고는, 중간쯤 올라왔을 때 놓친 척해서 할머니를 땅에 떨어뜨려 죽게 했다. 이후 집에 돌아와 모든 사실을 알게 된 엄마는 막내의 죽음에 슬퍼했다.

푸전(福建)하고 대만. 대만하고 가까워요 여기. 대만하고 이 푸전성에서 유전되는. [조사자 1: 복건(성).] 이야기예요. 이제 시작할게

요. 제가 따로 이거를 번역하지는 않아서.

음, 그 옛날에 산에서 한 집안 있는데, 아빠가 돌아가시고 엄마가 딸 세 명하고 같이 살고 있습니다. 가난하지만 행복하게 살고 있습니다. 그 어느 날, 엄마가… 아 이야기 이름이 〈호랑이 외할머니〉. 아아, 〈호랑이 할머니〉 이야기예요. 그래서 엄마가 딸 세 명한테,

"내일은 외할머니 생신이니까 엄마가 가서 도와줘야 돼. 요리하는 거 도와줘야 되니까, 너희들 혼자 집에서 집을 잘 지켜라."

라고 얘기했습니다.

그래서 엄마가, 이제 딸들하고 작별인사를 하고 집 밖으로 나왔습니다. 한참 걸어갔다가 피곤해서 어떤 동굴 앞에서 앉아서 쉬고 있습니다. 이때는 어떤 호랑이 할머니가, 호랑이로, 할머니로 변신한 호랑이가 나타났습니다. 호랑이 할머니가 다가와서, 그 엄마한테 다가와서

"아줌마, 너 혼자서 어디 가느냐?"

물어봤는데, 그래서 이 엄마가 자기가 어디 가는지, 그리고 자신의 집에서 딸 세 명이 자기를 기다리고 있는지 다 일일이 다 호랑이 할머니한테 말을 했습니다. 음, 그래서 이제 시간이 늦었으니까 아줌마, 이 엄마하고 호랑이, 엄마가 호랑이 할머니한테,

"이제 나는 가야겠다."

작별인사를 하고, 작별인사를 하고, 계속 자기 갈 길을 다시, 다시 갔습니다.

그래서 음, 잠시만요. [조사자 2: 천천히. 이 얘기가 한국의 〈해님 달님이 된 오누이〉 이야기더라구요.] 아 비슷한 거 있어요? [조사자 2: 한국 이야기 중에 〈해님 달님이 된 오누이〉 이야기 아세요?] 잘 몰라요.

[조사자 2: 해주세요, 선생님.] 그래서 음, 이 엄마가 할머니네 집에 가구, 이 호랑이 할머니가 딸 셋, 사람 잡아먹는 괴물이에요. 그래서 딸 아이 세 명 있는 거 알구, 그 집으로 찾아갔습니다. 이때는 딸 세 명 다 저녁 먹고 설거지 하고 청소하고 있습니다. 호랑이 할머니가 '통통통' 소리를, 노크하면서,

"빨리 열어주세요. 너희들 엄마가 할머니네 집에 가서, 나를 보

내 너희들 돌봐주러 왔습니다."

그래서 첫째 언니하고 둘째 언니는 믿지 않고, 근데 셋째 딸이,

"너는 우리 엄마하고 무슨 관계있어요?"

호랑이 할머니가

"나는 너희들 먼 친척이야. 빨리 문 열어주세요. 나는 너희 엄마가 보낸 먼 친척이야."

그래서 셋째 딸아이가 너무 단순해서 문을 열어주었어요.

밤이 되자, 이제 첫째 언니 둘째 언니 다 각자 자러 갔는데 셋째 언니, 셋째 언니가 단순해서 호랑이 할머니하고 잘 놀아서 호랑이 할머니하고 같이 자게 되었습니다. 근데 밤에 첫째 언니하고 둘째 언니가 뭐를 씹는 소리가 들렸습니다. 일어나서 보니까, 좀 잔인해요. 뼈밖에 없습니다. 그 호랑이 할머니 옆에서 뼈밖에 없습니다. 그 셋째 딸이 호랑이 할머니한테 먹혔어요.

그래서 너무 놀라서 첫째 언니 둘째 언니가 이제 호랑이 할머니한테,

"화장실 급해서 우리 둘이 이제 나가서 그 화장실 가고 싶습니다."

호랑이 할머니가

"그러면 문 뒤에 하면 되잖아."

언니들이

"안 돼요. 문 뒤에 문신이 있어서, 거기서 하면 안 돼요."

"그러면, 그냥 바닥에서, 집 안에 바닥에서 하면 되잖아."

근데 첫째 언니, 둘째 언니가

"안 됩니다. 땅 신이 있어서 거기서 하면, 집에서 땅 신이 있어서 집에서 하면 안 됩니다."

그래서 호랑이 할머니가 이, 그, 할 수 없이 그냥 보냈습니다. 그래서 첫째 언니 둘째 언니가 그 마당에 있는 큰 나무에 올라갔습니다.

올라갔는데 한참 들어오지 않아서 호랑이 할머니가 이 두 자매를 찾으러 밖으로 나갔습니다. 이 자매가 호랑이 할머니 나오는 거 보고 할머니한테,

"할머니! 여기 우리가 여기 나무에서 영지버섯을 발견했습니다.

할머니도 올라와서 같이 보세요.”

할머니는

“그래? 나 그거 먹어야 되는데. 어떻게 올라가지?”

물어봤더니, 자매가 우리 주방에서 돼지기름 있는데, 그것을 발에 바르면 쉽게 올라올 수 있습니다. 호랑이 할머니가,

“진짜?”

주방에 가서 돼지기름을 발에 잔뜩 이렇게 발랐습니다. 바르고 나서 자꾸 미끄러져 어떻게 올라가도 올라갈 수가 없습니다. 그래서 자매들이 그 바구니, 큰 바구니 하나 이렇게 끈으로 내려놨습니다.

“올라올 수 없으시면, 연세가 많으셔서 쉽게 올라올 수 없구나. 그러면 이 바구니를 타서 올라오세요.”

그래서 호랑이 할머니가 이 바구니를 타서 자매가 잡아당겨서 나무 중앙에 왔을 때쯤 되면은 또 손을 놓쳐서 이렇게 땅에 떨어뜨렸습니다. 이렇게 몇 번 하다가 호랑이 할머니가 머리를 부딪쳐서 이렇게, 이렇게 죽었습니다. 네, 죽었습니다.

그래서 이때는, 시간 조금 지나가다 엄마가 와서 이제 이 이야기를 듣고 나서 호랑이한테 먹힌 딸의 뼈를 보고 엉엉 울고, 자기 그 첫째 딸, 둘째 딸을 안고 엉엉 울었습니다. 이 이야기예요. 네.

한국 그 별님 딸님하고. [조사자 2: 〈해님 달님〉] 〈해님 딸님〉하고 비슷, [조사자 2: 〈해와 달이 된 오누이〉라는 이야기가 있어요.] 아, 비슷하구나. [조사자 1: 나중에 하늘에 올라가서 해와 달이 되었다고 하는데, 꼭 그 내용은 없는 각본도 있고.]

[조사자 2: 저번에 이야기 해주셨을 때도 여쭤보고 싶었는데, 못 했는데. 궁금한 게, 이 이야기가 어렸을 때부터 들으셨던 이야기세요? 아니면 최근에 그냥 동화책을 보면서 알게 되신 거예요?] 최근에. 어렸을 때 들어본 적이 없어요. 네. 어린 아이들이 들어보면 좀 무서워할 수도 있을 거 같아요.

[조사자 1: 아이들은 아이들 나름대로 이야기를 받아들이니까. 그리고 호랑이를 잘 물리치고 잘 살잖아요.] 그, 네. 보니까 뼈 이야기도 나오고. 좀 잔인한 이야기인 거 같아요. [조사자 3: 근데 우리나라 이야기도 똑

같이 나오잖아요. 뼈.] [조사자 2: 셋째 잡아먹는 것도.] [조사자 1: 어린아이를 '오독오독' 씹어 먹었다고 이렇게 나오는데.] [조사자 3: 네, 뼈까지 오독오독 먹는다고.] [조사자 1: 너무 리얼하게 사람을 먹는 걸 상상하지 말고. 상징으로.]

[조사자 2: 그래서 이거 들으면서 그 생각 했거든요. 되게 중국 분들이 리얼real인가 보다. 호랑이 목소리가 할머니랑 어떻게 보면, 비슷할 거 같잖아요. 어, (그래서) 호랑이 할머니라고 하지 않았을까. 엄마 쪽보다는 할머니가 더 가깝지 않았을까. 목소리가.]

[조사자 1: 여기는 확실히 호랑이는 좀 타자라고 봐야 되고.] [조사자 2: 네, 완전히.] [조사자 1: 와서 "내가 엄마다."라고 하는 게 아니잖아요? 〈해님달님〉에서는 그게 중첩성이 강하고. 그 맥락이 많이 다른 거 같아요.]

[조사자 3: 그리고 마지막에 아이들이 직접 호랑이를 물리친 게, 저는 마음에 들었어요. 우리나라 이야기에서 보면 도망가는 일이라면.] [조사자 2: 하늘로 올라가요.] [조사자 3: 하늘에 기도해서 올라가요.] 아, 아이들이요? [조사자 3: 줄을, 하늘에서 줄을 내려주면 그걸 타고 올라가요.] 아, 누군가의 도움을 받아서. [조사자 2: 하늘의 도움. 호랑이가 죽은 것도 썩은 동아줄을 하늘에서 내려줘서, 호랑이가 그 썩은 동아줄을 잡고 가다가 끊겨서 죽는 건데. 여기는 아이들이 스스로.] 스스로.

[조사자 1: 맥락이 다른 이유는 타자하고 침입자이기 때문에 이렇게 물리치는 경우가 많은 거고. 거기(한국의 〈해님 달님〉)는 이제 그, 부모와 자식이라는 상징이기 때문에 그거는 또 이제, 다르게 나타나는 거죠.] [조사자 3: 재밌다.]

[조사자 1: 재미있어요. 그게 복건성의 이야기라고? 소수민족 이야기예요, 그것도?] 아, 아니요. [조사자 1: 그냥 중국 이야기?] 네. [조사자 1: 좀 전에. 그 호랑이 이야기는 한족 이야기?] 어, 잠시만요. [조사자 2: 아까 말씀은, 푸젠성. 복건성 이야기라고 하셨어요.] [조사자 1: 그래. 한족인지 아니면 다른 민족인지 궁금해서.] 잠시만요.

(제보자가 노트북으로 검색함.)

그냥 아마, 그냥 소수민족 이야기 따로 얘기는 없고. 아마 그냥 푸젠성에서. 그 푸젠성에서 많이 알려져 있다가 대만까지 유전? 유전되어. [조사자 1: 전승이 됐었구나.] 네, 전승. 여러 가지 버전이 있어요. 이 호랑이 할머니가 계속 아이를 잡아먹어야지 자신이 계속 완전히 사람이 될 수 있는 거예요. [조사자 1: 음. 아이를 많이 잡아먹으면 사람이 된다고 되어 있구나.]

[조사자 2: 근데 아까 호랑이가 엄마를 만났을 때, 그냥 "너 어디 가니?" 그냥 그 정도만 묻고 그냥 헤어지는 거예요? 뒤에 살아서 돌아오니까.] 여러 가지, 잠깐만요, 여러 가지 이야기를.

(제보자가 노트북으로 검색함.)

[조사자 1: 그 우리나라는 집에, 보호자의 부재를 확인하고 그다음에 거기 이제 위치를 확인하고, 그리고 가서 바로 가도록 하고. 이런 거 같아요. 항상 보면은 집안에 보호자, 챙겨줄 사람이 없다라는 순간에 위기가. 그래서 항상 이야기에서 보면은, 어디 간다, 집 비었다라는 것을 함부로 노출하면 안 되는 거죠. 황우양도 가면서, 뭐 어디 멀리 공사하러 간다 하니까 그렇게 노출되는 거고.] [조사자 2: 현실이 진짜 그런 거 같아요.] [조사자 1: 요즘도 마찬가지예요. 집에 사람이 없어도 일부러 신발 갖다 놓고 하는 게.]

[조사자 2: 약간, 저 이야기가 저는 〈빨간 망토〉. 서양의 〈빨간 망토〉.] [조사자 1: 〈빨간 모자〉.] 아, 〈빨간 모자〉. [조사자 2: 그 이야기랑 〈해님 달님〉 이야기가 이렇게.] [조사자 1: 거기서도 늑대가 이렇게, 따돌리고. 따돌리고서 할머니 공격하러 가고. 같은 구조죠. 중국이나 한국에서는 호랑이. 유럽에서는 늑대.] [조사자 2: 늑대, 맞아.]

여기서는 호랑이 할머니가 그냥

"아줌마 너는 혼자 어디 가니?"

그 엄마가 마침 혼자서 한참 걸어왔으니까 심심해서. 마침 여기서 이야기할 사람이 생겨서 그냥 둘이 그냥 이야기 나누기 시작했습니다. 구체적으로 어떤 이야기 나눴는지는…….

[조사자 2: 음. 안 나오고. 그냥 이야기 나눴다. 엄마에 의해서 정보가 노출만 됐구나.] 집이, 어디에 있는지 그리고 집에 세 아이, 여자아이가 있는지 다 알려줬어요.

[조사자 3: 이거 동화책 제목이 〈호랑이 할머니〉예요?] 〈후구포어(虎姑婆)〉라고 하는데. [조사자 1: 호고. 음.] (제보자가 한자로 쓴다) [조

사자 1: 호고파(虎姑婆).] 호고파라고 해요. [조사자 2: 정말 호랑이 할머니인 거잖아요, 그쵸? 노파 파(婆)에, 호랑이 호(虎).]

근데 여기서는 그 세 자매가 나왔는데, 어떤 버전에서는 어, 두 자매에 남동생. 남동생을 잡아먹는 그런 버전도 있고.

해와 달이 된 오누이

● 구연정보

조사일시 : 2017. 09. 21(수) 오전
조사장소 : 서울시 마포구 신수동
제 보 자 : 리칭후아(이청화) [중국, 여, 1976년생, 결혼이주 17년차]
조 사 자 : 김정은, 황승업

● 구연상황

제보자가 〈양산백과 축영대〉 이야기를 하고, 준비한 이야기 말고 어린 시절에 들어서 기억에 나는 이야기를 들려달라고 하자, 제보자는 남매 이야기가 있는데 한국에서의 생활이 길어져 중국과 한국의 〈해와 달〉 이야기가 섞여버린 것 같다고 했다. 조사자가 괜찮다고 말하며 얘기해 달라고 하자 이야기를 시작했다.

● 줄거리

중국 동북의 이야기로, 엄마가 콩을 볶으러 간 사이에 호랑이가 와서 엄마라고 문을 열어 달라고 했다. 아이들이 처음에는 손을 내밀어 보라며 의심을 했지만 결국 엄마인 줄 알고 문을 열어주었다. 엄마를 피해 나무를 올라가서 동아줄을 내려달라고 해서 오누이는 하늘로 올라가고, 호랑이는 썩은 동아줄이 내려와 죽게 되었다.

엄마가 있고 오누이가 살았어요.

근데 이제 그 모르겠어요. 이게 동북에서 나왔던 얘길 수도 있고. 왜냐하면 저희 동북이 콩이 좀 잘되는 거. 땅이 콩을 또 많이 심었고 콩이 좀 잘되고. 동북쪽이 벼나 이런 게 좀 잘 돼요, 땅이. 그래서 엄마가 이제 그때는 뭐 양식도 콩을 엄마가 먹을 걸 찾으러 간다고 그랬나 봐요. 그런데 동북은 워낙에 봄이 호랑이가 많이 내려올

시대잖아요. 진짜 많고.

그래서 오누이가 집에 있는 거예요. 그래서 엄마가 이제 먹을 걸 찾으러 딱 갔어요. 그래서 호랑이가 그때 얘들한테 이제 왔죠. 얘들 잡아먹으러. 딱 보니까 오누이만 둘이만 있는 거예요. 그래서 문을 똑똑똑 두드렸어요. 그랬더니,

"얘들아 엄마 왔다."

하니까,

"어? 우리엄마 목소리는 그렇지 않은데?"

그러는 거예요. 그랬더니

'어! 안되네!'

그다음에 갔어요. 그래서 엄마 옷 같은걸 막 입고 또 문을 똑똑 두드렸어요.

"얘들아 엄마 왔다, 엄마가 맛있는 콩 볶아 왔다."

이러는 거예요. 그랬더니 얘들이,

"손 내밀어봐라!"

했어요. 그래서 얘가 손을 딱 내밀어보니까 털이 부실부실한 거예요. 그런데,

"팔 내밀어봐라!"

하니까 팔도 막 그랬어요.

"아! 우리엄마 손은 이렇게 팔이 많지 않은데?"

이러는 거예요. 그래서 이제 또 안 되겠다 싶어갖고 애가 돌 같은데 막 비벼갖고 또 왔어요.

"얘들아! 엄마 왔다. 맛있는 콩 볶아 왔다."

이러는 거예요.

"손 내밀어 봐."

돌에 막 비볐으니까 반들반들 하잖아요. 만져보니까 반들반들해. 또 팔도 반들반들해. 그래서 '오케이', 문을 열어줬어요.

그랬더니 엄마 어딨고 이러니까 얘들은 처음에는 몰랐죠. 처음에는 몰라서 그다음에,

"얘들아 엄마가 맛있는 콩 볶아 왔으니까 콩 먹자."

이렇게 얘기를 했나 봐요. 그래서 얘들이

"엄마 우리 밥 먹고 싶은데."

그래서

"어 그래 좋아. 엄마가 밥을 해줄게."

그랬어요. 밥을 딱 하려고 내려가는데 보니까 치마 밑으로 꼬리가 딱 나온 거예요. 그래갖고.

'아! 뱀(범)이다. 어떻게 해.'

그래서 너무 놀란 거예요.

'범이다, 범이다!'

이랬죠, 오누이가.

그래서 엄마가 막 주방이 있는 사이에 얘들이 뒤로 이렇게 해서 나온 거예요. 집을 나왔어요. 집을 나와 갖고 이제 막 뛰어가는데 수수를 또 되게 많이 심잖아요. 수수를 되게 많이 심어서 이제 얘들이 너무너무 막 그러니까,

"나를 구하려면 동아줄을 새 동아줄을 주고 날 죽이려면 썩은 밧줄을 주세요!"

했어요.

그때 하늘에서 이제 밧줄이 쫙 내려왔죠. 그래가지고 얘들이 이제 쇠밧줄을 타고 막 올라가는데 막 호랑이가 이제 보니까 막 올라가고 있는 거예요. 막 따라와 갖고 거꾸로 말한 거예요. 잘못 듣고.

"나를 살리려면 썩은 밧줄을 주고."

이렇게 거꾸로 말한 거예요. 그래서 하늘에서 썩은 밧줄이 쫙 내려온 거예요. 그래서 얘가 이걸 막 타고 올라가다가 뚝 떨어졌어요. 그래서 엉덩이가 수수에 딱 그거 해서 죽었대요. 뭐 이런 이야기.

쥐 사위 고르기 [1]

● 구연정보

조사일시 : 2018. 04. 03(화) 오후

조사장소 : 충청남도 천안시 동남구 문화동

제 보 자 : 유연 [중국, 여, 1981년생, 결혼이주 4년차]

조 사 자 : 오정미, 이원영

● 구연상황

천안시다문화가족지원센터에서 중국에서 온 이주민 제보자들을 대상으로 구술조사를 시작했다. 먼저 센터에서 일하는 유연 제보자에게 이야기를 해달라고 청하자 준비한 자료를 읽으면서 이야기를 했다. 중국 출신 이주민 여성 4인이 청자로 참여했다.

● 줄거리

쥐 부부가 훌륭한 사위를 찾기 위해 여정을 떠났다. 세상에서 가장 훌륭한 존재가 해에서 구름 다시 바람 그리고 벽으로 변해갔다. 결국 마지막으로 벽에 구멍을 내는 쥐가 가장 훌륭하다고 깨달은 쥐 부부가 쥐를 사위로 얻었다.

중국에는 이거 옛날이야기는 쥐, 쥐는 어, 자기 딸 시집 보내려고 사위 찾는 거예요. [조사자 1: 이게 중국 이야기예요?]

어떤 할머니 할아버지, 쥐 부부는 이제 자기 딸 시집가는 나이가 돼가지고 어, 시집 보내려고 사위 찾을 거예요. 그러니까 그, 부부는 여기 세상에서 가장 위대한 제일 훌륭한 거 남, 남편 찾으려고 생각한 거예요.

어 부부는 차다가, 어 해, 해님 만났어요. 그 해님, 만났는데, 해님이 그 쥐 부모님 말했어요.

"해님아 세상에서, 너는 뭐 땅에 햇빛이도 주고, 막 따뜻하게 뭐, 해주니까 세상에서 제일 훌륭한 거 같애. 또 너는 우리 사위 됐으면 좋겠다고 생각하는 건데. 너는 어떻게 생각하냐?"

그 해님이 말했어요.

"나는 별거, 별로, 훌륭하지 않아."

어 음, 그 구름 있잖아요.

"구름 나보다 훨씬 훌륭해. 어, 구름 만약에 어, 나타나면은 햇빛이도 안, 나를 안 보이는 거다. 어, 구름 나보다 훨, 훨씬 훌륭했으니까, 사위는 그분은 맞는 거 같다."

말하는데 그 쥐 부모님, 가만히 생각해보니까 그런 거 같다고 생각하는데 그 거기 구름 찾으러 갔어요. 그 구름 만나는데 구름이 구름이도 어 그 쥐 부모님, 그 똑같은 얘기했어요.

"우리는 어, 훌륭한 사위를 찾으려고 어 여기까지 왔어요. 어 당신은 훌륭한 거 같애요. 지금 우리 사위 될 수 있냐?"

고 물어보는데. 거기 구름이.

"어 나보다 훨씬 훌륭한 사람도 있어요. 어 그분은 어 바람이에요. 어 만약 바람 부르면은 나는 도망가야 된다."

고 그래서

"바람 찾으셔야 된다."

고 말, 말씀하셨어요.

그래 쥐 부모님은 다시 바람 찾으러 가는데, 어 바람이 또 똑같은 얘기했어요.

"나는 별로 훌륭하지 않아요. 만약에 벽 있으면은 나는 바람 불어도, 뭐 넘어 가지 못하니까 어 벽 나보다 벽도 훌륭하다고 생각했어요."

어 또 쥐 부모님은 다시 벽 찾으러 갔는데 벽은 어 그래 말씀하셨어요.

"어, 나보다, 나는 바람 막을 수 있지만, 뭐 쥐, 쥐, 만약, 쥐를 막을 수 없는 거다. 아 쥐는 내 벽에 뚫어서 갈 수 있으니까, 딱 그 시간에 되게 젊은 강한 쥐를 그 벽에 뚫으는 거예요. 이분은 당신에 사위 맞는 거 같다."

그 쥐 부모님은 그 갑자기 어 깨달은 거예요. 어 그렇구나. 역시 내 제일 맞는 사위는 쥐밖에 없다. 그런 얘기예요.

쥐 사위 고르기 [2]

● **구연정보**

조사일시 : 2019. 02. 18(월) 오전
조사장소 : 서울시 노원구 공릉동
제 보 자 : 심죽령 [중국, 여, 1988년생, 결혼이주 4년차]
조 사 자 : 오정미, 강새미

● **구연상황**

제보자가 〈중양절 유래〉에 이어서 바로 구연했다. 하나의 이야기에 두 가지 결말이 있다는 설명을 덧붙였다.

● **줄거리**

쥐 부부가 자신들의 귀한 딸을 시집보내기 위해 세상에서 제일 위대한 신랑감을 찾아 길을 떠났다. 그래서 쥐 부부는 세상에서 가장 세다고 생각한 태양에게 찾아가 딸의 신랑이 되어달라고 부탁했다. 태양은 자신을 가리는 먹구름이 가장 세다며 먹구름에게 쥐 부부를 보냈다. 먹구름도 바람이 자신보다 더 세다며 바람에게 쥐 부부를 보냈다. 바람도 자신의 바람에 꿈적하지 않는 벽을 추천했다. 벽은 다시 자신보다 힘센 존재로 뾰족한 이빨을 가진 쥐를 추천했다. 이어지는 이야기 결말은 두 가지다. 쥐 부부가 쥐 사위를 얻게 되었다는 이야기와 쥐가 자신보다 힘센 존재로 고양이를 추천했고, 쥐 부부가 딸을 그 고양에게 시집보내 결국 딸이 고양이에게 잡아먹혔다는 것이다.

옛날에는 쥐 부부한테 예쁜 딸이 한 명 있습니다. 예쁜 딸 교육시키기 위해서 최고의 선생님 불러서 피아노도 가르쳐주고, 노래도 가르쳐주고 여러 가지 다 가르쳐주고 딸도 영리해서 열심히 공부했습니다. 그래서 쥐마을에서 모두가 아는 재녀가 되었습니다.

근데 어느 날 결혼할 나이가 되자 주변에 많은 쥐들이 중매를 구해서 혼담을 올렸습니다. 그런데 쥐부부가 자신의 딸이 보통사람하고 결혼하면 안 된다고 생각해서 청혼 모두 거절했습니다. 어느 날 쥐 아빠가 쥐 엄마한테,

"여보 우리 딸의 신랑감으로 누가 제일 좋다고 생각합니까?"

쥐 엄마가,

"우리 딸이 당연히 세상에서 제일 위대한 사람하고 결혼해야 행복하게 살 수 있다고 생각합니다."

쥐 아빠가 잠시 생각에 잠겼다가 기쁘게 말했어요.

"저는 태양이 세상 제일 위대한 사람이라고, 우리 딸 태양하고 결혼하면 어떨까?"

쥐 엄마도 이게 좋은 생각이라고 생각했습니다. 그래서 쥐 아빠가 태양에게,

"태양님, 당신은 세상에서 제일 위대한 사람입니까? 우리 딸하고 결혼하면 어떨까?"

태양이,

"이렇게 말씀하시니 저는 매우 감동입니다. 하지만 저는 세상에서 제일 위대한 사람 아닙니다. 먹구름이 저보다 더 셉니다."

그래서 쥐 아빠 또 먹구름에게,

"먹구름님, 제 딸을 신부로 맞이하겠습니까? 당신은 세상에서 제일 강합니다."

그러니까 구름이,

"아닙니다. 바람이 저보다 더 셉니다. 바람이 나타나면 저는 멀리 갈 수밖에 없습니다."

말 끝나자마자 바람 불어서 먹구름이 온데간데없이 사라졌습니다. 그래서 쥐 엄마가 바람에게,

"바람님, 저희 딸 신랑 되어주시는 게 어떨까요? 당신이 세상에서 제일 위대한 분이니까."

그런데 바람도,

"아닙니다. 벽이 제일 강합니다. 제가 아무리 바람 불어도 꿈쩍도 안합니다."

말하고 나서 바람이 쌩쌩 소리를 내며 벽을 향해 불었지만 벽은 미소를 지으면서 한 발짝도 움직이지 않습니다. 그래서 쥐 아빠 또 벽한테,

“존경하는 벽님, 당신은 세상에서 제일 강하니까 저희 딸의 신랑 되어주세요.”

근데 벽은,

“아닙니다. 쥐가 나보다 더 강해요. 나는 쥐의 뾰족한 이빨 견딜 수가 없습니다.”

말하고 나서

“아! 아프다!”

그 소리치는 거예요, 벽이. 살펴보니까 한 마리 쥐가 벽 구석에 이를 갈고 있습니다. 그래서 쥐 엄마가 총각 쥐한테 다가가서,

“그러면 당신은 제 딸의 신랑이 되어줄 수 있습니까?”

한 가지 결말은 그 쥐가 흔쾌히 허락해서 쥐 아빠의 딸하고 결혼해서 행복하게 사는 결말이 있고. 두 가지 결말은 그 쥐가,

“아닙니다. 고양이 저보다 더 강합니다.”

그래서 쥐 아빠 또 다시 고양이 찾으러 갔습니다.

“고양이님, 네가 세상에서 제일 강한 분이십니까? 저희 딸하고 결혼해주세요.”

그래서 고양이하고 쥐 아빠의 딸은 결혼해서 쥐를 그냥 먹었습니다.

편식하다 망한 양반

● **구연정보**

조사일시 : 2016. 12. 19(월) 오전
조사장소 : 서울특별시 광진구 화양동
제 보 자 : 윤군 [중국, 여, 1981년생, 결혼이주 8년차]
윤가사 [중국, 남, 1952년생, 기타(한국 방문)]
조 사 자 : 박현숙, 김현희

● **구연상황**

두 제보자가 과거 시험을 소재로 한 〈무시당하던 막내의 과거 급제〉와 〈복숭아나무집 아가씨의 수수께끼〉를 연속으로 구연한 뒤, 윤군 제보자가 이번에 들려줄 이야기의 의미는 음식을 아끼라는 것이라면서 구연을 시작했다. 윤군 제보자는 구연하는 도중에 이야기 맥락을 살리기 위하여 부친인 윤가사 제보자에게 내용을 물어본 뒤 구연을 이어나가기도 했다. 제보자를 소개한 송영림 선생이 청자로 참여했다.

● **줄거리**

옛날에 어떤 양반이 만두를 좋아했다. 그런데 만두소만 골라 먹고 만두피는 모두 버렸다. 하인은 버리는 만두피가 아까워 항아리 안에 모아두었다. 양반은 게으르고 낭비가 심하여 점점 가난해지더니 거지가 되었다. 어느 날 하인이 거지가 된 양반을 보고 예전에 만두피를 모아둔 항아리를 양반에게 주었다. 양반은 그 만두피를 맛있게 먹으면서 하인에게 무슨 음식인지 물었다. 하인은 양반이 예전에 버린 만두피라고 말해주었다. 거지가 된 양반은 지난날을 반성하고 열심히 살아서 다시 양반이 되었다.

무엇이냐면 먹을 거 좀 아끼라는 그런 이야기예요.
옛날에 어떤 양반이 만두를 제일 좋아해요. 만두를 맨날 먹어요.

맨날 먹었는데, 그런데 만두피는 싫어해요. 만두피가 싫어졌어요, 만두 속이만 먹어요. 근데 이거 하인이 버리는 만두피가 너무 아까워서 뭐지? 도라지? 도자기. 도자기 안에 모였어, 만두피가. 얘가 양반이 버리는 만두피가 모여가지고.

근데 이 양반은 어떤 날 갑자기 가난해졌어요. 뭐 거지가 됐어요. (윤가사 제보자에게 양반이 거지가 된 내용을 확인하더니) 이 양반은 너무 게을러서 자기가 다 먹으려고 낭비했고 결국에는 거지가 됐어요. 어떤 날은 너무 배고파서 이 하인 집에를 지나갔어요. 하인이 양반을 알아보니까 이 만두피가 다시 돌려서 주는 거예요.

"먹으라."고.

"너무 맛있다."고.

그런 거예요.

"이거 무슨 음식이에요?"

그래서 자기 버린 만두피라고. 그래서 깨달은 거죠. 이 양반과 다시 열심히 살게 되고, 열심히 일하게 되고, 머리를 써서 다시 양반이 되는 거죠. 그런 이야기예요.

승려 셋이 모이면

● 구연정보

조사일시 : 2016. 11. 17(목) 오후
조사장소 : 강원도 횡성군 횡성읍 읍하리
제 보 자 : 반소홍 [중국, 여, 1977년생, 결혼이주 8년차]
조 사 자 : 박현숙, 김현희

● 구연상황

〈뉴위쩨이산의 약수〉 구연을 마친 뒤, 옛날에 바다였다고 전해지는 동굴에 대한 이야기가 이어졌는데 제보자가 내용을 잘 기억하지 못했다. 조사자가 예전에 제보자가 오숙민 작가와 제보자가 작업했던 번역물을 살펴보면서 〈승려 셋〉 이야기가 무엇인지 묻자 제보자는 한국에도 비슷한 이야기가 있을 것이라며 구연을 시작했다.

● 줄거리

한 스님이 혼자 사찰을 관리할 때는 깨끗하고 물도 풍족했다. 그런데 스님이 셋이 되었을 때에는 서로 일을 미뤄 사찰이 점점 황폐해졌다. 결국 사찰에 불이 났다.

그게 한 사람이면 어쨌든간 내가 일 다 하고 스스로 다 하는데 둘이 되면은 의지가 되잖아요.

"니가 해라."

"니가 해라."

뭐 이렇게 의지되고.

그다음에 승려 셋이 왔으니까 이제 다들 안 하려고 하는 거지 뭐. 이런 이야기 있어요.

[조사자: 그래서 안 하려고 해서 어떻게 됐어요?]

처음에 그 스님을 그니까 한 명만 거기에 사묘, 사묘(寺廟)라고 하나요? 거기에 살고 있었는데 부지런하게 이렇게 거기도 깨끗하게 다스리고 이렇게 먹을 것도 모자르진 않고 물 마시는 것도 이렇게 괜찮거든요.

그다음에 두 번째 스님 왔으니까 이제 또 좋죠. 처음에, 우리는 그렇게 해요. 처음에는 그 물 이렇게 구해서 먹을 때는 혼자서는 (어깨를 두드리면서) 여기 뭐지? 이렇게 들고 여기 [조사자: 어깨.] 어깨. 어깨 여기 나무작대기 하고 그다음에 양쪽 이렇게 통 이렇게 하고 그거 뭐라고 하죠? 한국말로? [조사자: 저도 모르겠는데 영화에서 봤어요.] 네. 그렇게 하고 혼자서 이렇게 다 잘하잖아요. 그럼 둘이니까 이제는 막대기는 가운데 통 하나만 놓고 두 사람 이렇게 같이 드는 거예요.

그러면 셋, 스님 셋이니까 이제 어 이렇게,

"막내가 하라."

뭐 이렇게,

"내가 아직 약해서 안 되고. 둘째 하라."

뭐 이렇게 아니에요.

첫째, 첫째는 이래,

"내가 첫째, 첫째."

그랬어요.

"물을 제가, 내가 제일 많이 가져왔으니까 너가 해라."

둘째 보고. 둘째는 그러더라구요.

"아유."

어, (잠시 생각을 하다가) 아, 둘째는 그랬어요.

"막내는 일 많이 해야 된다."고.

막내 이렇게 하고. 그다음에 막내는,

"내가 몸이 약해서 못 한다."고.

이런 이야기 있거든요.

그 어느 날 그 승려가 많을수록, 사람 많을수록 이게 사묘도, 그

거 뭐지? 풀도 막 자라나고 먼지도 많이 쌓이고 물 마실 것도 없고 뭐 이렇게 됐어요. 이렇게.

그다음 어느 날 이렇게 사묘 거기는 불 나가지고 그다음에 다 같이 이렇게 뛰어가지고 이렇게 물 구해 왔거든요. 이렇게 한 사람 하나씩 이래 구해 왔거든요. 그런 이야기구요.

서로 의지, 너무 이렇게 의지하지 말고 자기가 할 수 있는 일 하고 이렇게 그런 이야기인데 뭐. [조사자: 그러니까 오히려 혼자 있을 때보다 더 잘할 것 같지만 셋이 있으면 서로 미루게 돼서 일이 더 안 된다는 그런 이야기네요?] 맞아요.

무시당하던 막내의 과거 급제

● **구연정보**

조사일시 : 2016. 12. 19(월) 오전

조사장소 : 서울특별시 광진구 화양동

제 보 자 : 윤군 [중국, 여, 1981년생, 결혼이주 8년차]

윤가사 [중국, 남, 1952년생, 기타(한국 방문)]

조 사 자 : 박현숙, 김현희

● **구연상황**

윤군 제보자는 〈여우 퇴치하고 소심해진 강아지〉 구연에 이어 조사자 요청으로 〈백사전〉 구술을 시작했는데 잘 기억나지 않아서 곧 중단했다. 이런저런 이야기를 생각하던 중 윤가사 제보자가 뭔가가 생각난 듯 딸에게 중국어로 말하기 시작했다. 두 제보자는 중국어로 대화를 나누면서 웃음이 끊이지 않았다. 이 이야기는 윤가사 제보자가 어릴 때 할머니에 들은 것이라고 했다. 제보자를 소개한 송영림 선생이 청자로 참여했다.

● **줄거리**

옛날에 삼 형제가 살았는데 첫째는 머리가 똑똑하고, 둘째는 몸이 튼튼하고. 막내는 몸집도 작고 말도 잘 못했다. 삼 형제가 과거 시험을 보러 떠나자 어머니가 빵을 싸주었다. 막내는 첫째와 둘째 형이 자신의 빵을 모두 빼앗아 먹었지만 아무 말도 하지 않았다. 결국 막내만 과거 시험에 합격했다.

우리 아빠 이야기하는 거는 동물 말고도 다른 이야기했어요. 다른 이야기 무슨 이야기했냐면, 사람 인성? '착하라'고. '착하게 생각하라'고. 그런 이야기예요.

어떤 집안에서 현재 세 명이 있어요. 첫 번째는 똑똑하고, 둘째는 몸이 튼튼하고, 세 번째는 제일 몸도 작고 말도 잘못하고 그런 세 번째. 형제 세 명인데 세 명 같이 그 뭐지? 북경에 가서 지금 북경처럼 시험 보는 거. 옛날에 이런 시험 보는 것처럼 그거 뭐라 하나? [조사자: 과거 시험?] 맞아. 맞아. 과거 시험 보러 멀리 가잖아요. 그래서 가면서 엄마는 챙기면서, 옛날 빵? 부침개처럼 챙기면서 형 아들은 다 셋째는 뺏어먹는 거야. 근데 셋째는 가만히 있는 거예요.

결국에 시험 결과가 셋째는 붙었어요. 첫째 둘째는 다 안 붙었다고. 그런 이야기예요. 사람들은 성실하게 착하게 살아야 좋은 결과가 있다고 그런 이야기 좀 했어요.

[조사자: 그러면 셋째가 잘못해도 성실한 사람이었나 봐요?] 네. 성실해서 말도 잘 못하지만 성실해서 (윤군 제보자가 윤가사 제보자와 잠시 중국어로 대화를 나눈다가) 셋째는 그냥 바보는 아니고 그냥 말을 안 하는 거죠. 못 하는 거 아니고 안 하는 거예요. 속으로 다 알고 있어서요. 그래서는 사람 착하게 살라고 그런 의미죠.

[조사자: 아버지는 이 이야기를 어디서 언제 들으셨대요?] (윤군 제보자가 윤가사 제보자에게 중국어로 물어보더니) 아버지 할머니요. 할머니께서요. 아마 자식들이 싸우지 말라고 그런 거 아닐까요? 우리 아빠는 둘째예요.

복숭아나무집 아가씨의 수수께끼

● 구연정보

조사일시 : 2016. 12. 19(월) 오전

조사장소 : 서울특별시 광진구 화양동

제 보 자 : 윤군 [중국, 여, 1981년생, 결혼이주 8년차]

윤가사 [중국, 남, 1952년생, 기타(한국 방문)]

조 사 자 : 박현숙, 김현희

● 구연상황

두 제보자가 〈무시당하던 막내의 과거 급제〉 이야기 구연을 마친 후 잠시 중국어로 잠시 대화를 나누었다. 대화를 마친 뒤 윤군 제보자는 아버지가 다른 이야기 하나를 더 해주셨다면서 구연을 시작했다. 제보자를 소개한 송영림 선생이 청자로 참여했다. 윤가사 제보자는 이 이야기를 어릴 때 할아버지나 할머니에게 들었다고 했다. 윤군 제보자는 구연을 마친 뒤 어릴 때 아버지가 이 수수께끼를 자녀들에게 묻고는 했었다고 회상했다.

● 줄거리

두 형제가 과거 시험을 보러 길을 나섰다. 배가 고팠던 형제는 복숭아나무를 발견했고, 형이 동생에게 복숭아나무 지키는 아가씨에게 부탁해서 복숭아를 얻어오라고 했다. 아가씨는 동생에게 수수께끼를 풀어한다며 맛있는 것과 맛없는 것이 무엇인지 물었다. 동생은 똥이 맛없고 복숭아가 맛있다고 대답했다. 아가씨는 오답이라며 동생을 죽였다. 아가씨는 형에게도 동일한 수수께끼를 냈다. 형은 배고플 때는 맛있고, 배부를 때는 맛없다고 했다. 아가씨는 정답이라며 형에게 복숭아를 주었다. 형이 과거 시험장에 갔더니 시제가 아가씨의 수수께끼였고, 과거 시험에 합격했다.

아까 이야기는 사람들이 성실하게 말을 안 하면서 성실하게 산 걸 이야기했는데, 우리 아빠는 또 하나 이야기는 이야기했어요.

또 형제 두 명? 과거 시험을 보려고 떠났어요. 너무 배고파서 복숭아나무 봤어요. 그 복숭아나무가 어떤 아가씨 부자 아가씨 집에 지키고 있어요. 그래서는 형은 동생한테,

"니가 가서 아가씨한테 복숭아 좀 달라고 해라."

그래서는 그 아가씨가 그냥 공짜로 줄 수 없고 문제를 만들었어요. 무슨 문제이냐면,

"뭐가 맛도 없고, 뭐가 맛이 있냐?"고.

이렇게 물어봤어요. 그래서 동생은 당연히,

"똥과 맛이 없고, 복숭아가 맛있다."고.

그랬어요. 이렇게 간단하게 대답하는데 그 아가씨가,

"아니다. 정답 아니다."고.

때려서 죽였어요. (웃음) 그런데 형이 이 사실을 알고,

"답을 아니까 내가 가서 해볼게."

형아 가는데, 아가씨가 똑같이 질문을 했어요. 답은,

"배 부를 때는 맛없고, 배고플 때는 맛있다."고.

그래서는 이게 무슨 의미냐면 사람한테는 이걸 모든 걸 낭비하지 말라고 그런 이야기예요. [조사자: 그래서 어떻게 됐어요? 그렇게 대답해서?]

"맞다."고.

그래서는 복숭아 주면서 과거시험도 형은 붙었어요. 형은 과거시험도 이 시험 비슷한 게 시험이 문제로 나온 거 같아요. 사람들이 어떻게 먹을 거는 아껴야 되는 이야기는 좀. [조사자: 아가씨가 했던 질문이 과거시험에 문제로 나왔다.] 네. 또 나왔어요. 결국에 형은 붙었어요.

그래서는 우리 아빠도 이거는,

'배부르다. 맛도 없고 배고플 때는 맛있어.'

이 문장만 잘 기억한 거 같아요. 지금 우리 자식한테도 항상 질문 물어보는 거야. [조사자: 아빠가?] 네. 아빠가,

"뭐가 맛있어? 뭐가 맛이 없어?"

항상 배고플 때는 아무거나 다 맛있잖아요. 배부를 때는 아무거나 다 맛없어요.

[조사자: 이게 정답이네. 이것도 할아버지나 할머니한테 들은 이야기예요?] 네. 그런 이야기예요.

귀 막고서 방울 훔치는 도둑

● 구연정보

조사일시 : 2018. 07. 09(월) 오전
조사장소 : 경기도 오산시 은계동
제 보 자 : 천슈안(진소연) [중국, 여, 1979년생, 결혼이주 15년차]
조 사 자 : 김정은, 황승업, 강새미

● 구연상황

함께 한 다른 제보자가 〈지혜로운 토끼〉 구연을 마치고 천슈안 제보자에게 구연을 청하자 제보자가 어렸을 때부터 자주 들었던 이야기이고 사자성어 '엄이도종'에 얽힌 것이라며 구연을 시작했다. 러시아의 김알라, 몽골의 온다르마, 중국의 리하이리엔 제보자가 함께 이야기를 들었다.

● 속담풀이

도둑이 뭘 훔칠까 고민하다가 종을 발견했다. 도둑은 종이 너무 무거워서 고민하다 망치로 깨서 가져가기로 했다. 그러다 소리가 날 것이 걱정이 되어 자신의 귀를 막으면 소리가 안 들린다고 생각하고 종을 계속 망치로 치다가 결국 잡혀가게 되었다. 다른 사람을 속이려고 하다가 자기를 속인다는 뜻이다.

옛날 옛날에 한 도둑이 있었어요. 근데 어느 마을에서,

'내가 오늘 뭐 훔쳐가야 되나.'

이렇게 생각했어요. 이리보고, 저리보고 하면서. 부잣집에는 불이 막 켜지고 어떻게 훔쳐갈 수 없고. 근데 불 안 켜지는 집에는 또 가난해서 훔쳐갈 수 없고. 그래서 도둑이 걷다가, 걷다가 너무 힘들어서 어느 집 앞에서 계단에 앉아있었어요.

'오늘은 어떻게 해야 되지? 빈손으로 집에 갈 수 없는데.'

그래서 막 생각하는 사이에 목을 위에 올라가보니까 종을 하나 있는 거예요, 종을.

'어차피 오늘은 훔쳐갈 수 없으니까 이거라도 가져가야 되겠죠.'

그렇게 생각하는데 막 일어나서 그 종을 안아주고, 근데 너무 무거워요. 땀이 막 펄펄 나더라고요. 그래서 여기 계단에 다시,

'아 힘이 없어. 내가 어떻게 해야 되지?'

생각하고, 또 생각하고.

'아! 생각났다. 내가 망치로 이렇게 깨지면 내가 가져가면 되겠다.'

그래서 망치를 꺼내고 딱 치는 순간에,

'안 되겠다. 이거 망치 치면 소리 나는데. 다른 사람이 들으면 나 잡아가겠는데 어떡하지?'

또 생각해.

'아! 생각났다. 내가 귀를 막아서 소리 안 들리겠죠?'

그래서 자기 천으로 찾아서 귀를 막았어요. 망치를 한 번 크게 치는데 소리 이렇게 들었는데,

'소리 못 들었네요. 괜찮다.'

그래서 계속, 계속 쳤는데요. 거기 있는 종을 깨지는 순간에 사람이 막 (뒤에서 잡는 시늉을 하면서) 이렇게.

"누구세요?"

딱 쳐다보니까, '아요기' 옛날에 사람 '아요기' 있어요. 지금은 경찰처럼 그런 사람이 있어요.

"너 지금 뭐하고 있어!"

근데 생각나는 순간에 멍하고 그 아요기한테는 막 잡았어요. 끌고 갔고 감옥에 들어갔어요. 근데 감옥에 들어가도 생각이 안 나는 거예요.

'내가 왜 이렇게 잡혔지? 내가 귀를 막았는데도 왜 다른 사람이 들었지?'

계속 이렇게,

"어떻게 알았지?"

그 후에 돌아봐도 생각이 안 나요.

그 이야기 애기하면서, 이런 사람이 원래는 다른 사람 속이려고 했는데 근데 자기를 속이는 거예요. 그런 이야기였어요.

욕심 많은 바이를 골탕 먹인 아판티 [1]

● **구연정보**

조사일시 : 2019. 02. 18(월) 오전

조사장소 : 서울시 노원구 공릉동

제 보 자 : 심죽령 [중국, 여, 1988년생, 결혼이주 4년차]

조 사 자 : 오정미, 강새미

● **구연상황**

제보자가 〈쥐 사위 고르기〉를 마친 뒤에 이어서 바로 구연했다. 티벳 위쪽 중국 신장자치구에 전해지는 이야기로 여러 편의 시리즈가 있다고 했다. 중국에서는 애니메이션으로 만들어졌을 정도로 유명한 이야기라고 한다.

● **줄거리**

아판티가 부자인 바이 영감에게 금화 백 개를 빌려 2층 건물을 지었다. 바이 영감이 2층 방에서 살고 싶어서, 아판티에게 빌려 간 돈을 당장 갚든지 아니면 2층 방을 달라고 했다. 아판티는 2층 방을 바이 영감에게 줬고, 다음 날 친구들과 함께 1층을 허물기 시작했다. 놀란 바이 영감이 집이 무너지겠다고 따지자 아판티는 1층은 자신의 집이니 자신 마음대로 하는 것이라며 2층을 잘 지키라고 했다. 급한 마음에 바이 영감이 1층도 자신이 사겠다고 하자, 아판티가 금화 200개를 주면 팔겠다고 했다. 바이 영감은 할 수 없이 비싼 값에 1층도 샀다.

아판티는 돈이 없어서 바이 재벌에게 금화 백 개를 빌렸어요. 친구들을 불러서 고생을 하면서 2층 건물을 지었어요. 근데 아판티 이사 가기도 전에 바이가 그 건물에 2층 방이 마음에 들었어요. 그래서 그 건물 2층에 들어가서 살려고 했습니다. 그래서 바이는 아판티에게,

"2층을 나한테 주면 당신은 빌려 간 돈 안 갚아도 되고, 만약에

주지 않으면 당장 돈 갚아라."

근데 아판티가 바이 말을 듣고 마음에 내키지 않지만 할 수 없으니까 바이에게,

"제가 지금 당장 돈을 갚을 수 없으니까 당신 뜻대로 그냥 하시죠."

그래서 다음날 바이 온 가족이 신나게 2층으로 이사를 왔습니다. 하지만 며칠 후 아판티와 친구들이 1층 벽을 허물기 시작하는 거예요. [조사자: 아판티가 1층을 허물었다고요?] 네. 바이는 2층에 살고 아판티는 친구를 불러서 1층에 벽을 허물기 시작하는 거예요. 그래서 바이는 쾅쾅 부수는 소리를 듣고 나서 갑자기 달려 나와서 이 상황을 보고 놀라서 아판티한테 소리쳤어요.

"아판티! 너 미쳤냐? 왜 새로 지은 건물 헐고 있는가?"

아판티는 벽을 계속 허물면서 아무렇지 않고 있습니다. 아판티는 바이에게,

"이거 바이님하고 상관없는 일이에요. 신경쓰지 마시고 편하게 들어가서 주무세요."

바이는 발을 동동 구르면서,

"왜 나랑 상관없는 일이니? 네가 1층을 헐면 2층이 무너지지 않겠느냐?"

그러자 아판티는,

"내가 철거하는 곳이 내가 사는 1층이고, 바이 영감님은 2층에 살고 있기 때문에 우리가 2층 허무는 거 아니니까 바이 영감님이랑 상관없는 일이다."고.

이렇게 알려줬어요. 그리고 바이한테,

"당신이 살고있는 2층이나 잘 지켜라. 괜히 무너져서 저와 제 친구 다치지 않게 잘 지켜봐주세요."

그렇게 말하고 나서 다시 벽을 허물기 시작했어요. 이때는 바이가 너무 급해서,

"아판티, 아판티! 우리 오랫동안 쌓아온 우정을 보니 우리 잘 상의해보자. 그러면 네가 사는 1층도 나한테 파는 것이 어떨까?"

한숨을 돌리면서 말을 했어요, 아판티에게. 아판티는 바이에게,

"만약에 진심으로 사고 싶다면 금화 200개 주세요. 처음에 100개를 빌렸는데 200개를 주세요."

해서 바이가 화가 나서 말을 하지 못했어요. 그래서 아판티가,

"바이 영감님, 화가 나실 필요가 없어요. 이 집은 금화 200개 하나라도 빠지면 팔 수가 없습니다. 그래서 우리가 계속 철거할 수밖에 없습니다."

아판티는 다시 도구를 들고 허물기 시작하는 거예요. 그래서 바이가,

"알겠습니다. 내가 살게 부수지 말아주세요."

그래서 바이는 할 수 없으니까 금화 200개를 꺼내서 집을 사고 말았어요.

이 바이는 나쁜 사람이에요. 마을 사람 다 바이를 싫어하는데 아판티는 똑똑한 그런 존재예요. 그래서 바이는 항상 아판티를 괴롭혀요. 아판티는 항상 자기 지혜를 이용해서 항상 여러 가지 난관을 다 잘 헤쳐 나갈 수 있게.

욕심 많은 바이를 골탕 먹인 아판티 [2]

● 구연정보

조사일시 : 2019. 02. 18(월) 오전
조사장소 : 서울시 노원구 공릉동
제 보 자 : 심죽령 [중국, 여, 1988년생, 결혼이주 4년차]
조 사 자 : 오정미, 강새미

● 구연상황

첫 번째 〈욕심 많은 바이를 골탕 먹인 아판티〉 이야기에 이어서 바로 구연했다.

● 줄거리

바이 영감이 아판티를 골탕 먹이기 위해 세상에 없는 색으로 옷 염색을 하라고 요청했다. 아판티가 수락하며, 옷은 세상에 없는 요일에 찾으러 오라고 말했다.

옛날에 옷을 염색을 해야 되잖아요. 바이가 아판티를 괴롭히기 위해서 아판티한테,

"이 옷을 하얀색도 아니고, 빨간색도 아니고, 노란색도 아니고."

온갖 색상 다 말했어요.

"그런 색상으로 염색해주세요."

[조사자: 아주 특이한 색깔로, 일반적인 색이 아니라.] 네. 그런 색도 존재하지도 않아요. [조사자: 세상에 존재하지 않는 색으로 염색하라고.] 네. 그냥 괴롭히는 식으로 아판티에게 그렇게 얘기했는데 아판티가,

"좋아요."

아판티가 바이에게,

"그러면 내가 언제 가면 되냐?"

물어봤는데 아판티가

"월요일도 아니고, 화요일도 아니고, 수요일도 아니고, 목요일도 아니고, 금요일도 아니고 그런 요일에 찾아오시면 됩니다."

아주 짧은 이야기예요.

욕심 많은 바이를 골탕 먹인 아판티 [3]

● **구연정보**

조사일시 : 2019. 02. 18(월) 오전
조사장소 : 서울시 노원구 공릉동
제 보 자 : 심죽령 [중국, 여, 1988년생, 결혼이주 4년차]
조 사 자 : 오정미, 강새미

● **구연상황**

〈욕심 많은 바이를 골탕 먹인 아판티〉 시리즈로 또 다른 이야기를 새로 구연했다. 아판티가 그림자를 파는 이야기로 한국에서도 비슷한 이야기가 있는 것 같다고 했다.

● **줄거리**

바이 영감이 나무 그늘 아래에서 쉬는 사람들에게 돈을 내라고 했다. 그 모습을 본 아판티가 나무 그림자 값을 한 번에 다 줄 테니 그림자를 팔라고 했다. 바이 영감은 좋아하면서 그림자를 팔았다. 저녁이 되자 그림자가 바이 영감 집 앞으로 옮겨갔다. 사람들이 바이 영감 집 앞에서 쉬자, 바이 영감이 화를 냈다. 아판티가 자신이 산 그림자니 자기 마음이라면서 그림자를 밟으면 돈을 내야 한다고 했다. 그림자를 밟지 않기 위해 바이 영감 부부는 집 대문으로 들어가지 못하고 담을 넘어 집을 들어가야 했다. 바이 영감은 할 수 없이 아판티에게 더 비싼 값에 그림자를 샀다. 밤이 되자 다시 아판티와 사람들이 집 앞에서 시끄럽게 노래를 불렀다. 바이 영감이 그림자를 샀는데 여기 왜 또 있냐고 묻자, 아판티가 달의 그림자는 판 적이 없다고 했다. 바이 영감이 할 수 없이 달의 그림자도 사려 하자 아판티가 달의 그림자 값이 사람들이 바이 영감에게 빌린 돈과 같다고 했다. 아판티는 그렇게 사람들의 빚을 다 갚아주었다.

어느 날 햇빛 쨍쨍 쏘고 있는데 바닥도 너무 뜨겁고, 밭에 일하는 농민들이 큰 나무 아래 그림자 아래 쉬러 왔는데. 바이가 농민들

이 쉬러 오는 거 봐서 다가가서 사람들한테,

"빨리 여기 떠나라. 누가 여기 있게 해주는 거야."

그래서 한 사람이,

"이 나무가 우리 모두의 것이다. 왜 우리 여기서 쉬면 안 되냐?"

바이에게 한 사람이 이렇게 얘기했어요. 그래서 바이가,

"이 나무가 내 것이다. 그리고 이 그림자도 내 것이다. 너네들 여기서 쉬고 싶으면 나한테 돈을 줘야 됩니다."

바로 이때 아판티도 당나귀 타고. 아판티 항상 당나귀를 타요. 당나귀를 타고 지나갔어요. 아판티가 바이한테,

"바이 영감님, 당신이 이렇게 돈 벌면 안 되죠. 만약에 사람들이 나중에 여기 와서 쉬지 않으면 너는 한 푼도 벌 수 없잖아요. 나는 좋은 아이디어 하나 있어요. 차라리 나한테 이 그림자를 팔아주세요. 나는 한꺼번에 돈 많이 줄 테니까."

그래서 바이는 속으로 생각했는데

'이거 나쁘지 않다.'

그래서 아판티에게,

"네가 이거 사고 싶다면 포대에 동전을 가득 넣어서 줘라. 돈을 포대에 가득 넣어서 줘라."

그래서 아판티는

"그래요. 이렇게 합시다."

이제 아판티가 이 그림자를 샀어요. 점심때쯤 되면 이 그림자가 바로 바이 집 문 앞에 그림자가 움직였어요. 점심 때 바이 집 앞에서 이렇게 되었어요. 사람들이 그림자 아래 와서 쉬러 왔어요. 이제 그림자가 아판티 것이기 때문에 사람들이 아무 신경 안 쓰고 편하게 쉬고 있어요. 근데 바이가 와서 이 상황을 보고 화나는 거예요.

"아판티, 너 뭐하는 짓이야."

아판티가 말했어요.

"이 그림자 내가 샀기 때문에 나한테 사용권이 있습니다. 다 내가 초대한 손님들입니다. 바이 영감님 그냥 집으로 가시면 됩니다. 하지만 이 그림자 한 발짝이라도 밟으면 안 돼요. 밟으면 당신이 돈

을 내야 합니다."

그래서 바이는 할 수 없이 문으로 갈 수 없으니까 벽으로 올라갔어요. 바이 와이프도 이 상황을 보고 너무 화가 나서 바이한테,

"네가 그냥 가서 나무를 잘라버려."

근데 이때는 아판티가 말했어요.

"바이 영감님, 이 나무를 잘라도 되는데 그림자가 하나라도 없어지면 당신은 돈을 배상해야 됩니다."

그리고 이때는 그림자가 바이의 마당에 있어요.

"그리고 마당에 있는 그림자도 밟으면 안돼요. 밟으면 돈을 내야 합니다."

바이가 할 수 없이 아판티한테 구걸해서

"우리 오래 쌓아온 우정을 봐서 다시 이 그림자 나한테 팔아주세요."

아판티는

"그래요. 나는 착하니까 다시 영감님한테 팔게요. 근데 지금 그림자가 길어져서 두 배 가격을 줘야 돼요."

"그래요, 그럼."

그래서 바이는 다시 그림자를 샀어요. 두 배 가격으로.

그런데 어느 날 바이가 자고 있을 때 갑자기 당나귀 소리 들리는 거예요. 나가서 돌아봤더니 지붕에 당나귀가 있는 거예요. 아판티하고 친구들 지붕에 올라가서 악기를 연주하고 있었어요, 신나게. [조사자: 누구 지붕 위에?] 바이. 바이가 잠자고 있을 때 밤에.

바이 너무 화가 나서,

"아판티, 얼른 쟤네들 쫓아내 여기서 뭐하는 거야."

아판티가 말했어요.

"바이영감님, 이 사람들 다 내가 초대한 사람들이에요. 왜 쫓겨나야 돼요?"

바이가,

"이거 그림자 내가 다시 두 배 가격으로 샀잖아요. 왜 또 여기 와서 괴롭히는 거예요?"

아판티가 말했어요.

“당신이 산 거는 햇빛 아래의 그림자고, 지금은 이 그림자가 달 아래 그림자예요.”

그래서 바이가,

“그래요 그럼 달 아래 그림자도 내가 살게요.”

“그래요 그럼 이 농민들이 바이에게 빌려간 돈이 그냥 없애면 오늘 일 그냥 이렇게 끝나자.”

그래서 바이가 어쩔 수 없이 그냥 허락했습니다.

황제를 놀린 아판티

● 구연정보

조사일시 : 2019. 03. 08(금) 오전
조사장소 : 서울시 노원구 공릉동
제 보 자 : 심죽령 [중국, 여, 1988년생, 결혼이주 4년차]
조 사 자 : 신동흔, 오정미, 엄희수

● 구연상황

제보자가 〈호랑이 할머니를 물리친 자매〉 이야기를 마친 후 이어서 설화 구술을 하려고 했다. 조사자들이 제보자에게 힘들면 쉬었다가 해도 된다고 하였다. 제보자는 임신 중이었지만 쉬지 않고 열정적으로 이야기를 하던 상황이었다. 제보자가 자신이 준비해 온 이야기 중 남은 것을 확인하더니 아판티 이야기 하나를 더 준비했다며 구연을 시작했다.

● 줄거리

신장 지역에 사는 소수민족 아판티라는 사람이 있었다. 그가 사는 나라의 왕이 백성들을 괴롭혔다. 하지만 아판티는 왕을 두려워하지 않고, 왕이 나쁜 짓을 하면 백성들에게 알렸다. 화가 난 왕은 아판티를 궁으로 불러서 그를 시험했다. 왕이 하늘에 별이 몇 개냐고 묻자, 아판티는 왕의 수염 개수와 같다고 했다. 왕이 자기의 수염 개수가 몇 개냐고 묻자, 아판티는 자신의 당나귀 꼬리털의 숫자와 같다고 했다. 화가 난 왕이 아판티를 죽이겠다고 하자, 아판티는 자신이 죽는 다음 날 왕이 죽을 것이라고 했다. 그러자 왕은 아판티에게 죽으면 안 된다며, 많은 금과 보석을 주었다. 아판티는 백성들에게 황금을 나누어 주었다.

신장, 아판티는 신장 사람이에요. 왼쪽 여기 티벳 있고, 신장 있고 여기 있는 사람이에요. [조사자 2: 지역이 신장 지역의 사람.] 네, 신장. 소수민족 사람이고. 이름이 아판티. 이 이름도, 소수민족 이야기예요.

[조사자 1: 그러네. 한족의 일반적인 이름이 아니네.] 네. 어렸을 때 시리즈로, 애니메이션 있어서 재미있게 봤어요. 그 보통, 한족 사람들이 그 시절에 말을 많이 타는데 아판티는 주로 당나귀를 타고 다녀요. [조사자 2: 느낌이, 그치? (웃음)]

(노트북으로 이미지를 찾아 보여주면서) 이런 이미지예요. [조사자 1: 약간 아랍 계통 느낌도 나네, 복장에서?] 약간 파키스탄. [조사자 2: 소수민족이라서.] 중앙아시아 그 좀 비슷한 거 같아요.

아판티 사는 시대에, 나쁜 임금님이 있는데 항상 백성들을 괴롭히고 그래서 백성들도 이, 임금님이, 임금님이니까 어떻게 말을 할 수가 없어요. 하지만 아판티는 겁을 내지는 않아요. 그 황제라고 할게요. 황제가 무슨 나쁜 일을 하면 항상 백성들한테 알려줘요. 황제가 이 일을 알고 나서, 자신의 하인들을 파견해서 아판티를 오게 했, 잡아오게 했습니다. 황제가 아판티를 괴롭하기 시작했습니다.

"아판티, 너는 매우 똑똑하다고 들었는데, 그러면 오늘 내가 시험을 할 거야. 너는 만약에 대답하지 못하면 당장 너를 죽일 거야."

아판티가

"그래요. 시험 문제 내주세요."

이렇게 얘기했는데, 황제가

"하늘에 별이 얼마나 있을까?"

아판티가

"하늘에 별이 황제의 수염하고 개수가 똑같아요."

그냥 줄거리가 없고 말로.

"그럼 내 수염이 얼마나 있을까요?"

아판티는 자기 당나귀의 꼬리를 잡아서

"내 당나귀의 꼬리에 그 털하고 수량 비슷해요. 수량 똑같아요. 믿지 않으신다면 직접 세어 보세요."

이렇게 얘기했어요. 황제가 화가 나서

"이거 어떻게, 언제까지 셀 수가 있어?"

그래서 하인들 시켜서

“빨리 아판티를 데려나가서 죽여버려라.”

하지만 아판티는 하나도 겁을 내지 않았습니다. 오히려 ‘하하하’ 활짝 웃고 있습니다. 황제가 너무 이상하다고 생각했습니다.

“아판티, 너는 조금 있으면 죽겠는데 왜 이렇게 기분이 좋냐?”

아판티가,

“황제도 살아남은 날이 얼마 남지 않은 것을 알고 있으니까 나는 하하하 웃는 거야.”

황제가 깜짝 놀라 말했습니다.

“아, 정말?”

아판티가

“당연히 진짜지.”

“그러면 너가 말해 봐. 나는 언제 죽어?”

황제가 물어봤습니다.

“내가 죽으면 바로 다음 날에 황제가 죽는 날이에요.”

그래서 황제가 듣고 나서 너무 이제 아판티가 하도 똑똑해서 소문이 나니까 믿어도 그렇고, 안 믿어도 그렇고. 그래서 황제가 듣고 나서 벌벌 떨어서, 또

“그러면 어서 아판티를 풀어줘. 아판티 너 그러면 죽으면 안 돼. 이제 죽으면 안 돼. 너는 잘 살아야 돼. 널 잘 살게 하기 위해 내가 돈 많이 줄게.”

그래서 황제가 진짜 금을 아판티에게, 보석, 금을 많이 주고 아판티를 이런 보석, 금 가지고 당나귀 타고 황궁을 떠나서 보석, 금을 다 가난한 백성들에게 나누어 주었습니다. 이런 이야기예요.

제보자 정보

리칭후아(이청화)

[중국, 여, 1976년생, 결혼이주 17년차]

리칭후아 제보자는 한족 출신으로, 1976년 중국 흑룡강성(黑龍江省)의 찌아무스(佳木斯)에서 태어났다. 2000년에 한국에 대학원생으로 왔다가 학원강사를 하면서 남편을 만나, 2006년에 결혼해서 쌍둥이 형제를 두고 있다. 현재는 마포에서 거주하며 유치원에서 중국어 강사를 하고 있다.

제보자는 조사를 약속한 뒤 어린 시절 들었던 설화와 중국의 동화책 속 이야기를 인터넷으로 찾아보았다고 했다. 중국의 유명한 신화와 전설을 차분히 잘 구연했다. 특히 여자 주인공의 감성이 잘 드러나게 감정을 이입해서 구술하는 것이 특징이다. 한국어 실력이 유창해서 구연하는 데 막힘이 없었다. 구연한 자료는 총 11편이다.

반소홍

[중국, 여, 1977년생, 결혼이주 9년차]

반소홍 제보자는 1977년에 중국 남부 광저우에서 태어났다. 2004년부터 독학으로 한국어를 익히기 시작했으며 이후 청도에서 남편을 만나서 연애하다가 결혼하여 한국으로 이주했다. 남편 고향인 강원도 횡성군에서 9년째 거주하고 있으며 슬하에 자녀 한 명을 두고 있다. 자녀 교육에 관심이 많고, 자녀의 언어 교육을 위하여 집에서는 자녀와 중국어로 대화한다.

반소홍 제보자는 오숙민 작가의 소개로 만났다. 조사 취지를 듣고 어릴 때 부모님에게 들은 이야기가 적다는 점과 구연하는 이야기의 한국어 표현 실수를 염려하여 부담스러워하긴 했으나 구연이 시작되자 차분한 어투로 구연을 이어갔다. 중국의 웅장한 자연물을 이야기하면서 중국이 대국임을 강조했다. 총 16편의 이야기를 구연했는데 대부분 중국의 설화였으며 이주생활담과 한국설화도 구연했다. 설화 구연을 마친 뒤에서는 이야기를 교훈적으로 해석해주기도 했다.

심죽령

[중국, 여, 1988년생, 결혼이주 4년차]

심죽령 제보자는 2008년에 교환학생으로서 한국의 한서대로 온 뒤 중국으로 돌아갔다가 다시 한국의 건국대학교 석사과정으로 입학을 했다. 유학생활 중에 극장에서 현재의 남편을 만났고, 중국어를 공부하던 남편과 연인으로 발전해 결혼했다. 결혼 후 한국에서 정착하여 살면서 아들을 낳았으며, 조사 당시에는 쌍둥이의 출산 예정일이 다가오고 있었다.

심죽령 제보자는 만삭의 몸이었지만, 조사팀과 두 번의 조사를 허락했는데, 훌륭한 한국어 실력을 갖추었으며 일관되고 짜임새 있게 설화를 구술하는 특징을 나타냈다. <아판티>와 <노반> 시리즈 등 다른 중국 국적 화자들에게서 듣지 못한 새로운 중국 설화들을 많이 들려주었다. 2회의 조사를 통해 총 21편의 설화를 구술했다.

유연

[중국, 여, 1981년생, 결혼이주 4년차]

유연 제보자는 처음 한국에 교환학생으로 왔을 당시 아르바이트로 한국 대학생에게 중국어를 가르쳤다. 그때 중국어를 배우던 학생과 장거리 연애 끝에 결혼하게 되었다. 결혼 후 중국에서 살다가 지금은 한국에서 살고 있다. 슬하에 1명의 딸을 두고 있으며, 천안의 다문화가족지원센터에서 이중언어 강사로, 중국에서 온 결혼이주여성에게 한국어를 가르치는 일을 하고 있다.

유학생으로서 체계적으로 한국어를 공부한 유연 제보자는 고급 수준의 한국어 실력을 갖췄다. 그러나 제보자는 중국 설화에 대한 흥미가 많지는 않아서 많은 이야기를 들려주지는 못했다. 구술한 자료는 총 5편이다.

윤가사

[중국, 남, 1952년생, 기타(한국 방문)]

윤가사 제보자는 1952년에 중국 심연에서 태어났다. 외가가 만주족이고 친가는 한족인데 자신은 만주족에 해당한다고 했다. 중국에서 물리교사로 교직생활을 하다가 가스회사로 이직하여 준공무원 생활을 했다. 딸과 사위를 도와주기 위하여 아내와 함께 한국에 방문하여 딸 윤군 제보자와 지내고 있다.

윤가사 제보자는 중국의 정통 민담을 위주로 구연했다. 그가 중국어로 구연하면 딸이 옆에서 한국어로 동시통역하는 방식으로 구술을 진행했다. 주로 어릴 때 들었던 이야기를 기억하여 구연했는데, 이야기 구술을 매우 즐거워했다. 구연할 때 손짓을 자주 사용했고 미소를 자주 띠었다. 제보자는 설화, 민속, 경험담 등 8편을 구연했는데, 교훈담이 주를 이루었다. 딸인 윤군 제보자가 옆에서 한국어로 통역을 해주었다.

윤군

[중국, 여, 1981년생, 결혼이주 8년차]

윤군 제보자는 1981년에 중국 심연에서 외동딸로 태어났다. 부친이 만주족이며, 부친이 사는 청완은 인구의 80%가 만주족으로 옛이야기가 남아 있다고 설명했다. 부친이 어릴 적에 할머니에게 이야기를 듣고 자라서 옛이야기를 많이 안다고 했다.

윤군 제보자는 건국대학교 동화미디어콘텐츠학과 석사과정을 졸업했다. 유학생활 중 중국인 남편과 결혼하여 서울에서 살고 있으며 슬하에 어린 자녀 셋을 두고 있다. 제보자는 한국에 방문한 부친 윤가사와 함께 이야기판에 참여했으며, 자신이 알고 있는 이야기 외에 부친이 중국어로 구연한 이야기를 동시통역하여 부친의 구연을 채록할 수 있도록 도왔다. 어린 아이들을 친정어머니에게 맡기고 나올 정도로 이야기판에 적극적으로 참여했으나 알고 있는 설화가 많지 않고 구연한 설화는 내용이 간단했다. 단독 구연한 자료는 3편이고, 부친의 구연을 옮겨 들려준 자료가 8편이다.

장웨이

[중국, 여, 1979년생, 결혼이주 9년차]

장웨이 제보자는 1979년에 중국 반진에서 태어났다. 대학에서 남편과 만나서 중국에서 연애한 뒤 5년 정도 결혼생활을 하다가 남편과 함께 한국으로 이주했다. 강원도 춘천시에서 9년째 거주하고 있으며 슬하에 두 명의 자녀를 두고 있다.

장웨이 제보자는 2001년부터 독학으로 한국어를 익히기 시작하여 현재는 이중언어과정을 이수하고 다문화 자녀들의 이중언어 교육에 관한 업무를 담당하고 있다. 구연할 때 비교적 정확한 한국어를 구사했다. 구연한 이야기는 총 13편으로 어린 시절 책에서 본 여러 나라 설화와 우화들이 많았고 중국 설화는 소수였다.

조림

[중국, 여, 1992년생, 유학 3년차]

조림 제보자는 중국 길림이 고향이다. 2013년에 처음으로 경상도에 있는 창원대학교로 유학을 왔다. 그리고 2014년에 중국으로 돌아가 연변대학교에서 한국어 통번역 석사과정을 졸업한 후 2017년에 건국대학교 입학하여 박사과정에 재학 중이다.

조림 제보자는 뛰어난 한국어 능력을 지니고 있어 빠른 속도로 유창하게 이야기를 구술했다. 국문학을 전공하는 연구자답게 알고 있는 설화가 많았고, 조리 있게 이야기를 잘 풀어나갔다. 한 이야기의 여러 변이를 적극적으로 설명하면서 이야기를 들려준 것이 특징이다. 구비설화 외에 중국에서 인기 있는 드라마의 내용도 설화 식으로 흥미롭게 구연했다. 구술한 설화는 총 16편이다.

천슈안(진소연)

[중국, 여, 1979년생, 결혼이주 15년차]

천슈안 제보자는 1979년 중국 심양에서 태어났다. 2003년에 일을 하면서 이주했고, 그 후에 결혼을 했다. 현재 초등학생, 유치원생 자녀를 두고 남편과 함께 경기도 오산시에 거주하고 있다. 천슈안 제보자는 다문화 강사를 하면서 오산도서관에서 다문화 방과후 수업을 하는 이주민들과 모임을 하고 있다. 함께 모임을 하는 김알라 제보자의 소개로 조사에 참여하게 되었다. 천슈안 제보자가 구연한 설화는 2편이다.

티엔옌

[중국, 여, 1979년생, 이주노동 4년차]

티엔옌 제보자는 1979년에 중국 화난현에서 태어났다. 4년 전에 남편의 사업 때문에 한국에 이주하여 일을 하다가 현재는 경기도 안산에서 거주하고 있다. 남편의 사업을 돕다가 현재는 세계문화체험관에서 다문화 강사 활동을 하고 있다. 안산 다문화작은도서관에서 이주민들과 '옛이야기 모임'을 함께 하고 있다. 2차에 걸쳐 조사를 진행했는데 구술한 이야기가 서로 중복되었다. 구연한 이야기 종류는 총 5편이다.

황샤오링

[중국, 여, 1986년생, 유학 6년차]

황샤오링 제보자는 중국의 남쪽 지역인 사현이 고향으로, 장춘이공대학교에서 한국어를 전공한 후 한국으로 유학을 왔다. 조사 당시 황샤오링 제보자는 서울대학교에서 국어국문학 박사과정에 재학 중이었다. 외국어를 배우는 것을 좋아해서 한국어를 배우기 시작했으며, 현재 지도교수의 영향으로 설화에 대한 관심이 높아졌다고 했다.

황샤오링 제보자는 어릴 적에 아버지에게 들어서 고향인 사현 지역의 다양한 설화를 많이 기억하고 있었다. 설화에 대한 높은 이해도와 함께 고급 수준의 한국어 실력을 갖춘 황샤오링 제보자는 다른 중국 제보자가 들려줄 수 없는 사현 지역의 전설을 포함하여 총 12편의 설화를 구연했다.